2004 ~ 2024

섬김과 나눔 복지선교회

예수님의 사랑 20년의 발자취

20주년
신앙칼럼

박찬영 목사

도서출판 **현대**

복지선교회 20주년 맞이하여!

박 찬 영 목사

복지선교회 20주년을 되돌아 보니 하나님께서 인도하셨습니다.
시련과 연단 가운데서도 주님이 늘 함께 하셨습니다.
모든 것이 지키시고 인도하신 하나님의 은혜요 축복이었습니다.

2004년 가을 중국 선교여행을 마치고 돌아오는 기내에서 선교의 비젼을 가지고
선교회 설립을 결정하고 2004년 12월 19일 섬김과 나눔의 복지선교회 설립예배를
드리고 그해 12월 31일 서울역 노숙자 봉사활동을 시작으로 독거노인 장애인 불
우이웃을 돌보며 그리스도의 사랑으로 섬김과 나눔을 실천하며 복음을 선포하는
사역이 시작되었고 문서선교를 위한 소식지를 시작으로 생명의 양식과 진리의 말
씀 아름다운사회를!
신앙책자를 지금까지 매월 발간하여 배포하고 있습니다.

2007년 11월 사단법인 국제장애인문화교류 부평구협회와 2008년 3월 인터넷신
문 연합기독교방송(인천아000027)을 등록하여 복음을 선포하며 어려운 이웃과
독거노인 장애인을 위한 문화축제 및 전도집회를 국내외적으로 하고 있으며 2010
년 5월에 켄테이너에서 드리던 예배를 성전으로 이전케 하시고 2011년 5월엔 필리
핀과 일본에 선교사를 파송하게 하셨습니다.

지속적으로 국내외 나눔과 마사지봉사로 섬기면서 선교지에는 선교용품을 발송하던중 2015년에 몽골에 선교사를 파송하여 2017년에는 몽골 울란바토르에 게르교회를 세우고 1. 2차 선교활동 중 2020년 땅을 구입하게 되었고 2022년 老권사님의 헌신으로 성전건축을 하였습니다.

2022년과 23년에는 필리핀 다나오에서 연합기독교방송주관 찬양페스티발을 개최하여 영혼구원의 은혜로운시간을 가졌습니다.

모든 것이 하나님이 함께하신 놀라운 은혜의 역사입니다.
모세가 이스라엘 백성을 이끌고 출애굽의 대 과업을 성공할수 있었던 것은 하나님이 그 일을 계획하셨고 하나님께서 때마다 함께 해주셨기 때문입니다.
그런데 모세의 후계자로 일하게 된 여호수아에게도 "내가 너와 함께하리라" 는 말씀으로 확실한 보장을 해주셨습니다. 그 하나님께서 복지선교회와 연합기독교방송을 인도하여주시고 아름다운 믿음의 동역자와 선교후원자를 불러주시고 함께하여 주신줄 믿습니다.

이제 우리는 새롭게 도약하는 아름다운 공동체로 주님이 부르시는 그날 까지 맡은사명 잘 감당하며 아름다운 동역으로 땅끝까지 복음을 선포합시다.
"그를 높이라 그리하면 그가 너를 높이들리라!"

전능하신 하나님께서 지금까지 지키시고 인도하신 그 크신 은혜와 사랑에 감사드리며 모든 영광! 주님께 올려드립니다.

목차 CONTENTS

사진으로 보는
섬김과 나눔 이야기

복지선교회
20년의 발자취

2004
~
2005

[복지선교회 설립예배 / 행복이 가득한

[서울역 노숙자 나눔봉사]

[장애인 목욕봉사]

[복지선교회 1주년감사예배]

2006

[2006년 경인고용노동부 장애인 창업컨설팅교육]

[솔안공원 봉사활동]

[장애인 작업장
(세계근육디스트로피)]
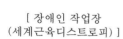

[찬양으로 영광을
(장애인 찬양팀)]

복지선교회
20년의 발자취

2007

[2007년 국제장애인문화교류부평구협회 창립 / 장애인수련

[가위손의 아름다운봉사]

[필리핀선교지 방문]

[안티폴로시 선교센터 앞에서]

[필리핀 건설부장관과 상담 후 기념촬영]

[안티폴로시장과 함께(선교사업 상담)]

[경찰청 신우회장님과 함께]

[원주민교회 목사님 가족과 함께]

[원주민교회 설교를 마치고]

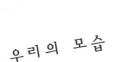

우리의 모습

우리의 모습이 두 손을 꼭 움켜쥐고 살았다면 이젠 그 두 손을 활짝 펼 수 있기 바랍니다.

가진 것이 비록 작은 것이라도 그것이 꼭 필요한 사람이 있다면 나눠주는 자가 되기 바랍니다.

이것은 두 손을 가진 최소한에 역할이기 때문입니다.

나의 두 눈이 나만을 위한 눈이었다면 이젠 그 눈의 시선을 우리의 이웃을 위해 한번 돌려 보시기 바랍니다.

보는 시야가 비록 좁다 해도 도움이 꼭 필요한 사람을 보고 그들에게 찾아가 도움 주는 방법을 찾아보고 같이 가시기 바랍니다.

우리는 두 귀로 달콤함만을 들었습니까?

하지만 이제부터 두 귀를 활짝 열고 들어야 합니다.

비록 쓴 소리에 아픔이 있어도 들어주고 위로해 줄 수 있어야 합니다.

그것은 더불어 함께할 조건입니다.

우리의 입으로는 늘 불평만 했다면 이젠 그 입으로 감사하시기 바랍니다.

비록 작은 것을 받거나 행여 받은 것이 없다 할지라도 그것에 감사하고 함께 손잡고 웃으며 축복하기 바랍니다. 이것은 고운 입 가지고 아름다운 열매 맺는 기준이기에 그렇습니다.

우리는 마음의 문을 꼭 닫고 살았습니다. 그러나 이젠 그 마음에 문을 여시기 바랍니다.

이웃을 향해 사랑으로 포용하고 감싸 안을 수 있기 바랍니다.

아름다운 미소로 그들에게 다가 서시기 바랍니다.

이는 내가 사랑을 받고 은혜 입은 소중한 사람이기에 또한 함께 나누고 사랑해야 할 소중한 달란트를 가졌기에 우리는 힘찬 발걸음을 내딛어야 합니다.

그리하면 주님이 기뻐하시는 아름다운 믿음의 사람으로 회복될 것입니다.

복지선교회
20년의 발자취

2008

[연합기독교방송 수련회]

[지역주민과 함께 문화축제]

[지역주민과 함께 문화축제]

[당진 축제 한마당(보행 보조기기 전달)]

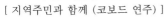

[지역주민과 함께 (코보드 연주)]

[가위손의 아름다운 봉사]

19

복지선교회
20년의 발자취

2009

[섬김과 나눔의 바자회]

[보행보조기 전달 총 120대]　　[당진 문화축제를 마치고

[솔안공원 찬양과 기쁨으로 봉사]

[장애인 문화 체험교실]

[제 29회 장애인의 날 행사]

복지선교회
20년의 발자취

2010

[닉 부이치치 한국방문 3일간 동행취지

[글로벌 예원 공연 및 봉사활동

[복지선교교회 이전감사예배]

[소망원 방문]

[2010 장애인수련회]

[사랑의 쌀 나누기]

복지선교회
20년의 발자취

2011

[복지선교회교회 이전 1주년 감사 선교사파송예배]

[문화체험교실]

[섬김과 나눔 중동메디칼

마 야 문 명 의 멸 망

멕시코 남부 치아파스주에서 과테말라와 유카탄 반도 전역 온 두라스 일대에 퍼진 아메리카 인디언들이 고대에 형성시켰던 찬란한 문명을 우리는 마야 문명이라고 합니다.

현대인들의 안목을 가지고 보아도 경탄 할 수밖에 없는 이 고대의 문명은 A.D 850~950년경에 별다른 이유 없이 갑자기 소멸해 버리고 말았습니다. 따라서 후세 사가들은 마야문명을 대하면서 신비스러운 의혹을 지니지 않을 수 없습니다.

외적인 침입을 받은 흔적도 없고 자기들끼리 싸운 흔적도 없이 일시에 사람들이 증발해 버림으로 끝나버린 마야문명의 신비는 도대체 무엇일까?

역사학자들 중에는 상식적으로 이해할 수 없는 고대 마야문명의 소멸 원인을 규명하고자 연구하는 사람이 많이 있습니다.

그중에서도 가장 신비성이 있는 연구로 이런 것이 있습니다.

마야문명은 지도계층의 각종 수탈에 견디다 못한 백성들이 그 도시로부터 하나 둘 씩 또는 집단으로 도망을 하므로 소멸했다

는 학설입니다.

즉, 무거운 세금, 각양각색의 추징금, 그리고 군인과 마야신의 횡포, 이런 것들에 이끌이 난 어진 백성들은 모든 것을 다 버리고 자기의 생명을 부지하기 위하여 무조건 달아나 버렸다는 것입니다. 그러므로 마야문명의 멸망의 원인은 그들을 이끈 폭정 때문이라는 것입니다. 사람들은 호랑이가 무서워 자기의 삶의 터전을 버리지는 않습니다.

오늘날 기독교에서 이탈하는 성도들이 늘어나고 있습니다. 그들이 왜 교회를 떠나고 있는지를 교회의 지도자들은 마야 문명의 멸망의 원인과 더불어 신중히 고민하며 돌아보아야 할 것입니다.

민 32:7 말씀에 너희가 어찌하여 이스라엘 자손으로 낙심케 하여 여호와께서 그들에게 주신 땅으로 건너갈 수 없게 하려 하느냐.

우리 모두 깊이 묵상하시고 회복할 수 있기 바랍니다.

복지선교회
20년의 발자취

2012

[사단법인 누가 중동메디칼]

[기업예배]

[섬김과 나눔의 봉사]

[마사지 봉사]

[〈사회적 기업〉 자애인 자립장]

[연합기독교방송 기도회]

[바퀴달고 세상으로 무지개 장애인 자립센터]

[연합기독교방송 선교센터 개원]

[섬김과 나눔 사랑의 바자회
(복지선교교회)]

복지선교회
20년의 발자취

2013

[더불어 함께하는 아름다운 사회를 위한 장애인 수련회 봉사활동]

[섬김과 나눔, 사랑의 바자회]

 [동암역 찬양으로 주님께 영광을! 그리고 섬김과 나눔의 아름다운 봉사]

27

[일본 오사카 지역 선교지방문]

2014

[군 선교 / 문화공연과 선교용품전달]

[장애인수련회 봉사활동 / 선교용품전달 및 의료봉사와 마사지봉사]

[사할린동포 문화공연 및 이·미용 마사지와 의료봉사]

[미가요양병원 봉사활동]

몽골 선교지 1차 탐방 현장

2016. 5. 1 ~ 5. 7

몽골 선교지 2차 탐방 현장

2017. 7.9 ~ 7.15

몽골 선교지 2차 탐방 현장

야외예배 및 바자회 봉사활동

칭찬

사람은 보통 95퍼센트의 좋은 점과 5퍼센트의 좋지 않은 점을 갖고 있습니다.
100퍼센트 좋은 사람은 아무도 없습니다.
그러나 95퍼센트의 좋은 점을 보면서 사는 사람이 있고,
5퍼센트의 좋지 않은 점을 보면서 사는 사람이 있습니다.
자기 자신에 대해서도 마찬가지입니다.
95퍼센트를 보고 사는 사람은 힘 있게, 자신감 있게 삽니다.

다른 사람의 95퍼센트를 보면 좋은 관계가 형성되지만
5퍼센트에 주목하면 관계가 틀어집니다.
그 5퍼센트를 바꾸려고 하기 때문입니다.
그러나 그 5퍼센트는 그가 평생 지니고 사는 것이고
우리가 받아 줘야 할 부분이지, 바로 잡으려고 애쓸 부분이 아닙니다.

완전한 사람은 존재하지 않습니다.
사람은 세워 주고 키워 주어야 할 대상입니다.
성경은 '도가니로 은을, 풀무로 금을, 칭찬으로 사람을' 만든다고 했습니다.
칭찬이 금과 은 같은 사람을 만듭니다.
칭찬하는 삶으로 변화 할 수 있는 우리 모두가 되었으면 좋겠습니다.

양천구 장애인 어울림 한마당

되돌아 올수 없는 인생

자전거를 타는 사람은 앞으로 가야 넘어지지 않습니다.
신앙은 누워서 앉아서 이 생각, 저 생각한다고 되는 것이 아니요 움직여야 합니다.
하나님께서는 어떤 장애물을 만날지라도 앞으로 전진 하면 모든 것이 형통하고
복된 길이 열린다고 말씀하시면서 마음을 강하게 하고 담대하게 나가라고 하십니다.
하나님의 능력을 믿기에 담대한 것입니다.

힘든 세상을 향해 힘들다라는 말은 누구든지 할 수 있습니다.
그러나 문제가 기회임을 알고 달려 나갈 때 우리는 모든 문제에서 해방될 수 있는 것입니다.
오늘 우리가 담대한 것은 하나님의 능력을 의지하기 때문입니다.
없는 것 바라보고 실망 할 것이 아니라 하나님을 바라보시기 바랍니다.
제 힘만 의지하면 담대함으로 나갈 수 없습니다.
담대함이란 넓은 마음, 큰마음입니다.
작은 일로 넘어지거나 무너져서는 안 됩니다.

소심한 사람은 별 말 아닌 것에서 넘어지고 무너집니다.
오늘 우리는 마음을 강하게 그리고 담대히 가지고
우리를 향하신 하나님의 계획을 믿고 나갈 수 있기 원합니다.
분명한 목표를 가졌다면 좌로나 우로나 흔들리지 않아야 합니다.
후회하기엔 너무도 짧은 되돌아 올수 없는 우리의 인생입니다.

복지선교교회

사)국제장애인 문화교류 인천시/부평구 협회

군선교 대회

세월을 아끼라

시편기자는 시:90:10에서 "우리의 연수가 칠십이요 강건하면 팔십이라도 그 연수의 자랑은 수고와 슬픔뿐이요 신속히 가니 우리가 날아가나이다."하고 12절에서 "우리에게 우리 날 계수함을 가르치사 지혜의 마음을 얻게 하소서"라고 기도했습니다.

바울사도는 엡 5:15-16절에서 "어떻게 행할 것을 자세히 주의하여 지혜 없는 자 같이 하지 말고 지혜 있는 자 같이 하여 세월을 아끼라 때가 악 하니라"고 말했습니다.
'아끼라는 말은 시장에서 물건을 살 때나 거래 할 때처럼 인생의 기회를 포착하라는 말입니다. 지금 우리는 매우 악한 세상에 살고 있을 뿐 아니라 아주 짧은 인생을 살고 있기 때문에 기회를 잘 포착해서 최상의 인생을 만들어가야 합니다.

시간이 흐를수록 주님 앞에 설 때가 가까워지고 주님 오실 날이 점점 다가오는 마지막 때를 사는 성도로써 세월을 아껴서 힘써 해야 할 일은 무엇이겠습니까?
열심을 다해 주를 섬겨야 합니다. 때를 얻든지 못 얻든지 전도해야 합니다.
되돌아 갈수 없는 인생길에서 우리는 어디를 향하고 있습니까?

세월을 아껴 우리가 할 수 있는 것은 열심을 가지고 기도하며 주님의 지상명령을 순종할 때 주님이 지키시고 인도하셔서 형통하고 복된 길을 가시기를 소망합니다.

하나요양병원 정기예배와 봉사

더불어 함께

한 지체가 고통을 받을 때 우리는 어떻게 합니까?
미시간 주 서부에 사는 15세 소년이 암 치료를 받고 있었습니다. 화학 요법은 일시적으로 효과가 있었지만
구역질이 심하게 나고 머리카락이 빠지기 시작합니다. 소년은 병이 가장 불확실하고 고통스러울 때에,
부끄러움을 무릅쓰고 머리카락이 빠진 채 학교에 가야만 했습니다.

그런데 학교에 간 소년은 놀라운 일을 발견하게 됩니다.
소년의 많은 친구들의 머리에도 머리카락이 하나도 없었던 것입니다.
친구들은 모두 머리를 깎고 학교에 온 것이었습니다.
그들은 친구의 고통을 줄여주고 친구가 잘 적응할 수 있도록 도울 수 있는 방법을 생각한 끝에, 친구와 똑같이
머리를 자르는 방법을 생각해 낸 것입니다.

"만일 한 지체가 고통을 받으면 모든 지체도 함께 고통을 받고 한 지체가 영광을 얻으면 모든 지체도 함께
즐거워하나니" 다른 사람의 마음을 느낄 수 있는 능력인 감정 이입을 공동체 내의 그리스도인들이 가져야 합니다.

우리는 그리스도라는 몸의 지체들이며, 하나님께서는 우리가 손을 내밀어 서로를 돕기를 원하십니다.
우리가 서로에게 제공하는 보살핌의 명칭은 사랑이며, 사랑은 결코 자신의 방법만을 고집하지 않는 것입니다.

파주 사할린 동포 섬김과 나눔

세가지 조심할 것

동양의 성현 공자는 "군자유삼계 (君子有三戒)"를 가르쳤습니다.
즉 군자에게는 경계해야 할 세 가지가 있다는 것입니다.

첫째로, 청년기는 혈기를 주체할 수 없는 때이므로 혈기를 다스리지 아니하면 인생의 방향이 빗나갈 수 있음을 주의시켰습니다.

둘째로, 장년기는 혈기가 왕성한 시기이므로 싸우는 일에 주의하라고 했습니다.
이때는 일에 열심을 내면서 앞으로 전진만 하다보면 좌충우돌 사방에 대적을 만들 수가 있음을 경계했습니다.

셋째로, 노년기는 혈기가 쇠한 때인데, 이때는 욕심이 많아지므로 재물이나 명예를 얻는 것에 주의하라고 일러주었습니다. 사람이 늙을수록 혈기는 쇠하지만 욕심은 반비례하여 커지므로 그것을 다스리지 않으면 명예를 잃게 될 것을 가르쳤습니다.

그리스도를 믿지 않는 사람들도 양심의 법이 있어 자기를 다스리고 죄로부터 자신을 정결히 지키려고 노력합니다.
그래서 부지런한 사람은 하루에 세 번 씩 자기를 반성하며 올바르게 살려고 노력합니다.
그렇다면 우리 그리스도인들은 자신의 몸이 성령의 전임을 알고 끊임없이 정결하게 살도록 애써야 합니다.
하루에 한 번씩이라도 자신을 돌아보고 세속을 경계할 때, 경건의 능력을 지닌 참된 그리스도인들이 될 것입니다.

아름다운 사회를

이레 장애인 수련회 봉사활동

사단법인 누가 참의원 예배와 봉사

순간을 소중히

지나갑니다.

더딜 거라 생각했던 시간들이... 세월들이...

너무나 빠르게 지나가고 있습니다.

그땐 미처 깨닫지 못했는데 지나고 보면 놓쳐버린 소중했던 것들이 마음을 아프게 합니다.

그때 그 순간에만 누릴 수 있고, 전할 수 있는 잃어버린 시간이 문득 그립습니다.

니체는 '인간적인 너무나 인간적인' 이라는 책에서 다음과 같이 이야기 합니다.

"하루를 기분 좋게 시작하고 싶다면 잠에서 깨었을 때 오늘 하루 동안 적어도 한 사람에게,

적어도 하나의 기쁨을 선사할 수 있는지에 대하여 생각하라. 그 기쁨이 아주 사소한 것이라도 상관없다.

그리고 어떻게든 그 바람이 실현되도록 노력하며 하루를 보내라"

하나님이 허락하신 삶이라는 선물, 순간을 영원처럼 기분 좋게 살기 원합니다.

엘림 세계장애인과 함께

효사랑 나눔의 장

수봉요양원 어버이날 예배와 봉사

이레장애인선교회 예배와 나눔

세움공동체 예배와 나눔

세계장애인과 함께 봉사와 나눔

천보산 자연휴양림 예배와 나눔

24년 몽골 선교지 방문

나눔의 선교찬양제

선교 18주년 감사예배

연합기독교방송 당진 기도회

선교용품 발송과 나눔

몽골 선교용품 발송
64박스 800kg

몽골 선교용품

설 떡국 떡 나눔

섬김과 나눔의 아름다운사회를!
당진에서 나눔을~
ACBC 연합기독교방송

요양병원 솔 & 스토리 봉사

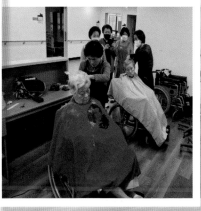

엘림장애인 봉사

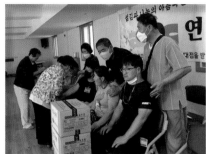

의정부/이례장애인/솔 & 스토리 떡국떡 나눔

떡국떡 나눔

행복한 선교회 예배와 나눔

답동소공원 나눔봉사

노인정 봉사

서울역 광야교회

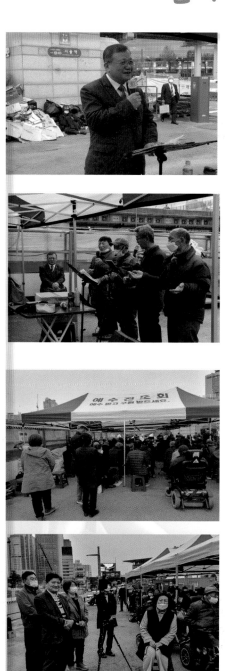

서울역 성탄 감사예배

의정부 생명나무교회

요양병원 예배와 이 미용 마사지 봉사

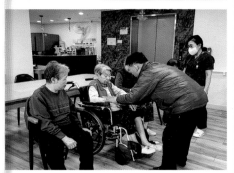

새 생명 소망교회 예배와 떡국떡나눔

서울역 채움터 예배와 나눔

복지선교회 19주년 감사예배

필리핀 선교지 연합기독교방송 찬양페스티발

다골선교지 복음의 빛으로 하나되게!

몽골선교지 연합기독교방송 예배와 봉사

몽골선교지
방문

몽골선교지 연합기독교방송 예배와 봉사

박찬영 목사

신 앙 칼 럼

제 1 부

2004년 – 2009년

섬김과 나눔의 아름다운 동역자

섬김과 나눔의 아름다운동역자

인간의 끊임 없는 추구함은 상생의 도전정신이 아닌 만족함이 없는 욕구불만의 의식 속에서 표류함은 아닌지?

삶의 질은 향상되어가지만 향상된 그 시점에서 위만 바라보노라면 만족함은 바닥을 치고 있을 것이다.
섬김과 나눔의 자리에서 상대적 빈곤이란 사치스런 단어이다.
오늘의 우리는 물질의 풍요 속에 살면서 풍요로움을 바닥에 깔고 우러러 이상을 추구한다면 ...

우리의 시야의 관점을 어디에 두고 있는가?
사도바울은 이 세대를 본받지 말고 새롭게 변화하여 그리스도 안에서 한 몸이 되어 지체가 되었으니 "즐거워하는 자들로 함께 즐거워하고 우는 자들로 함께 울라"
(롬12:15)고 가르치고 있지만 우리의 삶의 모습은 이기적 사고에 주저하며 외면하다. 그들에게 마음의 상처는 주지 않았는지?

우리는 지금까지 지키시고 인도하신 주님의 은혜를 생각하며 무지함에 고통당하며 살아가고 있는 이들과 가난 속에서 마음 아파하며 어려움에 눈물 흘리는 그들에게 그리스도의 사랑으로 다가 서서 용기와 힘을 주며 주님께서 긍휼과 자비를 베풀어 주시기를 간구하며 기도 할 수 있는 한 몸된 지체이기를 ...

이제 우리는 섬김과 나눔의 아름다운동역자로 거짓된 길이 아닌 참된 길에서 우둔하고 미련한 삶이 아닌 명철하고 지혜로운 삶으로 그리스도인의 향기를 발하며 수많은 갈등과 반목으로 혼돈된 세파의 소용돌이 속에서 빛과 소금의 맛을 잃지 않고 감사하는 마음으로 살아 갈수 있기를 소망합니다.
주님의 영광을 위하여!

시간을 아끼다

그런즉 너희가 어떻게 행할 것을 자세히 주의하여 지혜없는 자 같이 말고 오직 지혜있는 자 같이 하여 세월을 아끼라 때가 악하니라(엡5:15~16)

작가이며 연사인 존 어스킨(1879~1951)은 그의 삶에서 가장 귀중한 교훈을 14살에 배웠다고 말했습니다.

피아노 선생님이 그에게 연습을 얼마나 많이 하느냐고 물었습니다.
그는 한 번에 한 시간 정도 피아노 앞에 앉아 있는다고 대답했습니다.

선생님은 이렇게 주의를 주었습니다.
"그렇게 하지 말아라. 어른이 되면 그만큼 오랫동안 앉아 있을 시간이 없게 돼. 학교가기 전에 5분이나 10분. 점심 먹고 시간이 조금 날 때마다 몇 분씩 연습하는거야. 집에서 심부름하는 사이에도 짬짬이 연습해야 해. 연습을 하루 중 언제든지 틈틈이 하면 음악이 너의 삶의 한 부분이 될 수 있어."

훗날 어스킨은 이 충고대로 하여 가르치는 일을 본업으로 하면서도 동시에 창의적인 작가로서 만족한 삶을 살고 있다고 말했습니다.
그는 자신의 대표작인 [트로이의 할렌]이라는 책의 대부분을 학교와 집 사이를 출,퇴근 하며 전차 안에서 썼습니다.

우리가 여유시간을 선용하는 방법은 무엇일까?
시간이 있을 때마다 책을 읽거나, 기도하거나, 도움이 필요한 사람을 위한 격려나 충고의 글을 쓰는 것도 유익할 것이다. 이보다 근본적으로 우리가 점검해야 하는 것은 시간을 주신 분이 누구냐라는 것이다.
바쁜 일상을 살아가는 삶 속에서 조그마한 휴식과 의미있는 삶을 누릴 수 있는 지혜는 바로 짜투리 시간을 이용해서 의미있는 일을 하는 것이다.

인도하며 지키시는 주님

프레드릭 놀란은 북아프리카에서 선교활동을 하다가 붙잡힐 위험에 처하게 되었습니다. 그는 자신을 붙잡으려고 뒤쫓는 많은 무리들을 피하여 언덕과 골짜기로 정신없이 도망하였으나 결국 더 숨을 곳이 없는 막다른 골짜기에 이르게 되었습니다.

지칠대로 지친 그는 더 이상 피신할 힘도 없게 되었지요. 그 때 그는 우연히 작은 동굴 하나를 발견하게 됩니다. 너무나 급박한 나머지 그는 붙잡힐 각오를 하고, 그 동굴로 들어가면서 이렇게 기도했습니다. "내 삶의 능력이 되시는 하나님 나를 살려 주옵소서, 나의 생명을 오직 주께 맡깁니다."

그는 동굴 속에 쓰러지면서 오직 자신에게 임박한 죽음을 생각했습니다. 그때 마침 조그마한 거미 한마리가 동굴 입구에 거미줄을 치기 시작했어요. 불과 몇 분이 지나지 않아 그 거미는 멋지게 동굴 입구에 거미줄을 다 치게 되었습니다. 그를 추격하던 사람들은 동굴 입구에서 프레드릭 놀란이 분명 그 동굴 안에 숨어 있을 것이라고 생각했습니다. 하지만 동굴 입구에 둘러져진 거미줄을 보고서는 프레드릭 놀란이 이 동굴이 아닌 다른 곳으로 피신했을지도 모른다는 의심이 생겼습니다. 단 한시도 그를 놓쳐서는 않된다는 급한 생각에 그들은 그 동굴을 그만 지나가게 되었습니다.

위험에서 구출함을 받고, 동굴에서 나온 프레드릭은 이렇게 외칩니다.
"하나님이 계신 곳은 가느다란 거미줄도 두터운 방벽이 되고. 하나님이 없는 곳에서는 아무리 두꺼운 방벽도 한 낫 거미줄이다".

그렇습니다.
우리 삶의 창과 방패요, 산성이 되시는 분이 전능자 하나님이십니다.
'할 수 있거든이 무슨 말이나 믿는 자에게 능치 못함이 없다'고 하신 하나님의 말씀을 온전히 믿으십시오. 그리고 내 삶의 전부를 맡기십시오.
분명 하나님께서 당신의 삶을 영원한 생명과 축복의 길로 안내하실 것입니다.
나의 힘이 되신 여호와여 내가 주를 사랑 하나이다.
여호와는 나의 반석이시요 나의 요새시요 나를 건지시는 자시요.
나의 하나님이시요 나의 피할 바위시요.
나의 방패시요 나의 구원의 뿔 이시오 나의 산성이시로다.

손에 잡히는 것부터

선교에 감동 받는 일은 어쩌면 쉬운 일이다.

또한 선교에 헌신하겠다고 마음먹는 일도 쉽게 할 수 있을 것이다.

그러나 실제 선교에 참여하는 일은 주저하게 된다.

무엇부터 해야 할지 잘 모르는 경우가 많다. 그러다 선교에 대한 감동과 헌신이 시간이 지나면서 희미해지고 시간이 더 지나면 그 감동마저도 잊혀지는 경우가 허다하다. 선교에 대한 감동과 헌신이 실제 삶으로 연결되기 위해서는 실제적인 참여가 필요하다. 그냥 방안에 앉아서 생각한다고 실제적인 참여 방안이 생각나는 것이 아니기 때문이다. 대개의 경우 선교. 헌신자들이 어떻게 선교에 참여할까를 고민하고만 있거나 염려만 하고 있는 경우가 많다. 고민하고 염려하는 데 시간을 보내기 보다는 완전하지는 않더라도 일단 손에 잡히는 것부터 참여하는 것이 중요하다.

우리는 다음과 같은 일들을 손쉽게 시작할 수 있다. 당신이 속한 공동체 안에 있는 선교모임을 찾아가라. 당신이 속한 교회나 공동체 안에 선교모임이 있다면 그 모임을 먼저 찾아가라. 그 곳에서 당신에게 도움을 줄 것이다.

또한 선교관련 도서를 읽으라. 무슨 책을 읽을지 막연하다면 주요 기독출판사의 선교 코너의 도서들을 살펴보고 그 중에서 선택하면 된다. 처음부터 너무 구체적인 선교전략이나 지역에 대한 글, 혹은 신학적인 것 보다는 선교 전체를 다루는 도서를 선정하는 것도 좋다.

혹은 선교사 열전을 먼저 읽는 것도 선교에 대한 친밀감을 형성하는데 도움이 될 것이다.

어면 일에서 든지 무엇보다 중요한 것은 걸음을 내딛는 일이다.

걸음을 내딛지 않고는 아무 일도 일어나지 않는다. 막연한 두려움이나 염려는 첫 걸음을 내딛는 순간 안개와 같이 사라질 것이다. 선교도 마찬가지다.

선교에 대한 당신의 생각과 관심이 마음의 의식 수중에만 머물러 있다면 결코 선교를 통해 주어지는 놀라운 하나님의 축복을 경험할 수 없을 것이다. 어떤 일이라도 좋다 지금 당장 당신의 손과 발을 움직여 선교에 참여 하라.

삶의 모습에서...

추운 날씨에 궂은 비오는 1월의 어느 날 오후 승용차 라이트를 켠 채 약속 장소를 향해 달려가 개봉동 어느 골목식당 어귀에 멈춰 주차했다.

모든 업무를 마치고 자동차 시동을 걸었으나 시동이 걸리지 않아 확인해보니 방전된 상태였다. 춥고 좁은 공간의 자동차안에서 보험회사로 전화를 걸어 긴급출동을 요구하며 차 창밖 눈에 보이는 문구대로 해물탕 전문점 옆이라고 알려주고 빠른 서비스를 요구했다.

그런데 30여분이 지나도 서비스차량은 보이지 않고 전화만 계속 온다.

어느 골목 상호가 무엇이냐고 계속해서 차 창밖 간판을 보고 해물탕 전문점 이라고 일러주기를 몇 차례 답답한 마음에 비를 맞으면서 밖으로 나와 보니 아뿔사 간판의 상호는 충남집이었다.

우리의 삶의 모습에서 눈에 보이는것만 집착하며 진정 원하는 것은 찾지 못함이 아닌가?

전체를 관찰 할 수 있는 시야를 소유 했으면서도 우리는 어느 한곳에만 멈추어져 있음은 아닌지?

풍족하진 않아도 풍요롭게 살아갈 수 있는 삶의 여력을 간과하여 스쳐 지나거나 소홀히 하여 찌들어져 있음은 아닌가?

삶의 모습에서 우리의 시야는 어딜 향하고 있는가?

세속화된 삶의 소용돌이 속에서 나만의 삶이 아니라 문을 열고 나올 수 있는 변화와 도전으로 안목의 시야를 넓혀 섬김과 나눔의 장으로 한 걸음 한 걸음 다가 설 수 있다면 우리의 이웃과 함께 아름다운 사랑을 나눌 수 있으리...

섬김의 향기

테레사 수녀를 가까이 하는 사람마다 그녀의 인격에 순결한 감동을 받습니다. 특별히 질투 없이 살아가는 모습에서 주변 사람들은 커다란 도전이 되었습니다. 어느 날 이 테레사와 살고 있었던 한 분이 그녀에게 이런 질문을 했다고 합니다. 그 때 마침 테레사는 한 어린이의 고름을 만지면서 치료를 하고 있었을 때입니다.

이 분이 그녀 곁에 다가서서 이런 질문을 합니다.
"수녀님, 당신은 잘 사는 사람, 평안하게 살아가는 사람, 그리고 높은 자리에서 삶을 살아가는 그런 사람들을 바라볼 때에 시기심이 안 생깁니까?
이런 삶으로 만족하십니까?
이 질문을 받았을 때 테레사는 이런 유명한 대답을 했습니다.
"허리를 굽히고 섬기는 사람에게는 위를 쳐다볼 수 있는 시간이 없으니까요."
여기에서 우리는 섬김의 지혜와 섬김의 자부심을 터득한 한 여인의 모습을 볼 수가 있습니다.

하늘나라를 소유한 자는 섬기는 사람들입니다.
섬기는 것이 귀한 것입니다. 우리가 주 앞에 서는 날 주님은 "네가 얼마나 편안하게 잘살았느냐."라는 질문을 하지 않으실 것입니다.
"너는 얼마나 높은 자리에서 폼을 재면서 삶을 살았는가." 라는 질문을 하지 않을 것입니다.
우리가 주님 앞에 서는 날 주께서 물으실 질문을 생각하십시오.
"너는 몇 사람이나 섬겼느냐."
당신의 삶은 얼마나 이 섬김의 향기와 섬김의 자질로 가득 차 있습니까?

욕심 없는 삶

외국에서 어떤 분이 성실하게 열심히 노력하여 육십세에 미화 백만 달러를 모 았습니다.

그가 돈을 모으자 친지들과 동료들이 이구동성으로 이제는 그만 벌고 나머지 인생을 재미있게 봉사하며 살라고 권면했습니다.

그러나 그는 내가 적어도 앞으로 이십년은 더 살 것인데 그렇게 하려면 백만 달 러로는 안심이 안돼. 나는 돈이 더 있어야만 해 라고 말하며 쉬지 않고 기를 쓰 며 일을 계속했습니다.

그러다 그는 삼년이 지나기도 전에 병들어 죽고 말았다고 합니다.
얼마나 가슴 아픈일입니까 우리의 삶의 모습은 어떠합니까?
세상을 살면서 무엇이든 긁어 모으고 소유만 하는 것이 참 삶은 아닙니다.
참된 삶은 많든 적든 자신에게 주어진 것을 만족하며 참으로 잘 누리고 사는 것입니다.
인생은 하나님이 주신 단 한번의 기회입니다.

이 한번 주어진 삶을 단지 물질만 많이 끌어 모아 소유하기 위하여 혈안이 되 어 발버둥치다가 뜬 구름같이 사라져 버리면 그 얼마나 어리석은 일입니까?

현재 가진 재산이 많거나 적거나 간에 가진 것을 누리며 지족하는 삶을 사는 것이 현명한 삶입니다.
인생을 하나님께로부터 감사함으로 받아서 그 삶의 모든 과정을 진정으로 누 리며 자족하는 삶을 사는 것이 현명한 삶입니다.
인생을 하나님께로부터 감사함으로 받아서 그 삶의 모든 과정을 진정으로 누 리고 즐기며 살아가는 사람은 후회없이 축복된 인생을 살아갈 수 있습니다.

당신의 선택은?

기억상실증에 걸린 한 남자가 의사를 찾아갔습니다.

그는 의사에게서 이런 진단을 받았습니다.

"당신의 기억을 되살리려면 당신 시력이 손상될지도 모릅니다. 다른 방법이 없습니다.

선택은 당신이 하십시오. 기억을 되찾길 원하십니까?

아니면 두눈이 멀쩡하기를 원하십니까?"

그는 심사숙고한 후 대답했습니다.

"저는 기억 되살리기보다는 제 시력을 그대로 유지하겠습니다.

제가 과거에 어디에 있었느냐를 보기보다는 앞으로 어디로 가게 되는지를 보는 것이 더 낫다고 생각합니다."

우리는 과거의 일을 바로잡을 수 없습니다.

과거의 문은 이미 닫혀 있지만 미래는 새로운 가능성으로 열려 있습니다. 하지만 과거의 실패나 성공에 계속 얽매여 있다면 앞으로도 의미 있는 삶을 살 수 없습니다.

우리가 크리스천으로서 삶을 살면서 기본적으로 요구되는 것은 바로 과거에 지배받지 않으면서 과거로부터 교훈을 얻는 것입니다.

그러나 실상은 과거에서 벗어나지 못하고 있는 크리스천들이 많습니다.

그들은 몇 번 노력하다 실패한 후에는 다시 시도하지 않기로 마음먹습니다.

그들은 과거의 기억 때문에 미래의 가능성에 대해서는 눈이 멀어 있습니다.

우리가 하나님의 용서를 확신한다면, 하나님께서는 우리의 얼룩진 과거조차도 기꺼이 좋은 결과를 낳게 해주실 것이라고 믿을 수 있습니다.

그러므로 믿음의 관점에서 최선의 선택을 위해 주님을 바라 보십시오.

할렐루야!!

나는 누구인가?

어느 공원 벤치에 어떤 사람이 밤늦도록 앉아있었습니다.
밤이 되어 공원 관리인이 순찰을 돌다 이 사람을 발견하고
"당신은 누구요?"하고 질문을 던졌습니다.
그러나 도무지 응답이 없어 큰소리로 "이 사람아 누구야. 이사람 어디서 왔어!"
하고 고함을 쳤더니 일어나면서 하는 말이 "내가 누구냐고? 나는 그것을 몰라
서 지금까지 생각을 하고 있는데"라고 대답했는데, 그는 독일의 유명한 철학자
쇼펜하워 였습니다.

"나는 과연 누구인가?"
이 질문이 풀려야 공부를 하든, 사업을 하든 이 한목숨 받쳐 뭔가 한번 해보겠
는데 풀리지 않는 질문입니다.
그래서 어떤 사람은 이 질문을 푸는 것을 아예 포기해 버리고 사는 사람도 있
습니다. 그러나 친구가 죽었다든지, 입시에 실패했다든지 큰 불행한 일이 닥칠
때, 또는 내 자신도 알 수 없는 큰 실언, 큰 실수를 저질러 놓고 잠 못 이루는 밤
이면 이 질문은 어김없이 또 찾아옵니다.

"나는 누구인가? "성서에 보면 "하나님이 흙으로 사람을 지으시고 생기를 그 코에 불
어 넣으시니 사람이 생령이 된지라." (창2:7)고 사람의 현주소를 분명히 가르쳐 주고
있습니다.
사람은 본래 영혼과 육체를 가진 영적 존재로 지음 받았습니다.
그러므로 위로는 창조주 하나님을 경외하고 동료 인간과는 인격적 사랑의 교
제를 나누고 아래로는 만물을 다스리며 행복하게 살도록 지음을 받았습니다.

나의 살 길은 내 영혼이 생명 시냇가에 심겨져 사는 것입니다.
즉, 하나님께로 돌아가 하나님의 품안에 안기는 것입니다.
여기 참 평안의 안식처가 있습니다.

"수고하고 무거운 짐진자들아 다 내게로 오라. 내가 너희를 쉬게 하리라"

(마태복음 11:28)

네가 믿으면 하나님의 영광을 보리라

물건은 눈으로만 봅니다. 음악은 귀로 들어야 합니다.
음악은 눈으로 들을 수는 없습니다. 음식 맛은 눈으로도 귀로도 볼 수 없습니다. 음식은 혀로 맛을 봅니다. 그러면 하나님은 어떻게 볼 수 있을까요? 하나님은 믿음으로 볼 수가 있습니다.
사실 하나님은 어느 곳에든지 계십니다. 자연 속에도 계시고, 인류의 역사 속에도 계시고, 인간의 마음속에도 계십니다. 그런데 볼 수 없고 하나님의 임재가 느껴지지 않는 것은 믿음이 없기 때문입니다.
어떤 사람들은 "하나님을 보여 달라, 그러면 믿겠다"고 하는데 그것처럼 어리석은 말이 없습니다. 믿음이 없는 자에게는 하나님을 보여 줄 수 있는 방법이 없기 때문입니다.

지금 우리가 있는 곳에는 눈에 보이지 않지만 전파는 구석구석 가득 차있습니다. 육안으로는 보이지 않지만 라디오 주파수만 맞추면 모든 방송을 다 청취할 수 있고 안테나를 세워놓고 TV만 틀면 지구 저편에 있는 방송까지도 시청할 수 있습니다. 또한 핸드폰만 있으면 지구상의 모든 이와 통화할 수 있습니다.
문제는 내게 적당한 도구와 주파수가 맞추어졌느냐하는 것입니다.

내가 볼 수 없기 때문에 없다는 것은 어리석은 말입니다.
우리가 믿음을 가지고 하나님과 합한자가 되면 하나님의 말씀을 들을 수 있고 하나님을 볼 수가 있습니다. 이것이 신앙의 세계인 것입니다.
하나님에 대한 믿음이 있는 사람은 역사 속에서 하나님의 손길을 볼 수 있습니다. 믿음을 가지고 하나님의 말씀을 대할 때, 구절구절마다 하나님의 음성이 들려옵니다. 믿음으로 기도하고 찬송할 때 하나님의 위로하심을 들을 수 있습니다. 그런데 믿음을 가지는 것은 사람의 힘으로는 불가능한 일입니다.
그러나 하나님은 우리에게 불가능한 일을 시키시는 분이 아닙니다.
바울은 이 진리를 깨닫고서 빌립보서 4장13절 말씀입니다.
"내게 능력 주시는 자 안에서 내가 모든 것을 할 수 있느니라."
바로 내게 능력주시는 그 분, 즉 주님을 만나야 됩니다.
주님만이 인생의 모든 문제의 해답이십니다. 주님을 만나면, 그분이 나에게 믿음과 소망을 갖게 하시고, 사랑하게 하십니다.
오늘도 살아 역사하시는 주님을 만나시는 복된 날 되시기 바랍니다.

나는 할 수 있다.

쥬리어스 시이저는 간질환자였습니다.

가장 위대한 황제라는 아우구스터스는 심한 위궤양으로 평생을 고생했습니다.

2차대전 때 영국 공군의 영웅인 더그러스 베이더는 두 다리를 절단하고 의족을 끼운 뒤에도 공중전의 최우수 조종사였습니다. 버클러 박사가 신학교 교수로 있을 때, 희랍어에 최고점을 받은 학생은 장님이었다고 합니다.

그에게 비결을 물었더니 빌립보서 4장 13절로 대답했습니다.

"내게 능력 주시는 자안에서 내가 모든 것을 할 수 있느니라."

하나님께서 모세에게 "네 손에 있는 것이 무엇이냐." 고 물으신 것을 우리는 주목해야 할 말씀입니다.

가치 있는 것이 멀리 있는 것이 아닙니다.

능력의 근원을 멀리서 찾을 것이 아닙니다. "내 손에 현재 가지고 있는 것이 무엇이냐?"

바로 그것으로부터 하나님의 놀라운 역사는 시작되는 것입니다.

주님이 나에게 주시는 말씀으로 받으시고 믿음으로 승리하시길 축원합니다.

우리는

신앙적 양심으로 우리의 삶을 조명해 보면
흠과 티가 없는 인생이 어디 있을까?

우리는 혼돈된 세파의 소용돌이 속에서 나의 생각과 판단만을 주장하며 자신의 뜻과 일치하지 않으면 비판과 공격으로 남을 정죄하지 않았는가?
자신에겐 관대하면서 타인에겐 칼날의 잣대를 드리우진 않았는가?

공평하신 하나님 앞에서 주님의 사랑을 실천하며 용서하고 포용하며 섬김과 나눔의 아름다운 믿음의 삶을 살아가시기를 소망합니다.

사랑과 용서

1968년 조용한 사건이지만은 위대한 일이 있었습니다.
세계 제 2차 대전 당시에 나치 독일이 유대인 600만을 죽였는데
이 학살에 원흉이었던 아이히만 이라는 사람이 체포되어 재판에서 사형선고를 받고
이제 사형집행을 조용히 기다리고 있는 바로 그 시점에서 유대사람 중에 꼴 란즈 라고 하는 사람은 아이히만을 석방해 달라고 대대적으로 데모를 하여 석방운동을 합니다.
있을 수 있는 일입니까?
그런데 그는 상당한 이유를 가지고 있습니다.

첫째, 아이히만을 죽인다고 해서 죽은 유대사람이 살아나는 것이
     아니지 않느냐
둘째, 사형하지 않고 내버려두어도 인생은 다 죽듯이
     저 사람도 곧 죽을텐데 뭐 미리 죽일 거 없지 않느냐
셋째, 하나님은 그의 영혼을 이미 심판 하셨으니 우리가 심판할 것 없지 않느냐
넷째, 동생을 죽인 가인도 하나님은 용서하셨는데
     우리가 누구를 정죄한다면 그것이 옳단 말이냐
마지막 다섯째가 너무나 가슴을 뜨겁게 합니다.
사랑이 식어지는 세상에 이제 부터라도 참 사랑을 심어가야하지 않겠느냐고 하였습니다.

세월호의 시끄러운 정국을 보면서 우리 모두에게 시사 하는 바가 있습니다.
나에게 악한 것으로 해를 입힌 자는 참으로 용서가 되지 않습니다.
그러나 성령께 자신의 마음에 입은 상처를 치유해 달라고 기도하시면
그리스도의 사랑으로 용서의 마음이 주어질 줄 믿습니다.

잠 19 : 11
"노하기를 더디하는 것이 사람의 슬기요 허물을 용서하는 것이 자기의 영광이니라."

공허한 마음

사람들이 가장 힘들어하는 것이 '마음의 공허'입니다.
공허란 이(빨) 빠진 자리처럼 뭔가가 있었던 것 같은데 빠져나가 버린 것 같은
텅 빈 마음입니다.

사람들은 본능적으로 빈 공간을 채우고자 하는 욕망이 있습니다.
돈이 많으면, 넓은 집에 살면, 높은 지위를 얻으면, 맛있는 것을 먹으면 마음의
공허가 채워질까... 하여 노심초사 여러 가지 욕심을 부려보지만 아주 잠시뿐
또다시 공허는 물밀 듯이 밀려옵니다.
안의 결핍을 밖에서 채우려 하기 때문에 죽을 때까지 실패할 수밖에 없습니다.

공허의 정체는 '내 마음이 하나님을 찾는 소리 없는 아우성'입니다.
죄로 인해 하나님이 빠져나간 그 공간이 공허한 것입니다.
예수님을 믿고 하나님을 내 마음에 모셔들여 제자리를 찾으면 내가 처한 상황
과 상관없이 공허함은 곧 사라지고 마음에 평안과 기쁨과 감사와 만족함이 넘
치게 됩니다.

예수님을 믿는다고 고백하면서도 마음에 평안함과 만족함이 없고 여전히 공허
하다면 입으로 고백만 했을 뿐! 아직 마음의 빈 공간에 하나님을 모시지 않았
다는 증거입니다.

하나님을 마음속 깊이 모시고 '마음의 공허'를 치유하시기 바랍니다.

올바른 가치관
오늘날 가장 심각한 문제는 가치관이 전도 되었다는 사실입니다.

올바른 가치관이 정립되려면
1. 무엇을 하느냐 보다 무엇이 되느냐가 더 중요함을 알아야겠습니다.
   좋은 나무가 먼저 되면 좋은 열매는 자연히 따라오게 됩니다.
2. 얼마나 소유했느냐 보다 어떻게 쓰느냐가 중요한 것입니다.
   쓰는 법을 바로 알지 못하면 소유가 클수록 더 불행 합니다.
   하나님은 얼마나 소유했느냐를 계산치 않고 어떻게 썼느냐를 계산하십니다.
3. 섬김을 받는 것 보다 섬기는 생활이 더 값진 것입니다.
   칼빈은 "왕 이라도 섬김이 없이는 참으로 의롭게 다스릴 수가 없다"고 했고
   예수님은 섬기려 왔고 생명까지 주려고 세상에 왔다고 했습니다.
4. 육신보다 영혼이 잘 되는 것이 더 중요합니다.
   육신은 잠깐이요 영혼은 영원 합니다.

삶의 우선순위

이런 속담이 있습니다.
"시계가 하나인 사람은 시간을 정확히 알지만 시계가 두 개인 사람은 결코 확실한 시간을 알지 못한다.
"우리는 끊임없이 주의력이 분산당하는 세상에 살고있습니다.
어떤 목표를 설정해도 목표에서 빗나가는 경우가 많습니다.
때로는 아주 작고 사소한 일들이 크게 부풀려져 일을 그르치게 만듭니다.
지도자들이 존경받지 못하는 것은 초심에서 빗나가버린 삶 때문이다.

부부가 불행한 것은 초심에서 크게 벗어나버린 애정 때문이다.
신앙인들이 가장 존경하는 인물 중 한 사람인 토 저 목사님은 이렇게 말했습니다.
"하나님을 만나는 것, 하나님을 사랑하는 것을 삶의 최우선으로 생각하라."
이것이 그리스도인의 행복한 인생이다.

하나님을 만나지 않고는 못 견디는 사람, 하나님을 향한 사랑이 용암처럼 치솟는 열정의 사람은 행복 합니다.

하나님과의 관계를 최우선으로 생각하는 사람은 인간관계에서도 성공합니다.

하나의 시계를 주시하십시오. 두 개의 시계는 불확실 합니다.

삶의 우선순위와 목적을 정하십시오.

우리의 기도

긍휼과 자비의 주님!!
혼돈된 이시대의 아픔을 주의 권능으로 다스려 주옵시고 정치 경제 사회 문화 속에 수많은 갈등과 반목을 다스려 주옵소서 서로 불신과 원망의 마음으로 가득 찬 우리의 모습에서 무엇이 옳고 그른지 깨닫게 하옵소서

어떤 길이 참된 길이고 어떤 길이 거짓된 길인지 어떻게 삶을 살아가야 하는지 미련하고 우둔한 우리에게 주님께서 지혜와 명철을 허락해주옵소서.

무지함에 고통당하며 살아가고 있는 이들과 가난 속에서 마음 아파하며 눈물 흘리며 살아가는 자들에게 용기와 힘을 잃지 않고 살아가게 하옵시고 주님의 긍휼과 자비를 베풀어 주옵소서.

부한 자들의 마음이 교만하지 않도록 다스려 주옵시고, 그리스도인들에게 그리스도인의 향기를 발하며 세상에서 빛과 소금의 맛을 잃지 않고 살아갈 수 있도록 인도하여 주옵소서.

이 땅에 모든 교회 위에 주님이 함께하시고 복음 들고 파송된 선교사님들의 사역을 잘 감당케 하옵소서.

길이요 진리요 생명 되시는 예수 그리스도의 이름으로 기도 드립니다. - 아멘 -

칭찬

사람은 보통 95퍼센트의 좋은 점과 5퍼센트의 좋지 않은 점을 갖고 있습니다.
100퍼센트 좋은 사람은 아무도 없습니다.
그러나 95퍼센트의 좋은 점을 보면서 사는 사람이 있고, 5퍼센트의 좋지 않은
점을 보면서 사는 사람이 있습니다.

자기 자신에 대해서도 마찬가지입니다.
95퍼센트를 보고 사는 사람은 힘 있게, 자신감 있게 삽니다.

다른 사람의 95퍼센트를 보면 좋은 관계가 형성되지만 5퍼센트에 주목하면 관
계가 틀어집니다. 그 5퍼센트를 바꾸려 하기 때문입니다.
그러나 그 5퍼센트는 그가 평생 지니고 사는 것이고 우리가 받아 줘야 할 부분
이지,바로잡으려고 애쓸 부분이 아닙니다.

완전한 사람은 존재하지 않습니다.
사람은 세워 주고 키워 주어야 할 대상입니다.
성경은 '도가니로 은을, 풀무로 금을, 칭찬으로 사람을' 만든다고 했습니다.
칭찬이 금과 은 같은 사람을 만듭니다.
칭찬하는 삶으로 변화 할 수 있기를 바랍니다.

찬양은?

찬양은 곡조 있는 하나님의 말씀이요.
말씀의 선포입니다.
찬양은 곡조 있는 복음이요 복음의 메시지입니다.
찬양은 곡조 있는 기도며 대화요 교제며 신앙고백입니다.
찬양은 하나님의 능력이요 영,육의 치료입니다.
찬양은 구원받은 백성들의 감사요 승리의 기쁨과 환호입니다.
찬양은 백성들의 특권이요 마땅한 의무 일입니다.
찬양은 하나님의 자녀들이 돌리는 최상의 선물이요 경의입니다.
찬양은 하나님께서 받으시는 최상의 즐거움이요 영광입니다.
찬양은 사탄을 물리치는 강력한 무기요 힘입니다.
찬양은 좌절과 낙담 가운데 있는 성도들에게 위로요 소망입니다.
찬양은 닫힌 자의 마음 문을 여는 열쇠요 통로입니다.
찬양은 영원한 하나님 나라에서 영원토록 불려질 노래입니다.

하나님을 믿어라

그대 자신을 믿어보라.

그대는 실망할 때가 있을 것이다.
친구를 믿어보라.
어느 날 그들은 죽거나 그렇지 않으면 헤어질 것이다.
그대의 명성을 믿어보라.
어느 훼방 하는 혀가 그를 뒤집어 엎을 것이다.
그러나 변함없으신 하나님을 믿어보라.
그대는 이생과 저생에서 후회하는 일이 결코 없을 것이다.
-D.L. 무디-

형통의 복

만사형통이라는 말이 있습니다.
만 가지 일이 막힘없이 잘 이루어지는 것을 뜻합니다.
그렇게만 된다면 그 보다 더 좋을 것이 무엇이 있겠습니까?
그러나 알아야 할 것은 내 뜻대로 이루어지는 것이 아니라 하나님의 뜻대로 이루어져야 진정한 성공입니다.

왜냐하면 내 뜻보다 하나님의 뜻이 더욱 위대한 것이기 때문입니다.
그래서 우리는 항상 내 뜻대로 마옵시고 아버지의 뜻대로 되길 원 하나이다 하고 기도해야 합니다.

우리는 형통한 사람 이삭을 봅니다.
이삭은 참으로 어려운 환경 속에 있었지만 형통했습니다.
얼마나 형통했습니까?
블레셋 사람들이 시기할 정도로 형통했습니다.
얼마나 형통했으면 그렇게 시기했을까요?
우리도 그 이상으로 형통한 삶을 살아 갈수 있기 바랍니다.
우리는 지금 예수 안에서 형통의 백성들입니다.

전후좌우 사방이 우겨 삼을 당한다 할지라도
세상으로 향하지 아니하고 약속의 말씀을 붙들고 시험을 이길 때
성령의 인도하심으로 형통의 복을 받을 수 있습니다.

이제 우리는 주님의 뜻에 합한 삶을 살아 형통의 복을 받아 어둡고 험한 세상에서 그리스도의 아름다운 향기를 발할 수 있기를 원합니다.

우리 함께

한 지체가 고통을 받을 때 우리는?
미시간 주 서부에 사는 15세 소년이 암 치료를 받고 있었다.
화학 요법은 일시적으로 효과가 있었지만 구역질이 심하게 나고 머리카락이 빠지기 시작했다. 소년은 병이 가장 불확실하고 고통스러울 때에, 부끄러움을 무릅쓰고 머리카락이 빠진 채 학교에 가야 했다.

그런데 학교에 간 소년은 놀라운 일을 발견했다.
소년의 많은 친구들의 머리에도 머리카락이 하나도 없었던 것이다.
친구들은 모두 머리를 깍 고 학교에 온 것이었다.
그들은 친구의 고통을 줄여주고 친구가 잘 적응할 수 있도록 도울 수 있는 방법을 생각한 끝에, 친구와 똑같이 머리를 자르는 방법을 생각해낸 것이다.

"만일 한 지체가 고통을 받으면 모든 지체도 함께 고통을 받고 한 지체가 영광을 얻으면 모든 지체도 함께 즐거워 하나니"
다른 사람의 마음을 느낄 수 있는 능력인 감정 이입은 공동체 내의 그리스도인들이 가진 표식이다.

우리는 그리스도라는 몸의 지체들이며, 하나님께서는 우리가 손을 내밀어 서로를 돕기를 원하신다.

우리가 서로에게 제공하는 보살핌의 명칭은 사랑이며, 사랑은 결코 자신의 방법만을 고집하지 않는 것입니다.

하나님의 계획

하나님께서 이렇게 캄캄한 세상에서 죄 가운데 무지하게 살아가는 사람들의 생명을 거두지 않으시고 이 땅에 살려 두시는 이유는 무엇입니까?

그 이유는 오직 하나입니다.
그들이 이 세상에 살아있는 것이 기쁘시기 때문이 아니라, 누군가에게 복음을 듣고 자기를 창조하신 하나님이 어떤 분인지를 알게 되어 그 하나님께로 돌아와서 주님이 창조하신 이 세상을 만물의 영장답게 다스리고, 단 하루라도 하나님의 영광을 위해 살다가 죽게 하시려고 기다리고 계시기 때문입니다.

하나님은 이 구원하심에 있어서 당신이 직접 하지 않으시고, 십자가의 사랑과 복음의 기쁨을 아는 우리들을 통해 복음을 전하기를 기뻐하십니다.
"너희는 먼저 그의 나라와 그의 의를 구하라"

좋은사람

1. 최선을 다한 후에 기적을 기다리는 사람은 좋은 사람입니다.
2. 자기의 편견을 인정하고 고치고자하는 사람은 좋은 사람입니다.
3. 약속을 잘 지키는 사람은 좋은 사람입니다.
4. 꾸중하면서도 용서하는 사람은 좋은 사람입니다.
5. 닥치는 어떤 어려운 문제도 극복하는 사람은 좋은 사람입니다.
6. 자기의 한정적인 능력에도 감사하는 사람은 좋은 사람입니다.
7. 자기 주변 분위기 파악을 잘하는 사람은 좋은 사람입니다.
8. 낙관적이며 열정적인 사람은 좋은 사람입니다.
9. 윤리 도덕적인 행동을 하는 사람은 좋은 사람입니다.
10. 좋은 사람을 인정하는 사람은 좋은 사람입니다.

소망을 어디에 두는가?

알렉산더 대왕에 대한 유명한 일화입니다.

연전연승으로 마음이 넉넉해진 알렉산더 대왕은 한 신하에게 큰 재물을 주었습니다. 다른 신하에게는 넓은 영토를, 또 다른 이에게는 큰 권력을 주었습니다. 그러자 그의 친구 중 한 사람이 "이러다가 당신에게는 남는 것이 하나도 없겠습니다."며 염려했습니다. 이때 알렉산더 대왕은 다음과 같이 말했습니다.

" 자네는 아직 내게 가장 귀중한 것이 남아 있다는 것을 모르는가?
내게는 미래에 대한 소망이 있다네!"

당신의 미래에 대한 소망은 무엇입니까?

좋은직업입니까? 많은 재물입니까? 높은 명예입니까? 막강한 권력입니까?

사실 알렉산더 대왕의 소망은 예수님 없는 세상적 소망에 불과한 것이었습니다.

그럼에도 불구하고 그의 미래에 대한 소망은 재물과 권력과 땅에 대한 그의 집착과 욕심을 극복하게 해주었습니다.

우리 신앙인들의 소망은 하늘로부터 임하는 참된 소망입니다.

그런데 과연 오늘 우리가 알렉산더보다 이 땅의 것들에 대한 집착에서 자유로운 삶을 살고 있다고 볼 수 있습니까?

과연 우리는 하늘의 소망, 참된 구원의 소망을 갖고 살아갑니까?

오늘 우리의 모습에서 저 천국을 소망하고 세상을 이기고 믿음으로 승리하는 귀한 은혜의 삶을 살아가실 수 있기를 예수님의 이름으로 축복합니다.

록펠러와 아들

세계 제일 부자 록펠러가 어느 호텔에 나타나자 호텔에 초비상이 걸렸습니다.
"이 호텔에서 가장 싼 방 하나만 주시오"
지배인은 난처한 표정을 지으며 "회장님! 사실은 지금 회장님의 아드님이 이 호텔에서 가장 비싼 특실을 사용하고 있습니다. 적어도 아드님과 같은 수준의 방을 사용하셔야 하지 않겠습니까?"
"그래요? 내 아들이 사용하는 방은 하루에 얼마요?"
"하루에 5천달러입니다. 그리고 가장 싼 방은 33달러입니다."
"33달러짜리 방을 주시오."
"회장님... 그건..."
"하하 내 아들은 세계최고 갑부 아버지를 둔 팔자 좋은 놈이니 크고 훌륭한 방을 쓰는 것이 당연하지만, 나는 가난뱅이 아버지를 둔 사람이니 33달러짜리 방도 과하다고 생각하오."
록펠러는 돈을 모으는 과정에서 악마 같은 사람이라고 사람들에게 비난을 받았지만, 그의 아들은 미국 역사상 가장 많은 자선을 한 사람이 되었습니다.
록펠러와는 비교할 수 없이 큰 부자이신 하나님을 아버지로 모신 우리는 록펠러의 아들처럼이 세상을 마음껏 누리면서 살아가시기 바랍니다.

놀라운 만병통치약

이 약을 복용하면 무슨 병이든 다 치료됩니다.
이 약은 뇌하수체에서 천연 진통제인엔돌핀이 생산되게 하며 진통을 멈추게 합니다. 또한 동맥을 이완시켜 혈액순환을 좋게 하고 혈압을 낮추어주고 스트레스, 분노, 긴장을 완화시켜 심장마비와 돌연사를 막아줍니다.
이 약은 면역력을 높여줘 감기 같은 감염질환에 걸리지 않게 하고 암이나 성인병에 대한 저항력도 획기적으로 높여 줍니다.
이 약은 육체뿐만 아니라 정신과 마음과 영혼을 동시에 치료하며 어려움을 거뜬히 극복할 힘과 용기를 줍니다.
이약은 사람과 사람 사이의 닫힌 마음의 문도 열게 합니다.
이렇게 대단한 약이기 때문에 돈으로는 살 수 없습니다.
그러나 공짜입니다.
누구든지 얼마든지 복용할 수 있도록 하나님께서
모든 사람들에게 거저 주신 '웃음'이라는 명약입니다.
우리 다같이 웃읍시다. 하하하 으하하하 하하하 ...

사랑의 하나님!!

나로 하여금 나의생명을 당신께서
내게 원하시는 대로 사용하게 도와주소서.

나로 하여금 은사와 능력을 다른 사람을 위해 쓰게 하심으로
남을 행복하게 하고 세상을 유익케 하옵소서.

내가 가진 물질로
자신을 위한 이기적인 목적이 아니라
남을 돕는 일에 후히 쓰게 하옵소서.

나의 시간을 선한 일에만 지혜롭게 사용하도록 도와주옵소서.
이기적이거나 육적인 쾌락을 위해 쓰지 않고
남을 위해서 사용케 하옵소서.

나로 하여금 새로운 것을 깨닫고
자신을 발전시키는 일을 위해 노력하게 하시며
배우는 것을 게을리 하지 않게 하시고
세상의 무익하고 썩어질 것들에
결코 마음을 두지 않게 하옵소서.

오늘 하루가 자신을 발전시키고
다른 사람을 유익케 하며
당신을 기쁘시게 하는 일에 쓰여 지게 하옵소서.
주 예수 그리스도의 이름으로 기도드립니다.
아멘.

위대한 일을 기대하고 시도하라

"하나님으로부터 위대한 일을 기대하라. 하나님을 위해 위대한 일을 시도하라."이 말을 가난한 구두 수선공이었던 윌리엄 캐리(William Carey, 1761-1834)를 위대한 "현대 선교의 아버지"로 만들었습니다.

1761년 영국의 한 작은 마을에서 직조공의 아들로 태어난 캐리는 가난 때문에 14세의 어린나이로 구두수선 견습생이 되었고 친구들과 논쟁을 하다.

하나님의 구원을 깨닫게 되고 침례를 받았습니다.

목사가 된 어느 날 쿡 선장의 항해기를 읽다 하나님 없는 인간의 절실한 요구가 무엇임을 깨닫고 " 내가 여기 있나이다. 나를 보내소서." 하고 하나님의 부르심에 응답하였습니다.

그의 뜨거운 선교 열정에 아무도 관심을 갖지 않았습니다.

그러나 그의 열정을 막는 것은 없었습니다. 마침내 "하나님으로부터 위대한 일을 기대하라. 하나님을 위하여 위대한 일을 시도하라!" 는 명제에 따라 영국에 대해 적대감을 갖고 있는 인도에 도착한 그는 복음을 전파하며 학교를 세우고 1795년 교회도 세웠습니다.

"이제 이 근방에서 예수 그리스도의 이름을 들어보지 않은 사람은 없다"고 할 정도로 그는 쉬지 않고 복음을 전파하였지만 7여년 가까운 세월동안 단 한 명의 인도인도 개종 시키지 못하였습니다.

이 기간 동안 그는 5살 난 아들과 아내마저 잃는 불운을 겪었습니다.

그러나 좌절하지 않고 하나님으로부터의 위대한 것을 기대 하였을 때 마침내 수천 명의 교인들이 예배에 참석하게 되었고 복음 전파자들의 양성을 위해 세람포 대학을 세우는 큰 업적을 남기고 그가 73세가 된 1834년 6월9일 "이 벌레 같은 쓸데없는 이 몸은 주님의 품에 안깁니다."라는 마지막 말을 남기고 조용히 눈을 감았습니다. 캐리는 정식 교육을 제대로 받은 적이 없을 뿐 아니라 어떤 지위도 영향력도 없는 구두 수선공에 지나지 않았지만 그가 현대 선교의 아버지라는 명칭과 식물학자와 언어학자로 인정을 받게 된 놀라운 사실에 거듭된 의문에 대해 그는 확실한 대답을 하였습니다.

"대부분의 사람들은 시도만 한다면 어떤 일도 이룰 수 있다는 사실을 알지 못하고 있습니다. 그렇기 때문에 앞으로 나아가려는 시도는커녕 자기가 맡은 일조차 꾸준하게 하지 못하는 것입니다."

그는 하나님으로부터 위대한 것을 기대하는 꿈을 가졌고 또 하나님을 위해 그 꿈을 달성하려는 삶을 살았으며 마침내 그 위대한 꿈을 이룬 사람이었습니다.

소망은 생명이다

샤르니라는 한 프랑스인이 나폴레옹 황제에게 밉게 보여 감옥에 갇히는 신세가 되었습니다.

오랜 세월이 흘러 그는 친구들에게서 잊혀 지게 되었습니다. 처음에는 자주 면회를 오던 가족들도 점점 멀어졌습니다. 그는 너무나 쓸쓸했습니다. 그는 돌 조각으로 벽에 이렇게 적었습니다.

"아무도 돌보지 않는다."

소망을 잃어버리는 순간 이었습니다. 그러던 어느 날 감옥 바닥에 깔려 있던 돌 틈에서 푸른 싹 하나가 고개를 들고 나왔습니다.

샤르니는 간수가 매일 주는 물을 조 금씩 남겨서 푸른 잎사귀에 부어주곤 했습니다. 그 싹은 마침내 꽃봉오리가 생기더니 아름다운 꽃을 피웠습니다.

정말 아름다운 꽃 이었습니다. 그는 먼저 썼던 글을 지웠습니다. 그리고 다시 이렇게 썼습니다. "하나님이 돌보신다." 소망이 생기는 순간이었습니다.

어느 날 감옥 옆방에 면회 왔던 죄수의 딸이 이 감옥 안을 들여다보다가 아름다운 꽃이 피어 있는 모습을 보았습니다. 감옥에 아름다운 꽃이 피었다는 소문은 귀에서 귀로, 입에서 입으로 전달되어 조세핀 여왕의 귀에까지 들어갔습니다. 여왕은 말했습니다.

"꽃을 진심으로 사랑하고 돌보는 이는 결코 나쁜 사람이 될 수가 없다."

그래서 황제에게 건의했습니다. 그래서 샤르니는 석방되었습니다.

샤르니는 감옥에서 핀 꽃을 집으로 가지고 왔습니다.

그리고 생명이 다하기까지 가꾸었습니다.

소망은 생명이었습니다.

어떤 경우에도 소망을 잃지 말고 전진하여야 합니다.

소망은 좋은 동역자입니다.

되돌아 올수 없는 인생

세상에는 두 가지 종류의 사람이 있습니다. 긍정적 사고 주의자와 부정적 사고 주의자입니다. 그런데 우리 인생은 부정적 사고로 깊이 뿌리박혀 있습니다.
인간의 신체적인 모든 구조는 모든 것이 앞으로, 위로되어 앞으로 가는 것이 쉽고 빠른 것처럼 생명력이 있는 것이라면 반드시 성장하게 되어 있습니다.

앞으로 갈 수 있다는 것은 그만큼 긍정적 이라는 것입니다.
세상에서 어려움이 없는 자는 없을 것입니다. 그러니 우리의 불리한 열등의식은 버릴 수 있기 바랍니다. 자전거를 타는 사람은 앞으로 가야 넘어지지 않습니다. 신앙은 누워서, 앉아서 이 생각, 저 생각한다고 되는 것이 아니요 움직여야 합니다.

하나님께서는 어떤 장애물을 만날지라도 앞으로 전진 하면 모든 것이 형통하고 길이 열린다고 말씀하시고 마음을 강하게, 그리고 담대히 나가라고 하십니다. 하나님의 능력을 믿기에 담대한 것입니다.
힘든 세상을 향해 힘들다. 라는 말은 누구든지 할 수 있습니다. 그러나 문제가 기회임을 알고 달려 나갈 때 우리는 모든 문제에서 해방될 수 있는 것입니다.
오늘 우리가 담대한 것은 하나님의 능력을 의지하기 때문입니다.

없는 것 바라보고 실망 할 것이 아니라 하나님을 바라보십시다.
제 힘만 의지하면 담대함으로 나갈 수 없습니다.
담대함이란 넓은 마음, 큰마음입니다.
작은 일로 넘어지거나 무너져서는 안 됩니다.
소심한 사람은 별 말 아닌 것에서 넘어지고 무너집니다.
오늘 우리는 마음을 강하게 그리고 담대히 가지고 우리를 향하신 하나님의 계획을 밀고 나갈 수 있기 원합니다.
분명한 목표를 가졌다면 좌로나 우로나 흔들리지 않아야 합니다.
후회하기엔 너무도 짧은, 되돌아 올수 없는 우리의 인생입니다.

기도는 신앙고백입니다.

예수님께서 우리에게 가르쳐주신 교훈이 많이 있지만 거듭 거듭해서 강조하신 말씀은 기도밖에 없습니다. 기도는 구원받은 확증이기 때문입니다.
우리가 기도할 때는 아버지의 자녀로서 기도하는 것입니다.
그러기에 기도의 언어가 아버지를 부름으로 시작됩니다.
'하늘에 계신 우리 아버지여' 그래서 우리는 기도할 때 이미 하나님의 자녀라는 것을 고백하고 있습니다.
이것은 구원받은 확증이며 우리의 신앙고백이 되는 것입니다.
우리가 기도할 때 하나님께서 얼마나 기뻐하시겠습니까?

그래서 기도는 하나님께 영광이며, 하나님을 기쁘시게 하는 것이며, 하나님을 지극히 영화롭게 하는 우리의 신앙고백이 되는 것입니다.
우리가 아버지를 믿기 때문에 기도하는 것입니다.
그래서 기도는 곧 신앙고백입니다.

믿지 않는 사람들은 기도하지 않습니다.
우리는 아버지와 아저씨를 생각해 볼 수 있습니다.
자녀들이 아버지 앞에 나아가 뭘 구합니다. 그러나 아저씨에게는 구하지 않습니다. 달라고 해도 주지 않으니까요. 그래서 우리가 기도하는 것은 하나님 아버지를 믿는 것이고 기도하지 않는 것은 하나님을 아저씨로 믿는 것입니다.

우리가 하나님을 아버지로 믿는다면 아버지 앞에 기도해야 합니다.
기도는 천국의 문을 여는 열쇠입니다. 그래서 예수님께서 베드로에게
"내가 천국 열쇠를 네게 주리니 네가 땅에서 무엇이든지 매면 하늘에서도 매일것이요 네가 땅에서 무엇이든지 풀면 하늘에서도 풀리리라" 라고 말씀하셨습니다.
우리의 노력으로 천국 문을 여는 것이 아니고 기도함으로 천국 문을 여는 것입니다.
기도는 하나님께 영광을 돌리는 것입니다.
내가 하나님의 자녀 됨에 대한 고백입니다.
그래서 우리는 숨을 쉴 때 숨을 쉬는 것이 아니라 하나님을 모시는 것입니다.
주님은 우리의 기도를 통해서 기적을 이루십니다.

하나님의 섭리

경제학으로 노벨상을 수상한 마틴 후리드만의 [선택의 자유] 라는 저서에 보면 이제 앞으로의 새 시대에는 보이지 않는 힘이 모든 것을 좌우한다고 했습니다. 이 '보이지 않는 힘' 이란 바로 새 시대의 가장 큰 힘이고 이 힘을 갖지 못하고 발휘하지 못하는 사람이나 사회는 이 지구상에서 살아남지 못하고 소리도 없이 사라져 버리게 될 것 이라고 했습니다.

도대체 이 보이지 않는 힘의 정체는 무엇일까?
영국의 세계적인 경제학자인 '한스 싱거' 박사는 이 보이지 않는 힘의 정체를 사람들의 마음의 자세로 규명합니다.
마음의 자세란 우리의 눈에 보이지 않는 것입니다.
무엇을 생산하고 만드는 사람의 마음속에, 그리고 그것을 파는 사람들의 마음속에, 기업을 경영하고 운영하며 관리하는 사람의 마음속에 얼마만큼 다른사람들을 위해 깊고 따뜻한 마음씨를 쓰고 있느냐가 곧 보이지 않는 힘이 된다는 말입니다.

결국 새 시대를 이끌어 갈 '보이지 않는 힘' 이란 기계 과학 문명이 아니라 그 문명을 이끌어 갈 인간의 마음 자세인 것입니다.

그런데 경제학자들이 모르는 것이 있습니다.
이 '보이지 않는 힘' 이란 역사를 만들고 이끌어 가는 사람들의 마음의 자세라고 했는데, 그 사람들의 마음을 움직이는 힘이 있습니다.
그것이 바로 하나님의 섭리입니다.
그 보이지 않는 힘이란 곧 하나님의 섭리를 의미합니다.

책임

약속한 것은 내게 해로울 지라도 지킬 줄 아는 책임 있는 삶을 살 수 있기 바랍니다. 개인적인 책임은 오늘날 우리 사회에서는 인기가 없습니다.
우리는 문제가 생기면 다른 사람의 탓으로 돌리고 개인의 책임을 회피하기를 좋아하는 문화 속에 살고 있습니다.
문제가 생기면 누구도 어떤 책임을 지려고 하지 않았습니다.

우리 모두는 비난하기를 좋아하지 비난 받기는 싫어합니다.
우리는 다른 사람을 탓하지 말고, 자신의 삶에 대한 책임을 지고 신중한 삶을 살아야 할 것입니다.
우리가 임의로 선택할 수 없는 일들이 많이 있지만 그러나 우리가 절대적으로 선택할 수 있는 것이 하나 있습니다. 그것은 삶에 대한 우리의 반응입니다.

우리는 삶에 대해 부정적이던, 긍정적이던 선택적으로 반응할 수 있는 것입니다. 당신은 어떻게 반응하려고 합니까? 그것은 당신의 선택입니다.
당신은 당신 앞에 오는 모든 삶의 환경을 선택할 수 없습니다.
그러나 그러한 환경이 당신을 더 심한 사람이 되게 하던지, 아니면 더 나은 사람이 되게 하는 것은 당신이 선택할 수 있는 것입니다.
이것은 당신의 책임입니다.
하나님은 우리의 삶을 파괴시키지 않습니다. 하나님은 우리를 사랑하시기 때문입니다. 오로지 자신만이 자신의 삶을 파괴시킬 수 있습니다.

독일 강제수용소에서 살아남은 사람이 말하길 거기에서 배운 한 가지는 그에게 일어나는 일들을 자신이 선택할 수는 없었지만, 그 일에 대한 반응은 자신이 선택할 수 없었다고 말하였습니다.
당신이 마음을 주지 않는 한 그 마음을 빼앗을 사람은 아무도 없습니다.
당신 자신의 마음가짐에 대한 책임을 당신이 진다고 하면 당신은 마음의 진정한 평안을 향유하기 시작할 수 있을 것입니다.

기도의 신앙인

기도는 부도가 없습니다. 부르짖어 응답받기 원 합니다.
다만 응답하고 성취해 주시는 방법은 '그래' '안된다' '기다려라' '내 방법대로 해
주마' 입니다. 온전히 여호와께 맡기고 기도 하십시다.

우리가 믿는 하나님은 우주를 창조하신 전능하신 분입니다.
우리가 하나님께 기도하면 하나님은 우리의 불행한 운명을 바꿔 주실 수 있는
분입니다.

인간은 누구나 죄인으로 태어납니다.
죄인은 지옥 갈 운명을 갖고 태어난 사람입니다.
하나님은 천국 갈 운명으로 바꿔 주십니다.
우리는 누구나 벌거벗고 가진 것 없이 태어납니다.
하나님은 우리의 운명을 부유하게 바꿀 수 있는 분입니다.

하나님은 낮은 자를 높여 줄 수 있습니다.
하나님은 우리의 운명을 바꾸는 권세를 갖고 계십니다.
그 하나님께 기도하는 사람은 운명을 바꿀 수 있습니다.
자신의 운명을 탄식하며 비관하는 것은 잘못된 운명관입니다.

여러분의 운명을 하나님께 가지고 나와 기도하시기 바랍니다.
요한 크리소스톰은 말했습니다.
　"기도는 파선 당한 자에게 항구이며, 물에 빠져 가는 자에게 생명줄이며, 넘어지는 자에
　게 지팡이며, 가난한 자에게 보석이며, 병든 자에게 의사가 되며, 우리에게 축복의 길을
　내며, 환란의 구름을 헤쳐 낸다."고 했습니다.

우리의 신앙을 돌아보고 초대교회의 성도들 처럼 신앙을 회복하여 왕성하고
건강한 기도의 신앙인이 되시기를 축원 드립니다.

우리의 가치는?

한 장로님은 골동품을 수집하는 취미를 갖고 있었습니다.
한번은 연말이 되어 온 가족이 함께 모이게 되었습니다.
그런데 다섯 살 난 한 손자 녀석이 주둥이가 좁은 이조백자에 손을 집어넣고 빠지지 않는다고 울며 난리를 쳤습니다.

수 천만원을 호가하는 백자가 깨지지 않도록 온 가족이 동원되어 조심스럽게 아이의 손을 빼려고 노력해 보았지만 헛수고였습니다.
장로님은 손자를 위해 백자를 깨뜨렸습니다. 그런데 이게 웬일입니까
아이는 굳게 주먹을 쥐고 있었고, 벌린 손안에는 5백원짜리 동전이 쥐어져 있었던 것입니다.

모두들 어처구니 없는 표정을 지었지만 그 장로님은 커다란 교훈을 얻었다고 합니다. 어른들에게 이유를 말했더라면 백자를 깨지 않고 돈을 꺼낼 수 있었을 뿐더러 설사 꺼내지 못하는 물건이었어도 다른 것으로 구해줄 수 있었을 것입니다.

그러나 아이에게는 백자보다 5백원짜리 동전의 가치가 더 있었고 그것을 꺼낼 수 있는 방법에 대해서도 어른들보다는 자신의 방법을 신뢰했던 것입니다.

이것은 마치 하나님 앞에서 아집을 버리지 않는 우리의 모습은 아닌지요, 환산할 수 없을 만치 영원 가치를 주신 그분 앞에서 우리는 가치 없는 것들을 고집하고 자아를 깨뜨리지 않을 때 엄청난 손실을 입을 수 밖에 없습니다.
짧은 지식, 고정관념, 욕심 등 오늘 내가 쥐고있는 5백원 짜리 동전은 무엇입니까?

하나님의 영광을 위하여!!

사도 바울은 자기 삶의 의미와 가치의 전부를 하나님의 영광을 위하여!
"우리가 살아도 주를 위하여 살고 죽어도 주를 위하여 죽나니 그러므로 사나 죽으나 우리가 주의 것이로다." 말씀하고
"살든지 죽든지 내 몸에서 그리스도가 존귀히 되게 하려 하나니 이는 내게 사는 것이 그리스도니 죽는 것도 유익함이니라." (빌1:20, 21)라고 했습니다.

하나님께 영광을 돌리며 산다는 것은 무슨 일을 하든지 하나님 뜻에 합한 삶을 사는 것을 말합니다.
공부를 하든지 사업을 하든지 가정 일을 하든지 모든 일에 어떻게 하면 하나님을 기쁘시게 할 수가 있을까?
어떻게 하면 하나님의 뜻을 이룰 수가 있을까?
늘 하나님을 생각하면서 하나님 뜻에 합한 삶을 사는 것을 말합니다.

로마서 12장1절 말씀에
"너희 몸을 하나님이 기뻐하시는 거룩한 산제사로 드리라"고 기록하고 있습니다.
이것은 곧 자기 욕심과 집착에서 벗어나 하나님 뜻에 합당한 삶을 사는 것입니다.
자신만을 위해서 살지 않고 "하나님께 영광을 드리는 삶입니다.

예수를 믿는 다는 것은 이전까지의 가치관이나 인생관을 이제는 버리고, 예수 안에서 새로운 가치관 새로운 인생관을 정립해 나가는 것입니다.
예수를 믿고 그리스도인이 되었다는 말은 '인생의 모델이 바뀐 것입니다.
전에는 세상에 성공하고 출세하는 것이 내 모델이었다면 이제는 예수님이 내 인생의 새로운 모델이 되어야 합니다.
전에는 사람을 믿고 사람의 힘을 의지하여 살아 왔는데 이제는 예수님을 의지하고 예수님만을 믿고 사는 것입니다.
하나님의 영광을 위하여!!
할 렐 루 야!

삶이 어려워도

우리는 세상을 살면서 우리는 갈길이 막연하여 가슴이 심히 답답할 때 동서 남북 사방을 살펴보아도 피할 곳이 없습니다.

마치 우리에 갇히거나 올무에 걸린 짐승과 같이 답답하기 그지없는 어려움이 닥아 온다 할지라도 우리가 낙심하지 아니할 것은 하늘과 땅과 세계와 그 가운데 모든 권세를 가지시고 죽은 자를 살리시며 없는 것을 있게 하시는 예수님이 우리와 같이 계신다는 것입니다.

시편기자는 사망의 음침한 골짜기라도 다닐지라도 해를 두려워하지 아니 할 것은 주께서 함께 계심이라, 주의 지팡이와 막대기가 나를 안위하신다고 말씀하고 있습니다. 눈에는 아무 증거 안보이고 귀에는 아무 소리 안 들리고 손에는 잡히는 것 없고 내 앞길 칠흙같이 어두워도 나의 곁에 예수님이 같이 계신 것입니다.

이 예수님을 의지하면 우리가 답답한 일을 당하여도 낙심하지 않는 것은
주님께서는 답답한 일을 모두 다 해결 할 수 있는 능력을 갖고 계시기 때문인 것입니다. 우리 속에 계신 예수님은 우리에게 피난처와 요새와 의뢰하는 하나님이 되시기 때문인 것입니다. 할렐루야!

구 원

구원은 오직 은혜로 받습니다.

행 15:11 절 말씀에 "우리가 저희와 동일하게 주 예수의 은혜로 구원받는 줄을 믿노라" 하였습니다. 오직 은혜로 구원을 받는다는 말씀입니다.

엡2:8에 "너희가 그 은혜를 인하여 믿음으로 말미암아 구원을 얻었나니 이것이 너희에게서 난 것이 아니요 하나님의 선물이라 행위에서 난 것이 아니니 누구든지 자랑치 못하게 함이니라.' 했습니다.

롬 4:16 에도
"그러므로 후사가 되는 이것이 은혜에 속하기 위하여 믿음으로 되나니"

롬5:2에도
"또한 그로 말미암아 우리가 믿음으로 서 있는 이 은혜에 들어감을 얻었으며"

그러므로 믿음은 인간의 공로나 행위를 시사한 말이 아니라 은혜를 시사한 말입니다.

믿음은 은혜입니다.

하나님께서 성령을 주셨기에 믿는 것입니다.

우리가 복음을 전해들은 것도 은혜이고, 하나님을 사랑하고 이웃을 사랑할 수 있는 것도 은혜입니다.

주님이 우리를 버리지 않으셨기에 주님을 잊지 않고 살고 있습니다.

나무는 베임 당해도 그루터기는 있는 것처럼 하나님께서 우리를 버리지 않으셨기에 우리는 하나님을 배반할 수 없는 것입니다.

나는 누구인가?

미국의 남북전쟁이 한창일 때 한 농부가 윗도리는 북군의 군복을, 바지는 남군의 군복을 입었답니다. 상황에 따라 한쪽 편으로 가장하면 안전하리라고 계산했던 것입니다.

그러나 그 지역에서 남군과 북군의 격전이 벌어졌을 때, 그는 가운데서 양쪽 군의 사격을 받고 죽고 말았습니다. 그는 소속이 불분명했던 것입니다. 그리스도인은 누구인가? 우리는 하늘의 시민권을 가지고 땅에서 살아갑니다.

우리의 소속은 하늘이요 땅이 아닙니다. 왜냐하면, 주님께서 우리를 사셨기 때문입니다.(고전 7:23)

하늘의 생명책에 우리의 이름이 기록되어 있기 때문입니다. 자랑스런 로마의 시민권을 가진 바울이었지만, 그의 진짜 시민권은 하늘에 있음을 천명하였습니다. 우리는 세상을 살아갈 때 소속을 분명히 합시다. 색깔을 분명히 합시다.

나는 기독교인인가? 나는 하나님의 사람인가?

대충 자신을 감추고 살아갈 수 있겠는가?

나의 삶의 모습에서 예수 믿는 모습이 분명하고 생활이 진실해야 합니다.

전도는 솔직히 말해서 입으로 하는 것이 아닙니다. 몸으로 생활로 하는 것입니다. 입은 속삭이지만 행위는 소리치는 것입니다.

우리는 이제 그리스도의 사랑으로 섬김과 나눔을 실철하는 아름다운 삶을 살아갑시다.

성공인생 십계명

1. 행복한 마음으로 일어나라.
2. 아침부터 저녁까지 자신에게 긍정적인 말을 하라
3. 자신의 멋진 계획을 만들고 그것을 세분화하라.
4. 모든 힘과 노력을 현재 가장 중요한 계획에만 집중시켜라
5. 모든 개인적인 관계 속에서 좋은 것만 찾아라.
6. 느긋하고 다정한 태도를 취하라.
7. 어느 정도 모험은 기꺼이 감행하라.
8. 행동하라. 미루지 말라. 지금 곧 하라.
9. 성공한 사람이나 낙관적인 사람과 사귀라. 그런 책만을 읽으라.
10. 누군가가 나의 배후에서 계속 지원하고 계심을 믿으라.

성도의 언어

1. 성도는 하나님 앞에서 말합니다.
   너희 말이 내 귀에 들린 대로 내가 너희에게 시행하리라(민 14:28)
2. 성도는 축복합니다.
   너희를 저주하는 자를 위하여 축복하며 너희를 모욕하는 자를 위하여 기도하라(눅6:28)
3. 성도는 칭찬으로 금 같은 사람을 만듭니다.
   도가니로 은을, 풀무로 금을, 칭찬으로 사람을 (잠 27:21)
4. 성도는 선한 말을 합니다.
   선한 말은 꿀 송이 같아서 마음에 달고 뼈에 양약이 되느니라 (잠 16:24)
5. 성도는 사랑을 말로 표현합니다.
   내 사랑 너는 어여쁘고도 어여쁘다. 너울 속에 있는 네 눈이 비둘기 같고 네 머리털은
   길르앗 산기슭에 누운 무리 염소 같구나 (아4장)
6. 성도는 입술의 열매를 창조하시는 하나님을 믿고 말 합니다.
   입술의 열매를 짓는 나 여호와가 말하노라, 먼데 있는 자에게든지 가까운데 있는 자에게
   든지 평강이 있을찌어다. (사 57:19)
7. 성도는 허물을 덮어 줍니다.
   미움은 다툼을 일으켜도 사랑은 모든 허물을 가리우느니라 (잠10:12)
8. 성도는 비판하지 않습니다.
   비판치 말라. 그리하면 너희가 비판을 받지 않을 것이요. 정죄하지 말라. 그리하면 너희
   가 정죄를 받지 않을 것이요(눅 6:37)
9. 성도는 저주하지 않습니다.
   저가 저주하기를 좋아하더니 그것이 자기에게 임하고 축복하기를 기뻐 아니하더니 복이
   저를 멀리 떠났으며 (시 109:17:18)
10. 성도는 더러운 말을 하지 않습니다.
   무릇 더러운 말은 너희 입 밖에도 내지 말라 (엡4:29)

성도란 하나님을 바라보며 살아가는 사람들입니다.
바라본다는 것을 다른 말로 하나님의 눈을 의식한다는 것입니다.
하나님은 우리가 교회에서 드리는 예배만 보시는 분이 아니십니다.
우리의 삶을 보시고, 삶을 통해 드려지는 예배를 받으시는 분이십니다.
오늘 우리의 삶이 하나님께 드려지는 산제사가 되시기를 원합니다.
산제사는 나를 변화시키기도 하지만 우리의 가정과 교회가 변화되고, 나아가서
우리의 직장과 이웃과 사회가 변화됩니다. 우리의 삶이 산제사가 되기 위해서
날마다 하나님을 의식하며 그분과 교통하는 삶을 살아가는 것입니다.
할렐루야!

섬김을 위한 기도

거룩하고 자비로우신 하나님 아버지!
그 크신 사랑과 은혜에 감사와 찬송과 영광을 올려 드립니다. 이 시간
허물 많고 부족한 저희들을 불쌍히 여기시고 예수그리스도 보혈의 피로
먹보다도 더 검은 우리의 죄를 깨끗하게 씻어주시고 회복시켜 주시옵소서.

주님의 그 크신 사랑과 구원의 은총 앞에 우리가 서 있음에도
우리는 아직도 미련하고 우둔하여 그 은혜를 다 깨닫지 못하고
하나님께서 주신 달란트를 땅에 묻어 두고, 주인을 원망하며 불신하는
어리석은 종과 같습니다. 주여! 용서하여 주시옵소서.

오늘도 주님의 그 놀라운 생명의 말씀 앞에 우리의 심령들이 사로잡혀
어둠의 나라에서 빛의 나라로 옮겨지는 놀라운 체험이 있게 하옵소서.
우리의 모습이 소외되고 힘들고 어려운 자를 외면치 말게 하시고
진정한 믿음과 사랑과 소망을 주는 참된 위로 자가 되게 하옵소서.

갈등과 분열이 온 사회를 뒤덮고 있사오니 믿음과 지혜와 능력을 주시어.
용서와 평화의 종으로 쓰임 받는 그리스도인들이 되게 인도하여 주시옵소서.

부패한 정치 경제 사회 문화를 개혁할 믿음과 지혜와 능력을 허락해 주시고
분단된 조국의 통일과 화해를 위해 기도하며 헌신하게 힘과 능을 주시옵소서.

이 시간 하늘과 땅의 모든 권세를 가지신 예수그리스도의 이름으로 명하노니
더럽고 추악한 악한 영은 떠나갈지어다. 모든 병마는 치유될지어다.
우리 손에 있는 모든 문제를 주님께 맡깁니다. 전능하신하나님의 은혜가운데
회복시켜 주시고 감사하며 간증하며 전도의 도구로 사용할 기쁨을 주옵소서.

이 은혜로운 자리에 있지 못한 성도들 어느 곳에 있든지 지켜주셔서
하나님의 은혜가운데 늘 승리의 삶을 살아가도록 인도하여 주시고
선교후원자와 봉사자의 아름다운손길을 축복하여 주시고 형통케 하옵소서.

새 힘과 능력주시는 예수그리스도의 이름으로 기도 드리옵나이다. -아멘-

결실

요한복음 15:1절에 보면 하나님은 농부라고 하셨습니다.
농부는 밭에 씨를 뿌리고 가꾸고 수고하는 것은 결실을 얻기 위함입니다.
결실을 얻지 못하면 농부는 농사를 짓고 심을 마음이 없어집니다.
그러나 반대로 풍성한 수확을 할 때 농부의 기쁨은 이루 말할 수 없는 것입니다.

이와 마찬가지로 하나님도 우리를 통해 풍성한 열매를 맺게 될 때 이루 말할 수 없이 기뻐하십니다.
스데반 집사가 순교의 열매로 하나님께 드려질 때 하늘 문이 열리는 역사가 나타났습니다.
사도 요한이 밧모 섬에서 고난의 열매로 하나님께 드려질 때 하늘 문이 열리는 역사가 나타났습니다.
예수님 제자들이 순종의 열매로 하나님께 드려질 때 전 세계에 복음의 문이 열리는 역사가 나타났습니다.

오늘 우리는 한해를 결산할 때 30배 60배 100배의 결실을 할 수 있기 바랍니다. 성경 (마13:23)절에
"좋은 땅에 뿌리웠다는 것은 말씀을 듣고 깨닫는 자니 결실하여 흑 백배, 흑 육십 배,
　흑 삼십 배가 되느니라 하시더라"

오늘 우리는 헌신과 봉사로 주님께서 순종하며 마음 밭이 모두 좋은 옥토 밭이 되어서 말씀의 씨가 떨어질 때마다 "아멘"으로 화답하고 잘 깨달아서 실천하여 아름답고 풍성한 결실을 맺어 주님의 마음에 합한 귀한 삶을 살아 살수 있기를 예수 그리스도 이름으로 간절히 축원 합니다.

하나님의 은혜와 사랑

어느 날 한 전도사가 소록도를 방문해 한센 병 환자들과 함께 예배를 드렸는데 통성기도 시간에 옆에서 한 형제가 통곡하며 투박한 충청도 사투리로 기도하고 있었습니다.

"하나님 이 크고 놀라운 하나님의 은혜를 어찌 다 갚는데 유"하며 울면서 기도하는 모습에 "도대체 얼마나 큰 은혜를 받았기에 그러나?"

귀와 코는 문드러져서 형체를 알아볼 수 없었으며 입은 돌아간 상태였고 손가락은 없어져 몽뚝한 두 팔뚝만 보였습니다.

그 팔뚝으로 예배당 바닥을 치면서 "하나님의 은혜를 어찌 다 갚느냐?" 고 울며 기도하는 것을 보고 전도사는 충격을 받아 그를 붙들고 함께 통곡하며 기도했습니다.

전도사는 예배 후에 그에게 물었습니다.

"도대체 어떤 은혜를 그렇게 크게 받으셨나요?" 그가 말했습니다.

"제가 병들자 제일 먼저 7년 연애하고 결혼한 아내가 나를 버렸고,

곧 형제들도 나를 버렸고,

나중에는 저를 보고 눈물 짓던 부모님도 저를 버렸어요.

그래서 죽으려는데 그때 하나님이 저를 만나 주셨어요.

하나님은 찬송할 때마다 저를 반겨주셨고,

성경을 펼칠 때마다 저를 위로하셨고.

말씀을 들을 때마다 저에게 용기와 희망을 주셨고,

저를 사랑하신다고 하셨으니 그 하나님의 은혜를 어떻게 다 갚나요?"

그의 고백을 들으며 전도사는 마음의 고민과 상처가 다 녹아내리는 체험을 했답니다.

그 한센 병 환자가 그렇게 하나님의 은혜를 고백한다면 우리는! 하나님의 은혜를 얼마나 더 크게 고백해야 하겠습니까?.

하나님의 은혜와 사랑에 감사하시기 바랍니다.

청교도들의 일곱 가지 감사조건

그리스도인에게 일어나는 모든 일은 결국에는 선을 이룹니다.
우리에게는 범사가 유익하고 감사 한 것뿐입니다.
그것은 하나님께서 협력하여 선을 이루도록 역사하시기 때문입니다.
그래서 사도 바울은 죽은 것도 유익하다(빌 1:21)고
믿음으로 담대히 말할 수 있었던 것입니다.

지금 우리에게 일어나고 있는 일들이 비록 좋지 않은 것이라도 그 속에서 감사할 이유가 거기에 한 가지라도 있기 마련입니다.
불길하고 어두운 상황에서 감사의 조건을 찾았던 미국의 개척자 청교도들의 신앙을 살펴봅시다.
1620년 12월 26일 찬 겨울 미동북부 해안에 도착한 그들의 일곱 가지 감사 조건은 다음과 같습니다.
첫째. 180톤 밖에 안 되는 작은 배이지만 그 배라도 주심을 감사.
둘째. 편균 시속 2마일(걷는 속도 보다 느림)의 항해였으나
117일간 계속 전진할 수 있었음을 감사했다.
셋째. 항해 중 두 사람이 죽었으나 한 아이가 태어났음을 감사.
넷째. 폭풍으로 중심 되는 큰 돛이 부러졌으나 파선되지 않았음을 감사.
다섯째. 여자들 몇이 파도 속에 밀려들어갔으나 모두 구출됨을 감사.
여섯째. 인디언들의 방해로 상록지를 찾지 못해 한 달을 바다에서 방황했으나 호의적인 원주민이 사는 상륙지점을 허락해 주신을 감사.
일곱째. 고통스러운 삼 개월 반의 항해 중 단 한명도
돌아가자는 사람이 없음을 하나님께 감사했다.
감사가 이쯤 되면 전천후 감사라 할 만 하지 않습니까?

기분 좋을 때만 감사한다면 이것은 이방인의 감사입니다.
지금 내 삶 속에서 감사의 조건을 찾아보고 하나님 앞에 평화스런 얼굴을 들어 감사해야 합니다.

간절한 기도

두려워하지 말라 내가 너와 함께 함이라 놀라지 말라 나는 네 하나님이 됨이라 내가 너를 굳세게 하리라 나의 외로운 오른손으로 너를 붙들리라(사 41:10)

할렐루야!
우리의 연약함을 불쌍히 여기시는 전능하신 하나님! 우리의 삶을 되돌아보면 주님께서 지키시고 인도하시지 아니한 일은 하나도 없음을 고백합니다.
주님의 은혜와 사랑에 진심으로 감사를 드리오니. 모든 영광 받아 주옵소서!

긍휼과 자비가 많으신 하나님 아버지! 수많은 근심과 걱정, 염려와 불안 앞에서 떠는 우리의 모습을 보옵소서! 우리는 고난과 역경 그리고 병마들 앞에서 힘없이 주저앉아 절망하며 눈물과 한숨으로 탄식하는 우리들의 연약함을 돌아보시고 불쌍히 여기시사 우리를 이러한 고통가운데서 구원하여 주옵소서!

우리가 사방이 우겨 쌈을 당하여도 낙심하지 아니하며 어려운 고통이 닥아 와도 주님이 함께 하심을 믿습니다.
의인은 일곱 번 넘어질지라도 다시 일어나리라는 위로의 말씀 주심에 감사를 드립니다.
우리의 연약한 믿음을 도우시고, 우리에게 이러한 어려운 때에 주님을 의지하고 믿음으로 인내하여 승리할 수 있도록 새 힘과 용기를 허락하여 주옵소서.

우리 손에 있는 모든 문제들을 주께 맡깁니다. 주님 능력 앞에서 모든 문제들이 산산이 부서져서, 해결되는 역사가 일어나게 하옵소서.

오늘도 주님의 충만한 은혜와 사랑을 사모합니다.
사모하는 심령, 갈급한 심령 위에 이른 비와 늦은 비와 같이 성령의 갈급한 심령 위에 이른 비와 늦은 비와 우리를 위해 대속의 피를 흘리신 예수님의 이름으로 기도드립니다. 아멘.

세월을 아끼라

시편기자는 "우리의 연수가 칠십이요 강건하면 팔십이라도 그 연수의 자랑은 수고와 슬픔뿐이요 신속히 가니 우리가 날아가나이다. " (시:90:10)라며 "우리에게 우리 날 계수함을 가르치사 지혜의 마음을 얻게 하소서"(12절)라고 기도했습니다.

바울사도는 엡 5:15/16 " 어떻게 행할 것을 자세히 주의하여 지혜 없는 자 같이 하지 말고 지혜 있는 자 같이 하여 세월을 아끼라 때가 악 하니라" 고 말했습니다.
아끼라는 말은 시장에서 물건을 살 때나 거래 할 때처럼 인생의 기회를 포착하라는 말입니다.

지금 우리는 매우 악한 세상에 살고 있을 뿐 아니라 아주 짧은 인생을 살고 있기 때문에 기회를 잘 포착해서 최상의 인생을 만들어가야 합니다.

시간이 흐를수록 주님 앞에 설 때가 가까워지고 주님 오실 날이 점점 다가오는 마지막 때를 사는 성도로서 세월을 아껴서 힘써 해야 할 일은 무엇이겠습니까?
열심을 다해 주를 섬겨야 합니다.
때를 얻든지 못 얻든지 전도해야 합니다.

되돌아 갈수 없는 인생길에서 우리는 어디를 향하고 있습니까?
세월을 아껴 우리가 할 수 있는 것은 열심을 가지고 기도하며 주님의 지상명령을 순종할 때 주님이 역사하셔서서 형통하시기를 축원 드립니다.
할렐루야!

껄! 인생

이제 졸업시즌이 끝이 나고 입학식이 있습니다.
어느 대학에서 신입생 강의 첫 시간에 교수가 학생들에게 "여러분, 인생이 무엇이라 생각합니까?"라고 묻더랍니다.
이 대답 저 대답이 나왔는데, 한참 후에 그 교수가 하는 말이 "인생은 껄 입니다." 하더랍니다.
그래서 학생들이 속으로 '웬 껄?'하고 의아해 하고 있었는데, 교수는 계속해서 말하기를 "그 때 열심히 살 껄…'그 때 돈 좀 아껴 쓸걸….,
그 때 착하게 살 껄…., 그 때 잘할 껄- 하면서 껄 껄 거리며
죽는 것이 인생입니다." 하더랍니다.

전도서에 인생은 헛되고 헛되다 고 기록하고 있습니다.
이 세상의 것은 모두 헛됩니다.

그런데 우리가 여기에 가치를 두고 전 생애를 건다면 얼마나 불행한 일이겠습니까.
우리는 오직 예수 그리스도 안에서 기쁨을 얻어야 합니다.
이 기쁨을 얻을 때 영원한 기쁨이 되는 것입니다

우리가 예수그리스도를 통해 영생을 얻고
하나님의 자녀된 것을 확증하며 성령과 함께 동행 한다는 것 알 때 우리 마음에 기쁨이 솟아납니다.

이 기쁨은 세상이 주는 기쁨과 비교할 수 없습니다.
구원의 감격과 성령 충만이 주는 기쁨은 영원한 기쁨입니다.
이 기쁨을 가진 사람은 행복합니다.

은혜와 강물 위에 살면서도

남미 브라질에 아마존이라는 큰 강이 흐르는데. 그 강 하류는 폭이 백리가 넘는다고 합니다.

어느 날 바다를 항해하던 조그만한 배 한 척이 그 강으로 들어왔습니다.

오랫동안 항해를 하여 식수가 다 떨어진 배 안의 사람들은 목이 말라 쓰러질 지경이었습니다. 그 때 반갑게도 저쪽에서 다른 배 한 척이 오고 있었습니다.

우리 배의 선원들이 목말라 죽어 가는데, "돈은 얼마든지 줄 테니까 물 오십 갈론 만 파십시오." 하였더니, 그 배의 사람들이 빙그레 웃으면서 "양동이로 배 밑의 물을 퍼마시지 그래요." 하면서 그냥 지나가 버리는 것이었습니다.

무척이나 야속하고 원통했습니다.

선원 하나가 도저히 참을 수 없다면서 양동이를 내려 물을 푸기 시작했습니다. 그 때 옆에 있던 나이 많은 선원이 "여보게, 목이 마르다고 바다의 짠물을 마시면 더 목이 말라서 큰일 나네." 하고 말했습니다.

그러나 그 젊은 선원은 계속 물을 퍼서 벌컥벌컥 들이마시는 것이었습니다. 그러다가 갑자기 양동이를 내던지더니 "야, 강물이다!" 하고 소리쳤습니다.

사실 그 배는 바다에서 이미 강으로 들어와 있었는데 강이 너무 넓어 아직도 바다에 떠 있는 줄 알았던 것입니다.

하나님은 크신 은혜와 복음이 바로 이런 것이 아닌가 합니다.

오늘날 우리는 하나님의 은혜와 복음이 가까이 있다는 것을 모르고 살 때가 많습니다.

은혜의 강물 위에 살면서도 가까이 계신 주님을 만나지 못하고 목말라 괴로워하며 살아왔던 지난날의 나 자신을 발견해야겠습니다.

복된 인생

세상에 소중한 것이 많지마는 정말 소중한 것은 바로 시간입니다.
우리는 그저 '시간' 이라고 말하지만, 원래 헬라 사람들은 철학적 사고가 뛰어난
사람들인지라 시간도 철학적 사고로 구분했습니다.

첫째로 '아이온(AION)' 이란 말이 있는데, 이것은 누구에게나 동일하게 주어진
시간을 말합니다. 하루 24시간은 부자나 가난한 사람에게나 동일합니다.
건강한 사람이나 병자나 역시 하루 24시간은 똑같습니다.

둘째로 크로노스(CHRONOS)라는 말이 있는데 이는 보통 수직적인 시간을
말합니다. 즉 역사적 시간으로 과거에서 현재로, 현재에서 미래로 이어지는 시
간을 '크로노스' 라고 합니다. 그러니 우리는 21세기를 살고 있다고 말할 수 있
습니다.

셋째는 '카이로스(KAIROS)' 라는 시간도 있습니다.
이것은 보통 '상황적 시간' 또는 '혼돈의 시간' 이라고 말합니다. 즉 사람마다 시
간의 상황이 다르다는 겁니다. 하루 24시간, 1,440분의 길이(아이온)는 다 똑같
지만, 건강한 사람이 느끼는 24시간하고 병상의 환자가 느끼는 24시간은 다릅
니다. 건강한 사람은 24시간 짧은 시간이라고 말할 것이고요, 병상에 누워있는
사람은 '하루 24시간이 왜 이렇게 긴가?' 라고 생각합니다.
또한 바쁘게 일하는 사람과 노는 사람의 '하루 24시간은 틀릴 것입니다.

그러므로 지혜로운 사람은 카이로스의 시간을 잘 사용하고, 미련한 사람은 카
이로스의 시간을 그야말로 혼돈의 시간으로 허비하고 맙니다.
되돌아 올수 없는 인생길에서 당신은 인생을 어떻게 생각합니까?"
시간의 개념에 있어서 정말 중요한 한 것은 아이온이 아니며 그렇다고 크로노
스도 아니라는 겁니다.
카이로스 '상황적 시간' 또는 '혼돈의 시간'을 어떻게 나에게 유익하고 이롭게
만들어 쓰느냐에 따라서 인생이 달라진다는 것입니다.
오늘 우리는 그리스도의 사랑으로 섬김과 나눔을 실천하며 복음을 선포하여
하나님께 잘했다 칭찬받는 복된 인생을 살아가시길 기원 합니다.

기도의 본질

당신이 하나님께 기도할 수 있는 까닭은
그 분이 들으시기 때문이다.
당신의 목소리는 천국에서 중요하다.

그분은 당신을 아주 진지하게 대하신다.
당신이 하나님의 임재에 들어서면 수행원들은
당신의 목소리를 들으려 고개를 돌린다.

무시당할까봐 두려워할 필요가 전혀 없다.
말을 더듬거나 두서가 없어도,
누구도 당신이 할 말에 마음 주지 않아도,
하나님은 마음을 주신다.

그리고 하나님은 당신의 기도를 들으신다.
집중하여 들으신다. 귀 기울여 들으신다.

기도는 값진 보석처럼 소중히 취급된다.
기도의 말은 정화되고 능력을 입어
우리 주님께 향기로운 냄새로 올라간다.

당신의 기도는 하나님을 움직여 세상을 변화시킨다.
당신은 기도의 신비를 이해하지 못할지 모른다.
그래도 괜찮다, 그러나 이것만은 분명하다.
하늘의 행동은 누군가 이 땅에서 기도할 때 시작 된다.

얼마나 놀라운 일인가!

-맥스 루카도의 주와 같이 길 가는 것 중에서-

부활

부활은 다른 진리들과 연결되어 있습니다.
예수 부활을 믿으면 기적과 성경, 그리고 예수의 신성도 믿게 됩니다.
하나님께서 모든 것을 주관하심을 믿게 되고, 모든 고통과 근심에서 자유를 얻을 수 있습니다.
그런고로 기독교 교리의 기초이자 출발이 이 부활진리입니다.
그 진리가운데서 무엇을 알 수 있을까요?

첫째로 이생을 넘어 다른 생이 있음을 보여줍니다.(요 14:2-3)
사흘 만에 부활하신다는 약속을 지키셨다는 것입니다.

둘째로 예수님이 무죄한 분임을 인증해 줍니다.(히 4:15)
죄의 값은 사망이라고 했습니다.
예수님은 우리의 죄를 짊어지시고 죽으셨습니다.
그러나 예수님은 사망권세를 깨뜨리고 다시 살아나신 완전한 하나님 이십니다.

마지막으로 예수님이 하나님 되심을 선포해 줍니다.(롬 1:4)
예수의 부활은 복음입니다.
부활하신 예수님을 기억하면 기쁨, 감사, 만족함이 있습니다.
승리의 왕으로 다시 오신 예수님을 우리는 영접하여 그분을 믿고 의지하며 담대히 걸어 나가야 할 것입니다.
이 부활하신 주님과 함께 남은여생이 승리의 삶을 살 수 있기를 주님의 이름으로 간절히 소원합니다.

"나는 부활이요 생명이니 나를 믿는 자는 죽어도 살겠고, 무릇 살아서 나를 믿는 자는 영원히 죽지 아니하리니 네가 이것을 믿느냐 "(요11:25-26)

장수

므두셀라는 969세를 살아 인간으로서 최고의 장수를 기록했다.
그러나 하나님의 심판이었던 홍수를 거치면서 인간의 수명은 급격히 줄어들게
되었다.
아브라함이 175세를 살았고 야곱이 147세를 살았으며 요셉은 110세를 살았다.
천년을 살아 보겠다며 불로초를 찾아 헤맸던 진시황은 49년밖에 살지 못했다.

지금은 100세 시대라고 하고 있다.
사람이라면 누구나 무병장수를 희망사항으로 갖고 있겠지만 인생의 자랑은 수
고와 슬픔뿐이라고 했으며 죽음을 비껴갈 수 있는 사람은 아무도 없다.
물질문명의 발달과 더불어 건강과 장수에 대한 욕구도 많아졌고 첨단 의료기
술과 갖가지 의약품의 개발로 평균수명도 늘어나기는 했다.

특히 수많은 건강이론이 등장하면서 건강과 장수에 대한 욕구가 그 어느 때보
다도 높다고 하겠다. 성경은 진리이기에 어떤 유능한 학자의 학설보다도 정확
하며 변함이 없는 기준이 된다.

성경은 지도가 아니라 나침반의 역할을 하는 것이다.
성경은 인류의 구원을 위해 쓰인 하나님의 메시지이지 건강과 장수만을 위한
건강이론서는 아니다.
그렇지만 성경을 일게 되면 인간의 존재 의미를 알게 되며 삶의 목적을 찾게 되
고 인간다운 삶이 무엇인가를 알게 되므로 당연히 건강과 장수의 지혜를 얻을
수 있다.

성경에서는
"하나님을 경외하며(잠10:27) 말씀에 순종하고(신30:20) 부모를 공경하며(엡6:1) 탐욕
을 멀리 하는(잠28:16) 사람이 장수할 수 있다"고 가르치고 있다.

부모 섬김

웨스트민스터 요리문답 124문에 부모란 친부모 뿐 아니라 연령에 있어서(딤전 5:1, 2), 은사에 있어서 윗사람(창4:20-21, 45:8)
하나님의 법령에 의하여 가족 된 자들(왕하5:13)
교회 또는 나라에서 권위로 있는 자들(갈4:19, 왕하2:12), 이라고 기록하고 있습니다. 그리고 하이델베르그 문답해석에서는 가르치는 교사도 포함된다고 했습니다.

그러니까 부모란 육신의 부모, 연령의 연장자, 국가의 통치자 교회의 성직자교사, 사회에서 윗사람, 학교에서 스승들로 분류할 수 있습니다.
그래서 가톨릭에서는 교역자를 신부라고 부르는 것입니다.
그러므로 낳아주지 않은 분들도 내 부모와 같이 여겨야 합니다.
그래서 바울은 디모데에게 "늙은이를 꾸짖지 말고 권하되 아비에게 하듯"(딤전5:1) 하면서 또 "늙은 여자를 어미에게 하듯"(딤전5:2) 하라고 했습니다.

성경에 보면 신앙의 위인들은 모두 순종하는 효자였습니다.
이삭도 아브라함을 죽기까지 순종했습니다.
요셉도 아버지의 분부 받들었고 자기를 미워하는 형들에게 가기를 거역하지 않았습니다.
다윗도 전쟁터에까지 아버지 심부름에 순종했습니다.
대표적으로 우리 주님은 아버지의 뜻을 따라
이 죄악 된 세상에서 죽기까지 순종하셨습니다.

그래서 기독교는 효의 종교입니다.
엡6:1에도 골3:20에도 "부모에게 순종하라"고 했습니다.
"너 낳은 아비에게 청종하고 네 늙은 어미를 경 히 여기지 말지니라."(잠23:22)

족한 줄 모르는 욕심

땅에 욕심이 무척 많은 한 노인에게 임금이 말을 타고 해가 질 때까지 달려서 출발했던 지점으로 다시 되돌아오면 그 달려온 땅을 모두 주겠다고 말했습니다.

이 말에 욕심이 생긴 노인은 새벽부터 저녁까지 달렸습니다.
그리고 그 넓은 땅을 다 돌았으나 도착하자마자 지쳐서 말에서 떨어져 죽고 말았습니다.

임금은 이 노인의 묘비에 이런 글을 써서 나라 사람이 다 읽을 수 있게 하였습니다.

"이 무덤 속에 있는 사람은 이 나라의 반이나 되는 땅을 차지했다. 그러나 지금 그의 소유는 한 평밖에 되지 않는다."

족한 줄을 알지 못하는 인간의 욕심은 다함이 없습니다.
채우고 또 채워도 만족스럽기는커녕 오히려 결핍증을 느낍니다.
욕심과 행복은 반비례합니다.
욕심이 클수록 불행해지는 것입니다.

그러므로 우리는 세상에 속한 모든 욕심을 버리고 자족하여야 하겠습니다.

"아무것도 염려하지 말고 오직 모든 일에 기도와 간구로 너희 구할 것을 감사함으로 하나님께 아뢰라 그리하면 모든 지각에 뛰어난 하나님의 평강이 그리스도 예수 안에서 너희 마음과 생각을 지키시리라 "(빌4: 6-7)

행복한 가정의 열 가지 비결

-H.L. 멘켄 박사의 행복한 가정을 위한 열 가지 비결

1. 결혼 생활의 목표를 설정하라.
결혼을 준비하면서 또는 결혼을 한 후에라도 어떤 가정이 되고 싶은지 목표를 설정하고 그 목표를 향해 꾸준히 전진해야 한다. 목표가 없으면 갈 곳이 없습니다.

2. 결혼 전에는 두 눈을 크게 뜨고 결혼 후에는 한 눈은 감으라, 너무 적절한 충고입니다, 결혼 후에는 가족의 허물을 못 본척해야 합니다, 허물이 없는 사람이 어디 있습니까?
비판을 받지 않으려면 비판하지 말라, 너희가 비판하면너도 바로 비판을 받는다.

(마 7:1).

3. 남과 비교하지 말고, 비밀을 만들지 말라.
남과 비교를 당하면 비참해지고 비밀은 비극을 낳는다. 의식하지 않는 사이에 사랑하는 사람들을 남과 비교합니다. 비밀은 반드시 담을 쌓습니다.

4. 화를 품은 채 잠들지 말라.
해가 지기 전에 노를 풀라는 바울의 말씀과 동일한 뜻입니다.

5. 마주 보지 말고 함께 같은 방향을 보라
하나님과 하나님의 뜻을 함께 찾아서 행하며 살아가려고 노력해야 합니다.
한 쪽의 주장에만 끌려가면 끌려가는 쪽은 한이 맺힙니다.

6. 돈을 사용하는 데 하나가 되라.
잔돈을 제외하고 합의해서 돈을 사용하는 것이 지혜롭습니다.

7. 입술의 30초가 가슴의 30년이 된다.
좋지 않은 말은 큰 상처를 줍니다. 말은 반드시 좋은 말이라야 합니다.

8. 침실의 기쁨을 유지하라.
벌거벗었으나 부끄러워하지 아니하더라. (창2:25).
에덴동산의 첫 번째 부부의 모습입니다

9. 서로 격려하고 신바람 나게 하라. 이것이 사람의 묘약입니다.
격려보다 더 중요한 사역은 별로 없습니다.

10. 기도로 하루를 열고 기도로 하루를 닫으라.
인생을 아는 사람의 충고입니다. 이 비밀을 이해하고 잘 지켜 가면 지상에는 완전한 행복은 없지만 거의 행복하게 살아갈 수 있습니다.
말씀대로 되게 하시고 믿음대로 이루소서. 아멘

오늘 나는!

성경은 "분을 내어도 죄를 짓지 말며 해가 지도록 분을 품지 말고 마귀로 틈을 타지 못하게 하라" 고 했습니다.
분은 낼 수 있으나 계속 품고 있지는 말라는 것입니다. 계속 품으면 마귀가 틈을 탑니다.
결국 내가 손해를 보고 맙니다. 그러면 어떻게 해야 합니까?
용서해야 합니다. 이해해야 합니다.
미워하는 마음이 있으면 내 마음이 평화롭지 못합니다.
그러면 결국 내 건강에 해를 끼칩니다.

복음송 작사, 작곡가 가운데 최 용덕 씨가 있습니다.
그가 고향 교회에 있었을 때 동료 집사와 사소한 일로 말다툼을 했습니다. 그와의 관계가 서먹서먹해졌습니다. 최 용덕 집사는 '내가 먼저 손을 내밀어야지...' 했습니다.
그러나 선뜻 그렇게 되지 못했습니다. 그러는 사이 몇 달이 흘렀습니다.
그때 그 집사가 먼저 손을 내밀어 용서를 구했습니다.
그로 인해 서먹서먹한 관계가 회복되었습니다.

그런데 그 후 얼마 안 되어 그 집사님이 불의의 교통사고로 이 세상을 떠났습니다. 장례식 후 그 집사의 부인이 그의 유품을 정리하다가 일기에서 내가 예수님 다음으로 존경하는 사람은 최 용덕 집사다. 왜냐면 그는 나에게 예수를 믿도록 전해 주었기 때문이다. 라는 글을 발견하고 최용덕 집사에게 전해주었습니다.
최 용덕 집사는 큰 충격을 받았습니다.

전에 그 집사님과 다투고 자신이 먼저 용서를 구하지 못한 일이 떠오르면서 자신의 옹졸함에 그는 밤새 울면서 회개하며 다음과 같은 찬송을 지었습니다.

"내가 먼저 손 내밀지 못하고 내가 먼저 용서하지 못하고 내가 먼저 웃음주지 못하고 이렇게 머뭇거리고 있네. 그가 먼저 손 내밀기 원했고 그가 먼저 용서하길 원했고 그가 먼저 웃음주길 원 했네 나는 어찌된 사람인가 오 간교한 나의 입술이여 오 교만한 나의 마음이여 왜 나의 입은 사랑을 말하면서 왜 나의 맘은 화해를 말하면서 왜 내가 먼저 져 줄 수 수 없는가? 왜 내가 먼저 손해 볼 수 없는가? 오늘 나는 오늘 나는 주님 앞에서 몸 둘 바 모르고 이렇게 흐느끼며 서 있네 어찌 할 수 없는 이맘을 주님께 맡긴 채로"

사랑

우리가 맺은 열매로 어떤 열매가 가장 아름답고 복된 열매일까요?
그 열매는 사랑의 열매입니다.
성령의 열매 중에 가장 먼저 나오는 열매가 바로 사랑입니다.
그만큼 귀하고 아름다운 열매입니다.
그래서 믿음 소망 사랑 이 세 가지는 항상 있을 것인데 그 중에 제일은 사랑이라 했습니다. 하나님을 사랑하고 이웃을 사랑하는 사랑의 사람이 됩시다.
성경은 사랑의 복됨이 얼마나 큰 것인지 우리에게 잘 가르쳐 줍니다.

하나님은 사랑입니다. 자식은 부모를 닮는 것이 정상입니다.
아버지가 사랑이라면 자녀도 사랑이어야 합니다. 그러므로 우리가 하나님의 자녀인지 알려면 사랑을 보면 안다는 말입니다. 누구 제자인가를 아는 것도 역시 그렇습니다.

어느 날 무디 선생이 제자들에게 말하기를 "예배당에 빈자리가 많으니 전도하러 나가자"고 제자들을 데리고 거리로 전도하러 나갔습니다.
일주일 동안을 다녔으나 그 누구에게도 "예수 믿으십시오." 라고 전도하지 않았습니다.

그러나 그 다음 주일에 예배당에 사람들이 꽉 찼습니다.
제자들이 이상해시 묻기를 "선생님 우리가 예수 믿으라고 말 한마디 히지 않았는데 어찌하여 예배당이 가득 찼습니까?" 무디 선생은 말하기를 "우리들은 일주일동안 무언의 전도를 잘했다.
그동안 길에 넘어져 우는 아이를 일으켜 주었고, 무거운 짐을 싣고
가는 수레를 밀어주었고, 불쌍한 사람들을 도와주지 않았느냐?
말로 전도하는 것보다 행실로 나타내 더욱 좋은 전도가 되었다."라고 하였답니다. 하나님의 자녀의 모습을 제대로 보여준 것입니다.
우리는 온전히 사랑 받는 하나님 자녀의 모습으로 살아가시기를 바랍니다.
할렐루야!!

눈물

사람에게는 고귀한 액체가 세 가지가 있는데
그것은 땀과 눈물과 피 입니다.
땀을 흘리는 것보다는 눈물을 흘리는 것이 어렵고
눈물보다는 피를 흘리는 것이 더 어렵습니다.

땀은 노력의 상징이요,
눈물은 감정의 상징이요,
피는 생명의 상징입니다.
그러므로 땀 흘리지 않고는 성공할 수 없고,
눈물 없이는 바로 살아갈 수 없으며,
피를 흘리지 않고서는 위대한 일이 생길 수 없습니다.

괴테는 눈물 젖은 빵을 먹어보지 않은 자는
인생의 참맛을 알 수 없다고 하였습니다.
이 말은 눈물 없이는 인생의 위대한 일이
이루어질 수 없다는 것을 의미해주고 있습니다.

눈물에는 여러 종류의 눈물이 있습니다.
멀리 헤어졌다가 다시 만날 때 기쁨의 눈물이 있고,
지난날 잘못을 뉘우치고 회개하는 참회의 눈물이 있고,
분투 노력 끝에 영광을 차지한 승리의 눈물이 있고,
억울한 일을 당하고 괴로워하는 원한의 눈물이 있고,
사랑하는 사람을 잃어버린 이별의 눈물이 있습니다.

정말 눈물의 종류는 각 사람에게 다 다르게 표현됩니다.
오늘 우리는 겟세마네 동산에서 대속의 눈물을 흘리시고
기도하신 예수그리스도의 눈물을 기억하시기 바랍니다.

마음

신학대전을 쓴 유명한 교부 토머스 아퀴나스 는 "사람은 행위를 보고 하나님은 의도를 보신다"고 했습니다.

지금 우리사회는 외모 열풍이 불어 얼짱, 몸짱을 찾고 있으나 하나님께서는 자신의 마음에 합한 자를 찾고 계십니다.

내가 이새의 아들 다윗을 만나서 내 마음에 합한 사람이라.

내 뜻을 다 이루게 하리라 "(행13:22)

다윗이 축복받은 원인은 다윗의 외모에 있는 것이 아니라 그 중심이 하나님의 마음에 들었기 때문입니다.

아브라함 링컨 대통령은 그의 성공비결을 묻는 사람들에게 자신의 첫째가는 성공비결은 곧 '청결한 마음' 이라고 대답했습니다.

예수님은 산상수훈에서

"마음이 청결한자는 복이 있나니 저희가 하나님을 볼 것이요 " (마5:8)라고 했습니다.

옥중에 있는 사도 바울은 빌립보교인들을 향해서 "너희 안에 이 마음을 품으라." (빌2:5)

예수님의 마음은 겸손한 마음입니다.

잠언 18:12절에 보면 "사람의 마음의 교만은 멸망의 선봉이요 겸손은 존귀의 앞잡이니라"고 했습니다.

예수님은 근본 하나님과 같으신 신성을 지니셨지만 자기를 낮추시어 인성을 지니신 육체로 우리 곁에 찾아오셨습니다.

"무릇 지킬만한 것보다 더욱 내 마음을 지키라 생명의 근원이 이에서 남이니라. "

(잠4:23)

기도의 응답

기도의 성자라고 불리는 조지 뮬러는 자기 평생을 통하여 구체적으로 기도응답을 받았다고 합니다.
그런데 그가 가장 시간을 많이 들여서 한 시도 제목은 자기가 어렸을 때부터 같이 삶을 나눈 다섯 친구의 구원 문제를 위해 오랜 시간동안 계속해서 기도했습니다.

한 두 사람이 믿기 시작해서 3명은 구원받았지만 끝까지 믿지 않는 친구가 두 사람 있었는데 뮬러는 이 두 친구를 위해 무려 52년 동안이나 기도 했습니다.

이제 노년이 되어 그는 자기 인생의 마지막 남은 힘을 가지고 사랑하는 교회에서 마지막으로 설교하기를 간청 했습니다.
마지막 설교를 하던 그 날, 그의 안 믿는 친구가 우연히 그곳에 참석했다가 뮬러 목사님의 설교를 듣고 회개하고 예수님을 믿게 되었습니다.
그러나 나머지 한 친구의 구원을 보지 못하고 뮬러는 세상을 떠났습니다.

그 후 그때까지 안 믿고 있었던 친구가 뮬러의 죽음 소식과 함께 뮬러가 자기를 위해서 무려 52년간이나 이나 기도했다는 이야기까지 듣게 되었습니다. 뮬러가 죽은 바로 그 해 그 소속일 들은 이 친구는 결국 예수님을 믿게 되었습니다.
믿은 후 그 친구가 전 영국을 순회하면서 이러한 간증을 했습니다.
"뮬러 목사님의 기도는 모두 응답되었습니다. 그리고 저는 그 최후의 응답입니다." 이 이야기를 통해서 우리의 모든 기도는 다 응답된다고 확신 있게 말할 수 있습니다.

너희가 내 안에 거하고 내 말이 너희 안에 거하면 무엇이든지 원하는 대로 구하라 그리하면 이루리라 (요15:7)

다른 각도로 바라보기

사람이든, 식물이든, 물건이든
가장 아름답게 보이는 위치와 각도가 있습니다.

어디에서 보느냐에 따라
아름답게 보이기도 하고 추하게 보이기도 하며
날카롭거나 부드럽게 보이는 것입니다.

우리는 나무 한 그루도
보기에 좋은 위치와 각도를 잡아 심는데
사람은 그렇지 않습니다.

분명 그 사람에게도 좋은 점이 있을 텐데
그것은 찾아보지 않고
자기가 보고 싶은 방향 시각으로만 바라보면서
미워하거나 무시합니다.

사람은 그가 누구냐 인 것 보다 내가 어떻게 보느냐에 따라
중요도와 의미가 크게 달라집니다.

오늘은 그를
어제와 다른 각도에서 바라보면 좋겠습니다.
그러면 사람마다 다른 성격과 습관이 있다는 사실을 통해
새롭고 놀라운 기쁨을 얻게 될 것입니다.

[행복한 동행중에서]

예수 믿으세요!

사람들은 누구나 자신의 마음에 무엇인가를 믿고 있으며, 그 믿음으로 살아갑니다. 누구든지 최소한 한 가지 믿음을 가지고 살아갑니다.
그러나 중요한 것은 "무엇을 믿고, 어떻게 믿었는가?" 하는 것입니다.
당신은 무엇을 믿었습니까?

믿음은 중요하지만 무엇을 믿었는가에 따라서 당신이 죽은 후에 지옥과 하늘나라가 결정되는 것입니다. 하나님께서는 성경을 통하여 말씀하시기를 복음을 굳게 잡고 헛되이 믿지 아니하였다면 복음을 통하여 너희도 구원받은 것이라 (고린도전서 15:2)고 말씀하셨습니다.

당신은 복음이 무엇인지 알고 믿었습니까?
이는 성경대로 셋째 날에 다시 살아나셔서 (고린도전서 15:3, 4)라고 말씀하십니다. 이것이 바로 복음입니다. 당신은 죄인으로 태어나서 죽으면 지옥으로 갈 수밖에 없습니다(로마서5:12) 그러나 예수 그리스도께서 당신의 죄를 위해 대신 십자가에서 피 흘려 죽으시고 부활하심으로 당신의 죄를 모두 용서해 놓으셨습니다.(고린도후서 5:21) 당신을 구원하실 수 있는 분은 오직 예수 그리스도 뿐입니다(사도행전 4:12).

당신은 어떻게 믿었습니까?
'아는 것'과 '믿는 것' 은 하늘과 땅만큼이나 엄청난 차이가 있습니다.
그것은 바로 하늘나라와 지옥의 차이입니다. 머리로는 하나님도 믿고, 예수님도 믿고, 성경에 있는 내용도 믿는다고 말할 수 있습니다. 그러나 복음을 "마음"으로 믿지 않는다면 절대로 하늘나라에 갈 수 없습니다.

진지하게 점검해 보십시오. 당신이 진정 죄인이라는 사실을 언제 알았으며, 당신의 죄를 위해 예수님께서서 죽으셨다는 사실을 언제 믿었는지 확인해 보십시오. 확신할 수 없다면 당신은 지옥의 불길 가운데서 영원한 형벌을 받게 될 것입니다.

우리 모두 구원받기 원하시면 이렇게 기도하시기 바랍니다.
"하나님, 저는 죄인입니다 그래서 저는 죽어서 지옥에 갈 수밖에 없습니다. 그러나 예수님께서 저를 대신해 십자가에 피 흘려 죽으시고 부활하심으로 저의 모든 죄를 용서하신 사실을 마음으로 믿습니다. 제 안에 들어오셔서 저의 주님이 되어 주십시오. 저를 구원해 주셔서 감사드립니다.
바른 진리의 길로 가도록 저의 남은 삶을 인도해 주십시오. 주 예수 그리스도의 이름으로 기도드립니다" "아멘"

사명

죽음을 극복하는 사명감을 감당한 리빙스톤은 선교사로서 수많은 고난과 위험을 극복한 사람입니다.

영국을 떠나 아프리카에 파견될 당시는 가슴에 병을 얻어서 사경을 헤매기도 하였고, 마붓사 에서는 사자에게 팔을 물려 죽을 뻔한 고비를 넘겼고, 칼라하리 사막에서는 식수 부족으로 죽음의 시간을 보냈습니다.

한번은 잠비아 강 유역에 있는 마코로로 왕국을 방문했을 때 토인과 함께 길을 가고 있을 때 갑자기 코끼리 떼가 나타났는데 아프리카 코끼리는 인도코끼리에 비해 성격 사납기로 유명합니다.
이들은 놀라서 황급히 온힘을 다해 도망치기 시작했습니다.
그들은 달리면서 간절히 기도했습니다.

"하나님 도와주세요!"

다행히도 코끼리 떼는 그들을 쫓아오다가 갑자기 방향을 바꾸어서 다른 곳으로 달려가는 것이었습니다.
달리던 걸음을 멈추고 리빙스톤은 함께 동행하는 흑인들에게 그의 인생을 잘 표현 하는듯한 이야기를 했습니다.

"우리는 우리의 일이 끝나기까지는 결코 죽지 않는다."고 말입니다.

사명을 위해 사는 사람은 죽음을 극복한 사람입니다.
하나님은 심는 대로 거두게 하시는 분입니다.

연합기독교방송 기도문

오늘도 살아 역사하시는 전능하신 하나님아버지!
우리를 죄악에서 구원하시기 위해 독생자 예수그리스도를
십자가에 못 박혀 죽기까지 사랑하신 그 크신 은혜와 사랑에
감사와 찬송과 영광을 올려드립니다.

우리는 세상으로부터 부름 받은 하나님의 백성이며
또한 세상으로 파송된 그리스도의 제자입니다

우리가 그리스도의 사랑으로
섬김과 나눔을 실천하고 복음을 선포하여
주님의 증인된 삶을 살아가게 인도하여 주옵소서.

그리하여 세상이 힘들고 어려워도
아름다운 사랑의 향기를 발하기 원합니다.

눈물 흘리며 마음 아파하는 자, 고통가운데 신음하는 자,
일어설 수 없는 좌절의 늪에서 허우적거리는 자에게
희망과 용기를 주며 함께할 수 있기 원합니다.

우리는 이제 그 크신 하나님의 사랑을 전하며
더불어 함께하는 아름답고 복된 사회를 위해
내 이웃을 내 몸과 같이 사랑으로 봉사하는 자 되게 하옵시고
연합기독교방송과 파송선교사님을 지키시고 인도하셔서
땅끝까지 복음을 선포하게 하옵소서.

우리를 지키시고 인도하시는
예수그리스도의 이름으로 기도드리옵니다. 아멘

믿음

네가 믿으면 하나님의 영광을 보리라고
성경 요 11:40에 기록하고 있습니다.
물건은 눈으로 봅니다. 음악은 귀로 들어야 합니다.
음악을 눈으로 들을 수는 없습니다.
음식 맛은 눈으로도 귀로도 볼 수 없습니다. 음식은 혀로 맛을 봅니다.
그러면 하나님은 어떻게 볼 수 있을까요?

하나님은 믿음으로 볼 수가 있습니다.
사실 하나님은 어느 곳에든지 계십니다. 자연 속에도 계시고,
인류의 역사 속에도 계시고, 인간의 마음속에도 계십니다.
그런데 볼 수 없고 하나님의 임재가 느껴지지 않는 것은
믿음이 없기 때문입니다.
어떤 사람들은 "하나님을 보여 달라, 그러면 믿겠다."고 하는데
그것처럼 어리석은 말이 없습니다.
믿음이 없는 자에게 하나님을 보여 줄 수 있는 방법이 없기 때문입니다.

오늘 우리는 내가 믿는 믿음으로
주님께 인정받는 믿음의 소유자가 되시기 바랍니다.

그리하여 우리는 백부장과 같은 믿음을 소유할 수 있기를 원합니다.
기독교는 믿음의 종교입니다.
믿음으로 구원은 얻습니다.
백부장의 믿음을 본받아 자비의 믿음과 간구하는 믿음
겸손한 믿음과 말씀대로 믿는 믿음으로
혼돈된 세파의 소용돌이 속에서 세상을 이기고 승리하는
믿음의 소유자가 되시길 축복합니다.

보석과 사람의 가치

다이아몬드와 인간의 가치를 결정하는 기준으로 '4C'가 있다.

첫째는 투명도(Clarity)다. 보석과 사람은 맑음의 정도에 따라 가치가 달라진다.

둘째는 무게(Carat)다. 가벼울수록 다이아몬드의 가치가 떨어지는 것처럼 생각과 행동이 가벼운 사람은 인정받지 못한다.

셋째는 색깔(Color)이다.
가치 있는 보석일수록 신비한 빛을 발한다. 인간의 삶에도 나름대로 빛과 향기가 있다.

넷째는 모양과 결(Cut)이다.
보석은 깎이는 각도와 모양에 따라 가치가 달라진다.
가치있는 사람은 주위를 향해 찬란한 빛을 발한다.

그러나 인간은 다이아몬드가 지닌 '4C'에 한 가지를 더 추가해야 참다운 가치를 지닌다. 그것은 바로 예수 그리스도(Christ)이다.
인간은 그분의 피로 씻음을 받고 그분의 손길로 빚어질 때 비로소 '걸작품'으로 다시 태어난다.

쇠 한덩이의 가치

쇠 한 덩이가 어떻게 쓰이냐에 따라 리플리라는 사람이 쓴 책에 이런 이야기가 나옵니다. 5달러짜리 쇠 한 덩이로 말편자를 만들면 50달러에 팔 수 있고 바늘을 만들면 5000달러어치를 만들 수 있으며 시계를 만들면 5만 달러 이상의 가치를 만들어낼 수 있다는 것입니다.

이처럼 같은 재료라도 사용하기에 따라 그 가치가 달라집니다.
그리스도인도 마찬가지입니다. 동일한 구원으로 거듭난 성도라 해서 그들의 인생의 가치가 모두 같은 것은 아닙니다.

그들 중에는 하나님께 기쁨이 되는 사람이 있는가 하면 슬픔이 되는 사람도 있는 것입니다. 구원은 출발일 뿐입니다.
그 구원을 빛나게 하는 가치는 그의 삶을 통해 드러납니다.

그리스도인의 참된 가치는 그가 얼마나 예수 그리스도와 닮은 사람인가에 달려있습니다. 그래서 우리는 그것이 아무리 어렵고 고단한 길이라 할지라도 예수님을 닮아가는 노력을 포기할 수 없습니다.

인생의 폭풍을 만날 때

인생의 폭풍을 만날 때, 우리는 헛된 것을 버려야 합니다.
어떤 사람에게 성공과 실패의 이유를 물었습니다.
자기의 계획이 이루어지면 '성공' 이루어지지 않으면 '실패' 했다고 말합니다.
자기의 성공에 가장 큰 도움을 준 사람이 누구냐고 물으면, 놀랍게도 가장 많은 사람이 자기 자신이라고 답한다고 합니다.

반대로 뜻을 이루지 못한 실패의 이유가 무엇이냐고 물으면, 다른 사람이 도움을 안 주거나 방해했기 때문이라고 대답합니다.
요약하면, 인생의 목표는 자기 뜻과 계획입니다.
성공은 잘난 자기 때문이라고, 실패는 못난 다른 사람 때문입니다.
이런 생각의 구도를 가지고 있기에 욕심, 탐욕, 교만, 분노, 원망 좌절을 벗어날 수 없습니다.
자기 뜻과 계획이 욕심과 탐욕으로 이끌고, 일을 이루면 교만해집니다.
결과적으로 좌절에 빠지게 되는 것은 생각의 구도가 잘못되었기 때문에 우리는 믿음으로 이 구도를 바꾸어야 합니다.

우리가 왜 인생의 폭풍을 만납니까? 하나님 때문도 아닙니다.
누구 때문도 아닙니다. 바로 나 때문입니다.
내 욕심과 헛된 꿈, 우리의 욕망이 나를 폭풍 속으로 몰아 갑니다.
결국 인생의 아름다움을 다 놓친 후회의 삶으로 만들어 가진 안습니까?.

그러나 하나님은 인생을 아름답게 만드셨습니다.
헛된 것은 버리고 하나님만 의지하고 순종하면 폭풍 속에서도 지켜주십니다.
믿음으로 내게 주신 이 기회를, 아름답게 수놓는 인생을 살 수 있기를, 예수그리스도의 이름으로 축원합니다.

그러므로 모든 더러운 것과 넘치는 악을 내어 버리고 능히 너희 영혼을 능히 구원할 바 마음에 심어진 말씀을 온유함으로 받으라. (약 1:21)

인생의 장애물

인생길을 가면서 우리는 크고 작은 장애물들을 만납니다.
이 장애물들은 우리를 넘어뜨리는 아픔을 주기도 합니다.

한 기자가 전도자 무디에게 "어떤 사람이 당신에게 가장 큰 장애가 됩니까?"라고 물었습니다. 그 물음에 무디는 지체하지 않고 대답했습니다.
"그 어떤 사람보다도 무디라는 작자 때문에 가장 골치를 썩고 있소" 또 다른이도 "내 인생을 들이켜보니 많은 장애물을 만났었다.
그중 가장 큰 장애물은 바로 나였다" 라고 말했습니다.

지금 나를 좌절케 하고 낙망케 하는 가장 큰 장애물은 무엇인가요?
경제적인 것, 사회 환경, 질병, 모함, 오해 …,
여러 가지 장애물이라고 여겨지는 것들을 생각해보세요.

정말 나를 가장 힘들게 하고 낙심하게 하는 것이 무엇인지를 있는지를 말입니다. 장애물이 나의 외부에 잇는지 나의 내부에 있는지 내 인생을 곰곰이 들여다 보시기 바랍니다.

내 꿈, 내 시간, 내 목표, 내 사랑…,
그 모든 소중한 것들을 좌절시킨 장애물은, 정말 누구일까요?

세상에서 가장 치열한 전투는 나 자신과의 싸움이라는 것을 기억하시기 바랍니다.

감사

그리스도인의 삶의 태도에서 나타나는 가장 큰 특징은 감사입니다.
감사는 한 마디로 '과분한 마음'입니다.

그러나 감사하는 마음을 갖는 것은 쉬운 일이 아닙니다.
감사는 "내 것은 다 하나님께로부터 왔다"는 고백에서 감사의 정신은 출발합니다.

그러기에 갑작스러운 횡재나 행운은 감사의 요건이 못됩니다.
감사는 눈물을 흘리며 씨를 뿌리러 나간 이들에게 적절한 덕목입니다.
성숙한 영적 열매는 저절로 자라나는 것이 아닙니다.

운동선수는 연습량에 따라 승패가 좌우되고 기능공은 훈련의 반복에 따라 성취 여부가 결정되듯, 그리스도인의 감사 역시 훈련이 필요합니다.
특히 행복에 겨울 때보다 시험과 어려움 속에서 더 잘 연단됩니다.

그러기에 감사는 자기 자신의 고마움으로 그칠 수 없고, 내 가정은 물론 이웃과 세상을 향해 그 기쁨을 나누는 것이 감사입니다.

만족한 행복

우리는 매일매일 '아직'과 '이미' 사이에서 갈등을 겪습니다.
지난 시간의 '이미'와 오지 않는 시간의 '아직'에서 미리 절망하기도 하고 후회하기도 합니다.

그러나 지난 일로 후회하는 대신 지금 할 수 있는 일을 찾아서 한다면 아직 오지 않는 시간에는 후회를 떨쳐버릴 수 있지 않을까요?

이미 지나간 일에 매여 지금 살지 못하거나 반대로 아직 오지 않은 시간을 걱정하며 현재를 누리지 못한다면 그 어느 것도 하나님이 기뻐하시는 삶이 아닐 것입니다.

아직과 이미 사이의 갈등을 깨끗이 떨쳐버리고 지금, 당신에게 주신 하나님의 축복을 누리시기 바랍니다.
그리하여 당신의 오늘 하루가 만족한 행복으로 가득 채워지길 기도합니다.

하나님의 축복으로 행복한 당신이길....

보석처럼 빛나는 인생

어떤 신사가 친구가 경영하던 보석상을 방문했습니다.
진열장에 있는 보석들을 다 보여주었습니다.
그런데 한 보석이 빛이 나질 않았습니다.

그분은 친구에게
"이거 보석이 아닌 것 같아."라고 물었습니다.
그랬더니 보석상을 경영하는 친구가 말했습니다.
"아니야, 손에 올려놓고 손을 오므렸다가 잠시 후에 펴봐!"
그분이 손에 넣고 잠시 후에 펴보니 그 보석은 무지개 색깔로 빛나고 있었습니다.
그 보석의 이름이 오팔이라는 보석입니다.
오팔은 마음이 통하는 보석으로 아름다운 빛을 발하기 위해
사람의 손을 필요로 하는 보석입니다.

여러분, 지금까지 살아오면서 별 볼일 없는 인생이셨습니까?
어두운 세상에서 한 번도 빛을 내 본적이 없는 인생이었어도 주님 손 안에 붙잡히게 되면 오팔보석처럼 빛나는 인생이 되실 줄 믿으시기 바랍니다.

과거라 힘들고 어려웠어도, 가진것이 있던지 없던지, 학력이 좋던지 없던지, 건강하던 건강하지 못하던 간에, 과거와 현재에 실패한 인생이었을 지라도, 후회하지 마세요.

그때 잘 할걸, 그때 열심히 할걸 하며 컬컬거리지 마시고 지금 주시는 하나님의 말씀을 내게 주시는 말씀으로 받고 주님 손잡고 말씀에 순종하며 지키면 형통한 삶으로 바꾸어질 줄 믿으시기 바랍니다.
이제 세상 걱정 근심 떨쳐 버리세요.
그리고 천국을 소망하고 형통의 삶을 누리시길 축원합니다.

성탄절을 기다리는 마음

미국 워싱턴대학의 토머스 홈스 교수가 사람들의 마음과 생활에 변화를 가져오는 때를 조사했더니 가장 큰 변화가 오는 것은 배우자가 죽었을 때였다고 합니다.

이 경우를 100으로 하고 그 밖의 다른 경우들을 점수화 했는데 이혼의 경우가 73, 임신했을 때가 40, 집을 옮기거나 고쳤을 때가 25,였습니다.

그런데 놀라운 것은 크리스마스가 무려 12,나 된다는 것입니다.
매년 맞이하는 크리스마스는 마침 연말과 겹쳐 무엇인가 마음의 변화를 가져오기 쉬운 때입니다.

아직도 이 땅에는 예수 없는 크리스마스를 즐기려는 사람들이 너무나 많습니다. 그러나 만일 크리스마스를 즐거운 파티 기분으로만 넘긴다면 그것은 예수 탄생과는 아무런 관계도 없고 나 자신에게도 긍정적인 변화를 주지 못하는 허망한 시간이 되고 말 것입니다.

낮은 데로 오신 예수그리스도의 성탄하신 깊고 높은 뜻을 헤아려 그 사랑을 실천하는데 힘을 모아야 할 것입니다.

성탄절에 우리 모두의 마음이 작은 구유가 되었으면 하는 바램입니다.

지극히 높은 곳에서는 하나님께 영광이요,
땅에서는 기뻐하심을 입은 사람들 중에 평화로다.

평화의 메시아 요 14:27

예수께서 평화의 왕으로 오셔서 어둠과 죄악과 고통으로부터 인간을 자유하게 하셨습니다. 성탄은 평화의 메시아의 간절한 기다림 입니다.
예수께서 이 세상에 빛으로 오셔서 어둠과 죄악과 고통으로부터 인간을 자유케 하셨습니다. 성탄의 기쁨과 희망 사랑과 평화가 충만하시기를 소망합니다.

제 2 부
2010년 – 2015년

동역자를 위한 기도

관계

멕시코에 사는 한 청년이 바닷가에서 크게 훌륭한 흑진주 한 개를 주었습니다.
너무 좋아서 매일 흑진주를 들여다보는 것이 그의 낙이었습니다. 비싸게 사겠
다는 사람이 있었어도 팔지 않았습니다.
그런데 그는 진주에서 조그만 흠을 발견하고는 실망했습니다.

그래서 그는 진주를 한겹 한겹 갈고 또 갈았습니다.
드디어 흠이 없어졌습니다. 그런데 진주는 쓸모 없게 되었습니다.

세상에는 흠 없는 사람은 없습니다. 그대로 두고 사랑해야 합니다.
흠이 그 사람입니다. 그 흠 때문에 다른 장점이 나오기 때문입니다.

이웃과 좋은 관계로 지내시기를 바랍니다. 일보다 인간관계가 더 중요합니다.
너그럽지 못하면 고독한 인생이 됩니다. 가족도 이웃도 외면합니다.
사람을 포용하고, 인덕을 쌓으시기 바랍니다.
해를 거듭할수록 더 사랑하시고 포용하시기 바랍니다.

우리가 많은 재주 없다해도 잘해서 필요한 사람이 되어야 합니다
우리에게는 그 무엇과도 바꿀 수 없는 귀한 신앙이 있습니다.
아브라함과 이삭과 야곱처럼 믿음의 신앙인이 되시기 바랍니다.
영적으로 열린 사람이 되고 축복하는 사람이 되시기 바랍니다.

새해를 맞이하여 날마다 기도하며
하나님께 귀하게 쓰임을 받는 삶을 살아가시기를 축복합니다.

우리의 기도

우리의 모습이 두 손을 꼭 움켜쥐고 살았다면
이젠 그 두 손을 활짝 펼 수 있기 원합니다.

가진 것이 비록 작은 것이라도 그것이 꼭 필요한 사람이 있다면
나눠주는 자들이 되게 하옵소서.

나의 두 눈이 나만을 위한 눈이었다면 이젠 그 눈의 시선을
우리의 이웃을 위해 한번 돌아 보는 자 되게 하옵소서.

우리는 두 귀로 달콤함만을 들었습니까?
하지만 이제부터 두 귀를 활짝 열게 하시어.
비록 쓴 소리에 아픔이 있어도 들어주고 위로해 주는자 되게 하옵소서.

우리의 입으로는 늘 불평만 했다면
이젠 그 입으로 감사하는 믿음의 사람으로
비록 작은 것을 받거나 행여 받은 것이 없다 해도
그것에 감사하고 함께 하며 축복하는 자 되기 원합니다.

우리는 마음의 문을 꼭 닫고 살았습니다.
그러나 이젠 그 마음에 문을 열고 이웃을 향해 사랑으로 포용하고
감싸 안을 수 있는 자 되게 하옵소서.

그리하여 아름다운 미소로 그들에게 다가 서는 자 되어
주님이 기뻐하시는 섬김과 나눔을 실천하게 하시고
아름다운 믿음의 사람으로 회복시켜 주옵소서.

길이요 진리요 생명되시는 예수님의 이름으로 기도드립니다. 아멘

새사람

그리스도인들에게 바울 사도는 단호하게 명령합니다.
"너희는 유혹의 욕심을 따라 썩어져 가는 구습을 쫓는 옛사람을 벗어버리고 오직 심령으로 새롭게 되어 하나님을 따라 의와 진리의 거룩함으로 지으심을 받은 새사람을 입으라."

예전 우리는 세상의 생활방식대로 허망한 욕정을 따라
썩어 없어질 것을 구하며 살았습니다.
이제 예수 안에서 우리는 그 옛사람을 벗어 버려야만 합니다.

우리는 마음의 영을 새롭게 하여 하나님의 형상을 따라 참 의로움과 참 거룩함으로 지으심을 받은 새사람을 입어야 합니다.
우리는 옛사람을 벗어 던지고 새사람을 입어야만 합니다.
예수를 알기 전 예전의 삶이 나쁜 버릇의 지배를 받았다면 예수를 안 뒤 새로운 삶은 새로운 습관으로 변해야 합니다.

언어와 감정과 행위입니다.
첫째로, 우리의 언어습관이 거룩한 것으로 변해야 합니다.
우리의 언어는 우리의 인격을 비추는 거울과도 같습니다.

둘째로, 우리의 감정습관이 거룩한 것으로 변해야 합니다.
예수 안에서 여러분의 악한 감정을 선한 감정으로 바꾸십시오.

셋째로, 우리의 행위습관이 거룩한 것으로 변해야 합니다.
습관은 우리의 생각과 의지 때문에 시작됩니다.

우리가 나쁜 습관을 끊고 새롭고 거룩한 습관을 기르는 일은 우리 힘으로 되지 않습니다. 하나님이 도와주셔야만 합니다.
이제 우리 모두는 우리의 의지를 믿지 말고 하나님을 의지하고 새사람으로 거듭나시기 바랍니다.

괜히 싫은 사람

누구나 싫은 사람이 있습니다.
같이 있으면 거북한 사람이 있습니다.
피하고 싶은 사람이 있습니다.
그 사람이 가는 곳은 같이 가고 싶지 않은 경우가 있습니다.
괜히 싫은 사람입니다.

어떻게 할까요? 같이 가자니 싫고, 안가자니
전체에 영향을 줄 것 같고, 슬그머니 빠지자니 다들 왜 그러냐고 할 것 같고,
사람이 완전할 수는 없겠지요.
누구 하나 싫은 사람이 없이 다 좋게 지낼 수는 없겠지요.
그러나 최선을 다 하세요.

예수님께서도 "누가 억지로 5리를 같이 가자고 하면 10리를 동행하라" 하셨고
바울도 "할 수 있거든 모든 사람과 평화하라."고 권면하고 있습니다.

"저 사람이 가면 나는 안 간다."하고 모두를 어렵게 하지 말고, "이번 기회에 저
사람과 한 번 친해보자" 라는 생각으로 도전해 보세요.

"너희가 너희를 사랑하는 자를 사랑하면 무슨 상이 있으리요 세리도 이같이
  아니하느냐. " (마 5:46)

작은 생각의 전환

일본 사람이 쓴 소설 중에 '이끼루'라는 소설이 있습니다.
'이끼루'는 '산다'는 뜻입니다.
노벨상 수상 작품 후보로 오른 작품인데, 소설의 내용은 간단합니다.

25년동안 시청에 근무하던 어떤 사람이 어느 날 병원에 가서
진찰을 받고는 위암이라는 판정을 받게 됩니다.
의사는 6개월 정도 더 살 수 있다고 진단을 내립니다.

이 말을 듣고 그는 절망에 빠집니다.
6개월 밖에 남지 않았다고 생각하니 모든 것이 귀찮아집니다.

직장에도 가고 싶지 않고, 먹어도 배부르지 않고,
술을 마셔도 취하지 않고 누구를 만나도 재미가 없습니다.

그러다가 꽃 파는 불쌍한 어린애와 앉아 얘기를 하며 말동무가 됩니다.
"나는 이제 6개월 밖에 남지 않았다."고 말하자,
이 철없는 어린아이가 그래도 6개월은 있잖아요. 라고 대꾸합니다.

아! 하는 생각이 들며 그는 정신을 차립니다.
6개월 밖에 없다는 것이 아니라 6개월은 있다는 생각,
그는 여기서 새로운 용기를 얻고 6개월 동안 할 수 있는 일들을 시작합니다.

혼돈된 가치관

한 정신병자가 밤에 몰래 백화점에 침입했습니다.
밤새도록 장난질을 했습니다.
가격표를 자기 마음대로 바꾸어 붙인 것입니다.
만원짜리에는 100만원자리를 붙여놓고,
200만원 짜리에는 5천원을 붙여놓고... 자기마음대로 장난을 쳤습니다.

그런데 놀라운 일은 그 다음날 아침에 일어났습니다.
백화점 문을 열고 손님을 받았는데... 손님들이 들어와서는 이상한 눈빛도 없이
그냥 엉터리 가격표를 보고 그대로 물건을 사가지고 가는 것입니다.

무엇을 말하고 있습니까?
이것은 현대인들의 혼돈된 가치관을 비꼬는 이야기입니다.
현대를 살아가는 우리의 잘못된 삶의 모습은 아닙니까.

뭐가 정말 중요하고 뭐가 정말 가치 있는 일인지 모르고 산다는 것입니다.
그래서 아주 가치 있는 것을 싸게 취급을 하고 쓸모없는 것을 정말 귀한 것인
줄 착각하고 살아가고 있다는 것입니다.

감사

슈바이처 박사는 어린 시절을 회고하며 다음과 같은 글을 남겼습니다.

어린 시절부터 나는 많은 사람들의 도움을 받고 컸다.
그러나 그 때마다 감사를 표현하지 못하며 자랐다.
내성적인 성격 탓도 있었지만 감사 표현에 대한 교육을 받지 못한 배경도 있었다. 나를 도와준 그 많은 사람들 중 대부분은 내가 충분히 감사를 표현하기 전 세상을 떠났다. 이것을 생각하면 가슴이 아프다.
감사 표현은 잠시도 주저하거나 보류해 둘 것이 아니다.
그때그때 바로 표현해야 한다. 그렇지 않으면 후회한다.

시 136:5 - 지혜로 하늘을 지으신 이에게 감사하라
시 136:6 - 땅을 물 위에 펴신 이에게 감사하라
시 136:21 - 저희의 땅을 기업으로 주신 이에게 감사하라
시 136:24 - 우리를 우리 대적에게서 건지신 이에게 감사하라
시 136:25 - 모든 육체에게 식물을 주신 이에게 감사하라
고후 9:15 - 말할 수 없는 그의 은사를 인하여 하나님께 감사하노라.

십자가

기독교는 십자가의 종교입니다.
십자가는 인간이 하나님께로 나아가 구원의 문으로 들어가는 비밀을 가지고 있습니다. 십자가를 통하지 않고는 하나님께로 갈수 없으며, 영원한 죽음에서 해방될 수 없습니다.

주님은 이 땅에 오셔서 인간이 당해야할 저주를 대신하여 십자가를 지셨습니다. 인간의 입장에서 보면 십자가는 흉악한 죄인들에게 주어지는 최고의 사형틀이지만, 하나님의 입장에서는 인류의 죄를 대속하는 방법입니다.

로마시대에 수많은 사람들이 자신들의 죄의 대가로 십자가에서 죽었습니다.
그러나 그들의 십자가와 주님의 십자가는 다릅니다.
그들의 십자가는 자신들의 행위에 대한 징계라면, 주님의 십자가는 인류의 죄를 대속하는 하나님의 사랑입니다.

주님의 십자가의 죽음은 한 인간의 죽음이 아니라 하나님의 아들 독생자의 죽음입니다.

"그가 찔림은 우리의 허물을 인함이요
 그가 상함은 우리의 죄악을 인함이라
 그가 징계를 받음으로 우리가 평화를 누리고
 그가 채찍에 맞음으로 우리가 나음을 입었도다." 고 했습니다.

사순절 기간입니다.
나 너 위해 피 흘렸건만 너 나 위해 무엇 하느냐?
주님의 세미한 음성을 듣고,
십자가의 놀라운 비밀을 깨달을 수 있기를 축복합니다.

부활절 달걀

십자군 전쟁 때의 일입니다.

로잘린 부인은 전쟁터에 나간 남편이 전사했다는 소문을 듣고 절망의 나날을 보내고 있었다. 어떤 사람이 그 틈을 이용해 재산을 가로챈 후 로잘린을 마을에서 내쫓았다.

그녀는 이곳저곳을 전전하다 어느 조그마한 마을에 안착했다.

마침 부활절을 맞아 마을 어린이들에게 줄 선물을 준비했다.

"애들아, 너희들이 나무를 하나씩 정하렴, 그리고 나무 밑에 둥지를 만들어 놓아라, 그러면 둥지에 예쁜 알이 들어있을 것이다."

로잘린은 둥지에 형형색색의 그림과 "네 이웃을 네 몸과 같이 사랑하라"는 글이 적힌 달걀을 놓아두었다.

어린이들은 신기한 표정으로 색 달걀을 받았다.

그런데 한 소년이 달걀을 들고 친척집을 가던 중 길가에 쓰러진 부상병을 만났다. 소년은 부상병에게 달걀을 주었는데 부상병은 그곳에 적힌 글씨와 그림을 보고 깜짝 놀랐다.

"이것은 내 아내 로잘린의 그림인데. 그리고 이것은 가훈이 아닌가"

그로인해 아내와 남편은 만나게 되었고 그때부터 부활절 달걀은 '사랑'의 상징으로 사용되고 있습니다.

"예수께서 가라시대 나는 부활이요 생명이니 나를 믿는 자는 죽어도 살겠고
무릇 살아서 나를 믿는 자는 영원히 죽지 아니하리니 이것을 네가 믿느냐 "(요11:25-26)

부활

우리가 십자가만 바라본다면 좌절하게 될 것입니다.
그러나 십자가 뒤에 있는 부활을 바라볼 때 희망이 샘솟게 됩니다.
인간은 희망을 가지고 살아가는 존재입니다.
하나님은 희망을 주시는 분이십니다.
우리의 희망은 최후의 승리에 있습니다.
예수님은 최후의 승리자가 되셨습니다.

부활의 주님을 맞이한 우리 모두는 부활의 증인으로 살아야 하지만,
지금 우리가 살고 있는 세상은 어떠합니까?
혼돈된 거친 세파의 소용돌이 속에서 사랑스러운 내 자녀들을 학교에 맡기기
힘든 세상입니다.
건강한 젊은이들이 일자리가 없어 실업자가 흘러넘치고 있습니다.
아직도 신용불량자의 수가 헤아릴 수 없을 정도입니다.
영적으로는 사탄이 그저 제철을 만난 듯 미친 듯이 날뛰고 있습니다.
이곳저곳에서 우상들이 판을 치고 있고 어떻게 하든지 하나님과 멀어지게 하
여 영적 어두움이 우리를 덮으려하고 있습니다.

이 부활의 계절에 부활의 능력을 입혀달라고 기도해야합니다.
우리 모두가 성령의 기름 부음을 받아야합니다.
무엇보다 우리 안에 타성에 젖은 모든 묶여 있는 것들이 무덤을 가르시고 부활
하신 주님의 능력으로 풀려져야합니다.
질병에 묶인 것과 물질과 사업이 묶인 것도 풀려지기를 원합니다.
이제 성령의 바람이 불어서 우리사회를 흔드는 모든 세속의 바람들을 무력화
시키는 거룩한 태풍이 될 수 있기를 소원합니다.

이 땅에 내 생명이 남아 있는 한, 나의 삶의 한 복판에서 나 하나 때문에 모든
것을 다 희생하신 그, 십자가의 사랑을 세상 앞에 쏟아 놓는 거룩한 삶이 날마
다 일어나기를 축복합니다.

예 배

하나님을 경의하는 최고의 행위는 예배입니다. 인생의 성공과 실패가 예배에 달려 있습니다. 신앙교육이나 교회의 부흥 세계복음화도 마찬가지입니다. 예배를 얼마나 잘 드리느냐에 달려 있습니다.

예배를 잘 드리면 우리 하나님이 영광을 받으실 뿐 아니라 우리 영혼이 살고 하나님의 복이 임하게 됩니다.

예배를 위해 점검해야 할 사항이 있습니다.
예배의 대상을 점검해야 합니다.
예배의 목적을 점검해야 합니다.
예배의 내용을 점검해야 합니다.
예배의 상태를 점검해야 합니다.
예배의 마음을 점검해야 합니다.
예배의 결과를 점검해야 합니다.

예배가 다 같지 않습니다. 드리는 자의 상태가 다른데 어찌 같겠습니까?
은혜가 넘치는 예배가 있는가 하면 그렇지 않은 예배가 있습니다.
예배드린 후 심령이 소생할 수도 있지만 어떤 때는 도리어 답답하고 시험이 옵니다. 그러므로 율법적인 믿음으로 예배해서는 안 됩니다.

보혈의 확신과 말씀과 성령으로 씻은 깨끗한 심령으로 예배하세요.
하나님께서는 우리를 귀한 예배자로 불러주셨습니다.

우리 모두 우리의 예배를 점검하여 하나님께 온전히 영광 돌리고
이 땅에 천국이 임하는 예배의 승리자가 되시기를 소망합니다.

인생의 참된 가치가 무엇입니까?

하나님을 만나고 그분과 함께하는 삶이 가장 가치 있는 삶입니다. 육신의 배를 채워주고, 육신을 기쁘게 하는 것이 인생의 진정한 가치가 될 수 없습니다.

예수 그리스도는 우리에게 인생의 진정한 가치입니다.
세상의 그 무엇으로도 비교할 수 없는 귀하고 값진 보화입니다.

마7:6에서 주님은
"거룩한 것을 개에게 주지 말며 너희 진주를 돼지 앞에 던지지 말라 그들이 그것을 발로 밟고 들이켜 너희를 찢어 상하게 할까 염려하라 "고 했습니다.

하나님의 보화는 아무에게나 주어지지 않습니다.
그것은 위에 것을 찾고 사모하는 자에게 주어지는 것입니다. 주님은 보화를 발견한 사람에게 주님과 함께 영광의 자리에 거한다고 했습니다.

우리의 인생이 일하고, 먹고, 즐기다가 끝나는 삶이 아니라 예수그리스도로 말미암아 위에 것을 사모하고 가치 있는 삶을 살아 구원의 감격과 진정한 행복을 누리며 주님과 함께 영광의 자리로 나아가는 복된 인생이 되시기를 주님의 이름으로 간절히 축원합니다.

잃은 것을 아쉬워 말라

포기한 것과 선택한 것의 차이는 생각보다 크지 않습니다.
얼마를 잃었다면 그것만큼 얻게 됩니다.
잃는 것이 클수록 대단한 것을 얻을 수 있습니다.
이 법칙은 실패의 쓴잔에서도 그대로 적용 됩니다.

실패란 나에게 좀 더 알맞은 기회를 주기 위해 하늘이 내린 훈련의 시간인 것을 기억해야 합니다. 약속했던 일이 갑자기 취소되고, 일이 잘 풀리지 않을 때 실망하지 말고 좀 더 두고 보도록 하세요. 그 일이 성사 안 된 것이 다행이다 싶을 만큼 더 좋고 만족한 기회를 만날 수 있으니까요. 실수 없는 인생은 없고, 후회 없는 인생도 없습니다.

하지만 오늘의 건강과 지혜와 지식을 쌓는데 그 후회와 실패마저도 밑거름이 되었다는 것을 깨닫는다면 놓아버린 것에 대해 그리 안타까워할 일만도 아닙니다.

세상에 무엇이든 잘 할 수 있는 사람은 없습니다.
순서대로 중요한 한가지만을 구하십시오.
그 밖의 것들은 포기하고, 놓아버리면 됩니다. 실패 역시 그러한 것입니다.
제때 버리지 않으니 그것들이 자청해 내 곁을 떠난 것뿐입니다.
포기하고, 떠나고, 놓아 버리세요. 가벼워진 인생의 주머니가 정말 귀한 것을 담자고 갈 길을 재촉할 것입니다.

인생은 그것 하나면 족합니다. 그 하나를 완성할 즈음, 실은 아무것도 포기한 것이 없음을 알고 한바탕 웃게 될지 모릅니다.

사람이 세상을 떠날 때 가지고 가는 것은 아무것도 없습니다.
올 때도 손에 쥐고 온 것이 없었기 때문입니다.
모두 쥐려고 망설이는 사이 아까운 시간만이 흐를 뿐입니다.
깨끗이 비우고 보다 새것으로 채우는 지혜로운 당신이길...

긍정하고 감사하는 삶

우리의 삶이 행복하기 때문에 감사하는 것이 아니라 감사하며 살기 때문에 우리의 삶이 행복한 것입니다.

제2차 세계대전 후, 일본 해군장교 가와가미 기이치씨가 고국으로 돌아왔지만 전쟁에서 패망한 일본의 현실은 차마 눈뜨고 볼 수 없을 정도로 피폐해져 있었습니다.

그는 매일 불평과 불만의 세월을 보내다가 병이 들었고 자신의 몸이 굳어져 움직일 수 없는 처지가 되었습니다. 그러자 정신과 의사인 후치다씨는 그에게 이런 처방을 내렸습니다. 하루에 1만 번씩 '감사합니다.'라고 말하세요.

감사의 마음이 당신의 병을 치료해줄 것입니다. 그는 병석에서 매일 '감사합니다.' 라고 중얼거렸습니다.

하루는 그의 아들이 두 개의 감을 건네주었습니다. 가와가미 기이치씨는 손을 내밀며 아들에게 '감사합니다.' 라고 말했지요. 그 순간 기적 같은 일이 일어났습니다. 그의 굳었던 몸이 풀리며 그가 그토록 힘들었던 질병의 고통에서 완전히 치유함을 얻게 된 것입니다. 불평과 불만, 원망과 저주는 마음과 육체의 질병이 됩니다.

그러나 감사는 인간의 질병을 치료하는 특효약입니다. 행복은 감사의 문으로 들어와서 불평의 문으로 나갑니다. 행복한 사람들의 공통점은 항상 감사가 풍성하다는 것이지요. 여러분, 하나님의 은혜에 감사하는 삶을 사십시오.

분명 당신은 가장 풍족하고 행복한 삶을 얻게 될 것입니다.

우리가 해야 할 일들

이 시대를 향한 하나님의 명령이 있습니다.
먼저 선한 사람이 되라는 것입니다.
사업을 하되 선한 사업을 하라는 것입니다.
남을 유익하게 하는 사업을 해야 합니다.
술을 팔아 사람을 취하게 해서 가정을 파괴하고,
술 취한 손으로 핸들을 잡게 해서 무고한 사람이
희생되는 사업은 없어져야 합니다.

다음은 나눠주기를 좋아하라고 하셨습니다.
움켜쥐지 말고 손을 펴라는 것입니다.
아브라함은 손을 펴고 살았습니다.
이 펴진 손을 보시고 하나님께서는 자꾸만 복을 주셨습니다.

세 번째는 동정하는 자가 되라고 하십니다.
사람은 눈이 부드러워야 합니다.
동정의 눈빛으로 세상을 보아야 합니다.
사람은 마음이 따뜻해야 합니다.
언제나 훈훈한 봄바람이 불어야 합니다.

할 일도 많고 주위에 어려운 분도 많고, 불쌍한 분들도 많습니다.
"거저 받았으니 거저 주어라" 는 말씀이 생각납니다.

"선한 일을 행하고 선한 사업에 부하고 나눠주기를 좋아하며 동정하는 자가 되게 하라"
 (딤전 6:18)

하나님께 모든 것을 맡기는 자

다윗은 사울에게 쫓겨서 피신할 때에 사울을 죽일 수 있는 기회가 여러 번 있었습니다.
그러나 그 때마다 다윗은 사울을 죽이려고 하는 마음을 억제하고 그 모든 것을 여호와 하나님께 맡기는 신앙의 사람이었습니다.

- D.L 무디는

그대 자신을 믿어보라.
그대는 실망할 때가 있을 것이다.

친구를 믿어보라.
어느 날 그들은 죽거나 그렇지 않으면 헤어질 것이다.

그대의 명성을 믿어보라.
어느 훼방하는 혀가 그를 뒤집어 엎을 것이다.

그러나 변함없으신 하나님을 믿어보라.
그대는 이 생과 저 생에서 후회하는 일이 결코 없을 것이다.-

오늘날에 있었어도 인생의 모든 것을 하나님께 맡기고
주님의 뜻을 따라서 살아가는 자는 주님께 인정받는 자요
인생의 행복자가 될 수 있습니다.

"네 길을 여호와께 맡기라 그를 의지하면 그가 이루시고" (시 37:5)라고 했습니다.
우리모두 다윗과 같이 주님의 마음에 합한자가 되어 세상을 이기고 승리하시는 복된 삶을 살아가시기를 바랍니다.

오늘 이 하루도

내게 주어진 하루를 감사합니다. 내게 또 하루를 허락하신
이 하루도 헛되이 보내지 않으며 살기 원합니다.

이런 은총 받을만한 자격 없지만 주의 인자하신 이 믿음으로
이 하루도 내게 주어졌음 인하여 감사드립니다.

이 하루도 정직하게 하소서 이 하루도 친절하게 하소서
내가 만나는 모든 사람들에게 자비를 베풀게 하소서

이하루도 온유하게 하소서 이 하루도 겸손하게 하소서
나의걸음을 지치게 만드는 이들에게 사랑을 베풀게 하소서

내게 주어진 하루를 감사합니다.
허락하신 하루가 즐거운 일이든 혹 슬픈 일이든 감사드립니다.

비록 이 하루가 나를 울린다 해도 원망의 맘 품지 않을 이유는
나의 주님이 모든 길을 주관하셔서 선을 이루심을 믿습니다.

이 하루도 찬양하게 하소서 이 하루도 감사하게 하소서
험한 폭풍이 몰아치는 중에도 평강을 누리게 하소서

이 하루도 기도하게 하소서 이 하루도 전도하게 하소서
내가 만나는 모든 사람들에게 복음을 전하게 하소서
내가 만나는 모든 사람들에게 복음을 전하게 하소서.

때를 기다리는 지혜

호랑이에게 물려간 사람의 옛날이야기가 있습니다.
정신을 차려보니 자기 외에도 양이나 소가 많이 잡혀와 있습니다.
먹을 것이 많은 호랑이는 급하지 않았습니다.

가만히 누워있었습니다.
그는 틈을 이용하여 굴을 빠져 나와 생명을 건질 수 있었습니다.
호랑이가 배가 고픈 상태에 있었다면
그는 벌써 호랑이 밥이 되었을 것입니다.

이웃 원수의 성읍이 평안해야 우리도 평안하다는 말씀입니다.
원수에게 환난이 닥치고 어려움이 몰려오면
그 피해가 우리에게도 닥친다는 것입니다.

사람에게는 때가 있습니다.
때가 올 때까지 참고 기다려야지,
생각대로 저항하고 저주해서는 안 된다는 말씀입니다.

요셉은 때를 기다렸습니다. 팔려간 집에서 최선을 다했습니다.
다니엘도 그랬습니다. 포로의 땅에서 승리했습니다.

"너희는 내가 사로잡혀 가게한 그 성읍의 평안하기를 힘쓰고 위하여 여호와께 기도하라.
이는 그 성이 평안하므로 너희도 평안할 것임이니라." (렘 29:7)

동역자를 위한 기도

우리의 연약함을 불쌍히 여기시는 전능하신 하나님!
장마와 무더위 속에서도 지키시고 인도하신 은혜에 감사드립니다.
수많은 근심과 걱정, 염려와 불안 앞에서 떠는 우리들의 연약함을
돌아보시고 이러한 고통가운데서 구원하옵소서!

이 시간 선교후원자님과 봉사자를 위해 기도합니다.
아름다운 동역의 손길과 헌신이 복되게 하시고
후원자와 봉사자를 지키시고 인도하여 주시고 그들의 기도를 들으시고
응답하여 주시고 모든 일이 형통하게 하옵소서.
국제장애인문화교류협회 부평구지회와 연합기독교방송 동역자들에도
주님의 자비와 긍휼을 베풀어주옵소서.

우리가 사방이 우겨 쌈을 당하여도 낙심하지 아니하며
박해를 받아도 버린바 되지 아니함은 주님이 함께 하심을 믿고 감사드립니다.
믿음으로 인내하여 승리할 수 있도록 새 힘과 용기를 허락하여 주옵소서.

우리 손에 있는 모든 문제들을 주께 맡깁니다.
주님 능력 앞에서 모든 문제들이 산산이 부서져서 해결되기 원하오며 육신이
연약한 부분은 주님의 치료의 광선 앞에서 치유되고 회복하게 하옵소서.

오늘도 주님의 충만한 은혜와 사랑을 사모합니다.
사모하는 심령, 갈급한 심령 위에 이른 비와 늦은 비와 같이 성령의 단비를 충
만히 내려 주옵소서!
우리를 위해 대속의 피를 흘리신 예수님의 이름으로 기도드립니다.
아멘.

사나 죽으나 주의 것

많은 사람들은 사나 죽으나 나의 것을 주장합니다.
내 것이 아닌 것을 내 것 되게 하기 위해 몸부림칩니다.
그러나 주를 위해 사는 사람들은 소유 개념이 다릅니다.
모든 것이 주의 것입니다.
생명도, 재산도, 시간도, 재능도 주의 것이라고 믿는 것이 그들의 신앙입니다.

내가 누리고 내가 사용하고 있는 것들이지만
그 소유의 주인이 내가 아니라는 것입니다.
우리나라 사람들의 복의 개념은 소유에 초점이 맞추어져 있습니다.
수단 방법 가리지 않고 남을 짓밟으면서까지 많이 소유하려고 합니다.
그러나 진정한 복은 무엇이 얼마나 많으냐 하는데 있는 것이 아닙니다.

삶의 초점이 '소유'가 아니라 '존재'에 모아져야 합니다.
무엇이 있고 없고 상황적 변화 때문에 행복하고 불행한 것이 아니라,
나는 어디서 왔는가? 나는 어디로 가는가? 나는 어떻게 살아야 하는가?
인간 실존에 대한 해답을 알고 사는 사람이 가장 행복한 사람입니다.

이런 글이 전해져 내려옵니다.
"인생은 다리이다, 현명한 자는 그 다리를 건널 뿐,
그 다리 위에 집을 짓지 않는다."
건너야 할 다리 위에 집을 짓는 사람은 없습니다.
마찬가지로 이 세상의 모든 것들은 우리의 것이 아닙니다.
잠시 사용하다가 돌려드려야 할 것들 뿐입니다.
모든 것이 주의 것입니다. 나 자신을 한번 돌아보시기 바랍니다.

진리를 위한 순교

16세기 영국의 순교자 가운데 존 후퍼는 성직자의 결혼을 주장한 것과 사제가 떡과 포도주를 놓고 축사하면 그것이 그리스도의 몸으로 변한다는 화체설을 부인하였다는 죄목으로 1553년 런던탑에 투옥되었다.

1년 반 이상 감옥에 갇혀 있던 그에게 한 친구가 찾아와서 이렇게 권하였다.

"인생은 달콤한 것이지만 죽음은 쓰디 쓴것이네, 이 점을 생각하고 고집을 버리게나." 적당하게 타협하여 죽음을 피할 것을 종용하였던 것이다.

후퍼는 깊이 생각한 후 친구에게 "내세에서의 생은 이생보다 더 달콤하다네, 그리고 지옥의 고통은 죽음보다 더 쓰다네," 라고 대답하였다.

결국 그는 얼마 후 화형에 처해졌다.
죽음의 순간을 맞게된 후퍼는 사형 집행관들을 위해 복을 빌어준 후, "주 예수여, 내영혼을 받아주소서"라고 외친 다음 순교의 제물이 됐다.

그의 순교는 엉국 교회가 개혁의 틀을 마련할 수 있는 계기를 마련해주었다.
신앙은 세상과의 타협이 아니다. 진리를 위해 목숨까지도 버릴 수 있는 것이다.

"구하라... 찾으라... 문을 두드리라"

주님께서는 우리에게 기도를 명하시고 요구하십니다.
기도란 무엇 입니까?(마 7:7절), 응답을 받을 때까지, 발견할 때까지,
또는 열릴 때까지 구하고 찾고 문을 두드리라는 것입니다.
그것은 어떤 것을 얻어내는 일에 너무나 열중하여
하나님께서 응답해 주실 때까지 결코 포기하지 않는 태도입니다.

"구하라", "찾으라", "문을 두드리라", 원어 상 전부 현재형입니다.
사람은 계속 구해야하며 계속 찾아야 하고 계속 문을 두드려야 합니다.
"받는다", "찾는다", "열린다"도 원어상 전부 현재형입니다. (마7:8)

이것은 기도 응답이 단지 미래에 대한 약속만이 아니라는 의미입니다.
그 이상이라는 것입니다.
끈기 있는 기도를 드리는 사람은 그 응답을 지금 받습니다.
그 일이 아직은 일어나지 않았을 수도 있습니다.
그러나 믿음으로 믿는 자는 하나님께서 자기의 기도를
들으셨다는 것을 압니다.

진정한 기도는 끈기 있게 자주 드려야합니다.
구하는 것은 반드시 하나님의 뜻에 부합되는 것이어야 합니다.
그리하면 우리의 기도의 응답은 보장되어 있습니다.
하나님께서는 주기를 꺼려하시는 분이 아닙니다.
우리는 하나님 아버지께 기도해야 합니다.

우리가 구하고 찾고 문을 두드린다고 하는 사실 그 자체가,
우리가 진정으로 하나님께 의지하고 있음을 잘 나타내줍니다.
우리는 그분의 자녀들이고 그분은 우리의 아버지이십니다.

우리의 기도가 간구하는데 신실하고 진실하며,
하나님께서 들어주실 때까지 구하고 또 구하기를 계속하는 것입니다.

상처 입은 치유자

사람은 자신의 경험만큼 세상을 보고 이해합니다. 상처가 있으면 그 상처를 토대로 세상을 보고 그 방법으로 살아갑니다.

헨리 나우웬의 "상처입은 치유자"는 예수님을 상처받은 치유자로 표현합니다. 예수님은 뭇사람들로부터 상처를 받았고 제자들의 배신으로 상처를 받았으며 마지막 십자가 형틀에서 살이 찢겨지고 피 흘리면서 죽습니다. 예수님의 생애는 한마디로 말한다면 상처받는 생애였습니다. 사람들로부터 상처받고 자기백성들로부터 상처받고, 제자들로부터 상처받고, 마지막 십자가에 못 박히는 상처를 온 몸에 지니고 죽는 상처의 인생입니다. 그럼에도 그는 그러한 상처를 원망하지 않았고 불평하지 않았습니다.

인류의 모든 상처를 홀로 체험하신 예수님은 결국 인류의 상처를 치유하시는 위대한 치유자가 되셨습니다. 예수 믿는 사람들도 이 세상을 살아갈 때 상처를 많이 받을 수 있습니다. 그러나 상처받은 것 때문에 다른 사람을 공격하거나 원망해서는 안 됩니다. 내가 받은 상처는 다른 사람을 치유하는 사명이기 때문입니다. 그는 우리가 어떤 상처를 받으면 받은 만큼 상처받은 다른 사람을 치유하는 사람이 되라는 교훈을 결론으로 맺고 있습니다.

가난 대문에 아픔을 겪는 분이 있습니까? 이제는 그것이 사명이 되어 배고픈 이웃들을 치유하고 도와주는 사명임을 느껴야 합니다. 어린 시절 부모로부터 버림받고 친구로부터 배신을 경험한 쓰라린 상처가 있습니까? 그것은 그것을 가슴에 품고 원망하고 살라는 것이 아니라 나와 같이 그런 상처를 입은 사람들에게 위로하는 치유자가 되라는 것입니다.

그러기 위해서는 그 상처를 통해서 은혜를 받으라는 것입니다.
상처를 상처로 두지 말고 그 상처를 통해서 은혜를 받으라는 것입니다.

그때 상처 입은 아픔을 통해 성숙한 치유자가 되는 것입니다.
우리에게 상처 준 사람을 원망 말고 주님의 사랑으로 은혜 받고 상처 입은 자를 치유하는 복된 삶을 살아가시기를 축원합니다.

원망하지 말아라.

중세 유럽에 있던 어떤 수도원의 기도실 벽에는
이런 글귀가 쓰여있었다고 합니다.

"너의 삶이 가난하더라도 너는 나를 원망하지 말아라."
그 글의 제목입니다. 그 내용은

"너는 나를 주라고 부르면서도, 나를 주인으로 모시지 않았고,
너는 나를 진리라고 말하면서도, 내게 배우지 않았고,
너는 나를 빛이라고 하면서도, 나를 바라보지 않았고,
너는 나를 길이라고 하면서도, 나를 따라오지 않았고,
너는 나를 능력이라고 하면서도, 나를 의지하지 않았고,
너는 나를 응답이라고 하면서도, 내게 기도하지 않았느니라,
그러니 너의 삶이 가난하더라도, 너는 나를 원망하지 말아라."

문제는 우리의 믿음입니다. 나 자신의 믿음을 점검할 수 있기 바랍니다.

하나님은 우리 사는 날 동안에도 버리지 않고 하늘 문은 열려 있으며 온갖 약
속의 말씀 그대로 믿는 자에게 다 누리도록 해주신다는 것을 믿으시기 바랍니
다.

눈물의 기도는 능력입니다.

사람에게는 고귀한 액체가 세 가지가 있는데 그것은 땀과 눈물과 피 입니다.
땀을 흘리는 것보다는 눈물을 흘리는 것이 어렵고,
눈물보다는 피를 흘리는 것이 더 어렵습니다.
땀은 노력의 상징이요, 눈물은 감정의 상징이요, 피는 생명의 상징입니다.
그러므로 땀 흘리지 않고는 성공할 수 없고, 눈물 없이는 바로 살아갈 수 없으며, 피를 흘리지 않고서는 위대한 일이 생길 수 없습니다. 사람의 이 세 가지 액체는 참으로 값진 것입니다.

눈물의 기도는 능력이 있습니다.
첫째로 / 눈물의 기도는 죄 사함을 받습니다.
둘째로 / 눈물의 기도는 성령을 받습니다.
셋째로 / 눈물의 기도는 병 고침을 받습니다.
넷째로 / 눈물의 기도는 사람의 마음을 변화시킵니다.
다섯째 / 눈물의 기도는 교회를 부흥시킵니다.
여섯째 / 눈물의 기도는 국가를 재건합니다.

이 시간 우리의 눈물의 기도가 필요합니다.
인간은 무릎을 꿇고 하나님과 마주하고 앉을 때 가장 무서운 사람이 됩니다.
창자가 뒤틀리고 허리가 끊어지는 그런 기도를 드려 보셨습니까?
아니면 뼈가 쑤시고 부서지는 정도의 그런 기도를 드려보셨습니까?

지금 이 땅을 위해서 우리에게도 그런 눈물이 필요 합니다.
눈물의 기도로 우리의 모든 문제를 주님께 아뢰어 응답받는 귀한 은혜의 삶을 살아가시기 바랍니다.

온전한 감사

우리들에게 감사라고 하는 단어는 생소한 단어가 아닙니다.
하박국 선지자는 바벨론의 침략으로 유다가 멸망당하는 공포와 두려운 상황 속에도 불구하고 하박국 선지자는 하나님께 온전히 감사하고 있었습니다.
횐란 가운데서 드리는 감사, 찬양, 이것이 온전한 감사가 아니겠습니까?

한 소녀는 태어날 때부터 소아마비로 인해 걷지 못하고 언제나 휠체어에 의지하며 늘 기쁘고 맑게 살아가는 모습을 보고 질문을 했습니다.
어떻게 그렇게 밝게 살 수 있나요? 그러자 그 소녀가 말했습니다.
"비록 제가 걷지는 못하지만, 아름다운세상을 볼 수 있는 눈이 있음을 감사하고, 목소리로 하나님을 찬양할 수 있어 감사하고, 아빠, 엄마의 목소리를 들을 수 있는 귀를 주셔서 저는 걷지는 못해도 모든 것이 감사합니다" 라고 고백하는 것입니다.
얼마나 아름다운고백입니까? 비록 걷지 못하는 불구의 인생이지만 그럼에도 불구하고 감사하는 모습, 우리에게 도전을 주지 않습니까?

하박국 선지자의 감사는 고난과 역경가운데 아무 것도 없어도 하나님의 구원의 은혜에 감사하였습니다. 우리는 하나님의 구원에 감사하는 인생을 살아가야 합니다. 세상에서 살아가고 있지만 영적인 하나님의 은혜를 바라보십시오.

사망의 음침한 골짜기에서 영원한 생명의 길로 인도하신 그 은혜를!
우리는 때때로 하나님이 주신 구원의 은혜를 잊고 살아가고 있지 않습니까?
한 번 우리들의 삶을 돌아보길 원합니다.

온전한 감사는 구원의 하나님께 드리는 감사입니다.
그 구원을 감사하고 감격하는 것입니다.
하나님의 은혜를 다시 한 번 생각하고 인생에 환난이 닥쳐와도. 비록 가진 것이 없을 지라도 하나님의 은혜와 구원의 손길을 바라보며 온전한 감사를 할 수 있는 삶이되시기를 소원합니다.

눈물

"악어의 눈물" 이라는 말을 들어보셨습니까?
악어는 음식을 먹을 때 눈물을 흘린다고 합니다.
자신의 먹이가 된 동물의 죽음을 슬퍼해서 그럴까요?
그 이유는 눈물샘의 신경과, 입을 움직이는 신경이 같기 때문입니다.
비록 같은 신경이라도 사람은 눈물과 얼굴의 움직임이 다르게 기능하도록 되어
있습니다. 그래서 사람들은 위선적인 눈물을, "악어의 눈물" 이라고 말합니다.

그런가 하면, " 얼어붙은 눈물" 이라는 말도 있습니다.
서구 사회에선 시집가는 딸에게 어머니가 진주를 선물로 주는 풍습이 있습니
다. 이 진주를 흔히 "얼어붙은 눈물" 이라고 부릅니다.

딸이 시집가서 흘려야 할 눈물을 상징하는 것입니다. 모든 보석들이 대개 땅속
깊은 곳에서 만들어지는데, 진주는 땅에서 캐내지 않는 유일한 보석입니다. 진
주는 조개 속에서 만들어집니다.

조개 속에 모래알이 들어오면
조개는 "나카" 라고 불리는 물질을 만들어 모래알을 감쌉니다.
그런데, 이 과정이 사실은 엄청난 고통을 수반합니다. 생각해 보십시오.
그 여린 신주조개 속에 거칠거칠한 모래알이 섞여지는 것입니다.
그러나 놀라운 것은 만약 조개가 모래알의 침입을 아프고 괴로운 일이라고 무
시하고 "나카"를 만들어내지 않으면 곧 병들어 죽고 만다는 것입니다.

당신은 어떤 눈물을 원하십니까?
예수님은 "애통하는 자는 위로를 받을 것임이요" 라고 말씀하십니다.
눈물 속에 성숙이 있고,
눈물 속에 회개가 있고,
눈물 속에 사랑이 있습니다.
그래서 마음이 아파서 우는 당신이 행복한 것입니다.

아름답게 기억되는 사람

사람은 어떤 사람이라도 다들 장점이 있고 또 단점이 있습니다.
또 아주 좋은 사람 같아도 흠 잡으려면 나쁜 점도 있습니다.
우리는 사람과 사람의 갈등 속에서 나를 보고 다른 사람도 보면서 그 관계 안에서 살아가는 방법을 배워야 합니다.

그래서 상대방을 볼 때 내가 기준이 되어서 나쁜 점을 자꾸 보게 되면 그 사람과의 관계가 좋아지지 않습니다. 그러기에 상대방의 입장에서 볼 수 있는 포용력이 필요합니다. 그런데 많은 사람들은 나의 판단 속에서 내가 기준이 되어서 내 생각과 내 기준대로 안 하면 상대와의 관계를 단절하려고 합니다.

우리는 다른 사람과의 관계에서 좋은 기억의 사람이 되어야합니다.
믿음의 사람은 하나님과의 관계에서도 하나님께서 보시기에 좋은 기억의 사람이 되어야합니다.

내 생각이 먼저 앞서면 다른 사람을 먼저 판단하고 다른 사람의 장점을 보지 못하고 단점만 보고 평가를 해서 다른 사람과의 관계를 내 스스로 문을 닫아 버리고 관계가 좋지 않을 때가 많이 있습니다.

그런데 자기 마음에 맞는 사람은 이 세상에 없습니다.
내가 상대방의 마음을 맞춰 가면 상대방도 나한테 마음을 맞춰오는 것입니다.
그런데 나는 변하지 않고 상대방에게만 나에게 다가오라고 하니까 그렇게 다가올 사람은 없고 상대방과의 관계가 껄끄러워집니다. 그러나 내가 다 내려놓고 상대방에게 다가가면 상대방이 좋아합니다.

우리는 다른 사람과의 관계에서 배려해 주고 위로해 주고, 따뜻한 말 한마디라도 해 주고 손을 잡아 주고 그래야 그 사람의 가슴에 아름답게 기억되는 사람이 됩니다. 이러한 사람이 신앙의 성공자요 인생의 성공자가 될 것입니다.

우리의 선택은?

"은이나 금보다 은총을 더욱 선택할 것 이니라" 고 하신 것은 눈에 보이는 물질 보다는 보이지 않는 영원한 것에 가치를 두고 선택해야 함을 말씀하고 있습니다.

선택의 기로에 섰을 때 우리는 언제나 신앙적 판단으로 선택하고 가장 현명한 잣대는 "예수님이라면 어떻게 할 것인가?" 라는 물음에 답할 수 있는 선택이라면 현명한 선택이었다는 확신이 생깁니다.

위대한 하나님의 종 요셉은 수많은 위기를 만났지만 언제나 하나님 앞에서 선택 했기에 인생 성공의 모델이 된 것입니다.
우리는 영원을 위해서 현재에 비굴해서는 안 됩니다.

미국의 남북 전쟁이 한창일 때 한 농부가 윗도리는 북군의 군복을, 바지는 남군의 군복을 입었답니다.
상황에 따라 한쪽 편으로 가장하면 안전하리라고 계산했던 것입니다.

그러나 그 지역에서 남군과 북군의 격전이 벌어졌을 때, 그는 가운데서 양쪽 군의 사격을 받고 죽고 말았습니다. 그는 소속에 불분명했던 것입니다.

그리스도인은 누구인가?
우리는 하늘의 시민권을 가지고 땅에서 살아갑니다.
우리의 소속은 하늘이요 땅이 아닙니다.
왜냐하면, 주님께서 우리를 사셨기 때문입니다.
우리는 하늘의 생명책에 우리의 이름이 기록되어 있습니다.

인간 중심 보다는 하나님 중심으로 선택해야 합니다.

지혜

잠3:5-7에
"너는 마음을 다하여 여호와를 의뢰하고 네 명철을 의지하지 말라, 너는 범사에 그를 인정하라, 그리하면 네 길을 지도 하시리라, 스스로 지혜롭게 여기지 말찌어다."
성령께서 우리 곁에 와 계셔서 지혜와 지식의 은사로 돕고 계십니다.

아브라함 링컨은 이렇게 간증했습니다.
"나는 어려울 때마다 무릎 꿇고 기도한다.
그러면 신기하게도 내가 알지 못했던 지혜가 떠오른다."
링컨은 확실히 성령 받은 사람임을 알 수 있습니다.
링컨은 겸손했습니다. 그래서 늘 엎드렸고 기도했고 여쭈었습니다.

우리가 무엇을 하든지 자기 혼자 일을 다 진행해 놓고 하나님께 도와달라고 하면 안 됩니다. 일을 하기 전에 처음부터 하나님 앞에 엎드려 지혜 받아서 일해야 합니다.
약1:5에 "너희 중에 누구든지 지혜가 부족하거든 모든 사람에게 후히 주시고 꾸짖지 아니하시는 하나님께 구하라 그리하면 주시리라" 라고 말씀하고 있습니다.

솔로몬이 지혜를 구하자 하나님께서 어떻게 해주셨습니까?
왕상4:29-30에 "하나님이 솔로몬에게 지혜와 총명을 심히 많이 주시고 또 넓은 마음을 주시되 바닷가의 모래같이 하시니 솔로몬의 지혜가 동양 모든 사람의 지혜와 애굽의 모든 지혜보다 뛰어" 나게 하셨습니다.

묻는 것이 겸손입니다. 묻는 것이 경의함입니다. 묻는 것이 지혜입니다.
지혜를 구하면 구하지 않는 것까지 다 따라옵니다.
가장 능력 있는 사람은 지혜로운 사람입니다.
그러므로 무엇보다 매사에 하나님께 지혜를 구하시기 바랍니다.

감사의 시   시편 138편

한해를 돌아보면서 하나님께 감사할 수 있기 바랍니다.
다윗의 감사는 모든 이들의 모범이 됩니다.
그는 나 중심적인 것에 감사의 이유를 두지 않았습니다.
언제나 하나님 중심적인 것에 감사의 이유를 두었습니다.
그의 감사는 언제나 하나님의 이름을 높이는데 역점을 두었습니다.
그래서 그의 감사는 빛이 납니다.

다윗의 감사는 소극적인 감사가 아니었습니다.
적극적으로 하나님의 영광을 찬양하는 감사였습니다.
모든 신들과 모든 나라와 모든 왕들 앞에서 그의 이름이 높아짐을 찬양하고 감사했습니다. "여호와여 세상의 모든 왕들이 주께 감사한 것은" (4절)라 했습니다.

다윗은 전심을 다한 감사하였습니다.
"내가 주께 전심으로 주께 감사하여…" (1절)라고 했습니다.
형식적인 감사가 아니었습니다. 중심을 다 드리고 최선을 다한 감사였습니다.
마음과 뜻과 정성을 다한 감사였습니다. 성전에서 예배드리며 감사했습니다.
"내가 주의 성전을 향하여 예배하며…" 예배로 감사했습니다.

나윗은 응답하심을 감사하였습니다.
"내가 간구하는 날에 주께서 응답하시고 내 영혼에 힘을 주어 나를 강하게
  하셨나이다." (3절)

성도는 날마다 응답하시는 하나님께 감사하며 살아야 합니다.
내 영혼을 강하게 하시고 힘 있게 하심을 감사하십시오. 이것이 가장 놀라운 은혜요, 감사의 조건입니다. 한해를 돌아보면서 감시의 조건을 주변에서 찾아보십시오. 하나님이 하신 일들에 감사와 찬송과 영광을 올리시기 바랍니다.
"그를 높이라 그리하면 그가 너를 높이 들리라." 할렐루야!

천국을 본 신문기자

혹시 지구상에 이런 나라가 있다는 걸 아십니까.

암, 심장병, 고혈압, 위장병은 물론 다른 어떤 질병도 없는 나라, 병원도 의사도 약국도 없는 나라, 강도도 사기꾼도 감옥도 경찰도 그 어떤 범죄도 없는 나라, 군대도 은행도 술집도 세금도 이혼도 그 어떤 다툼도 없는 나라, 혹시 이런 나라를 아십니까?

꿈이 아니고 소설도 전설도 아닌 실제로 그런 지상낙원과 다름없는 이 나라는 히말라야 산속 사방이 얼음으로 둘러싸인 절묘한 협곡 속에 감추어져 있는 훈자(hunza)라는 나라입니다.

"우리는 모든 일을 사랑합니다." 밭에서 일하는 사람은 행복합니다. 따뜻한 햇볕을 받으며 근육을 율동적으로 움직이며 일하는 것은 큰 즐거움입니다. 훈자인의 표정은 언제나 밝고 즐겁습니다.

그들의 마음에는 독이 되는 탐욕과 질투와 선망과 거짓이 없습니다. 서로를 진정으로 아끼고 사랑하고 이해할 줄 압니다. 자신의 불행이나 무능력을 탓하지도 않고 남을 원망하지도 않습니다.

훈자 인들의 평화와 행복과 건강의 비결은 기후, 영양, 단순한 생활, 건전한 감정, 생활의 조화와 리듬이라는 단순한 진리에 있었습니다.

천국의 실재에 대해 믿지 않았던 한 신문 기자는 이곳을 다녀온 이후로 천국이 있다는 걸 믿게 되었다고 합니다. 강력한 정치 지도자도, 첨단 과학 문명도, 돈도, 기이한 사상이나 철학도 아닌 지극히 단순한 삶으로 천국 같은 삶을 사는걸 보고는 천국도 분명히 존재할 것이라는 믿음을 갖게 되었다는 것입니다. 우리 모두 우리의 마음을 가꾸는 믿음의 삶을 살기 원 합니다.

믿음의 결단

미국 켄터키 시에 켄터키 후라이드 치킨 본사가 있습니다.
그 회사의 설립자는 샌디스 입니다.
그는 세상을 떠나기 얼만 전, 켄터키시에 있는 하나님의 성회 소속인 켄터키 교회에 나가 신앙생활을 시작했습니다.

목사가 세례를 받으라고 하자, 그는 예수님이 세례를 받으신 요단강에 가서 세례를 받고 싶다면서 목사와 함께 요단강으로 갔습니다. 그리고 세례를 받았습니다.

세례를 받고 물에서 올라오는 그의 모습은 기쁨으로 충만해 있었고, "주님을 찬양합시다".(praise the lord) 라며 감격했습니다.

켄터키로 돌아온 그는 목사님에게 필요한 것이 무엇인가를 물은 후, 백만 불을 헌금했습니다. 그리고 그는 다음과 같이 말했습니다.
"지금 이 순간이야말로 내 생애에서 가장 기쁘고 보람된 순간이라"

좋은 일은 마음먹었을 때 해야 합니다.
나쁜 일은 깊이 빠지기 전에 하지 말아야 합니다.
용기 있는 결단, 지혜로운 결단, 믿음의 결단이 필요합니다.

새해를 맞이했습니다.
지난 한해의 과오를 되풀이하지 않는 믿음으로 결단하시기 바랍니다.

"오직 나와 내 집은 여호와만 섬기겠노라" (수 24:15)

경건한 믿음의 생활

경건한 생활은 기도에 능력이 있습니다. 하나님은 구하는 자에게 주시고 찾는 자에게는 찾게 하시고 문을 두드리는 자에게 문을 열어 주시겠다고 약속하셨습니다. 수많은 하나님의 사람들이 기도를 통하여 자신의 삶의 문제들을 해결하였습니다. 기도에는 능력이 있습니다.

말씀에 능력이 있습니다. 하나님의 말씀은 살았고 운동력이 있습니다. 사람의 심령 골수를 쪼개는 능력이 있습니다. 말씀대로 사는 것이 때로는 어렵고 힘들지만 그러나 말씀대로 살면 결국 모든 삶의 문제가 풀립니다. 말씀이 능력임을 믿으시기 바랍니다.
위대하신 하나님의 능력은 말씀 속에 있습니다.

찬송에 능력이 있습니다. 경건의 능력에 찬송을 빼놓을 수는 없습니다.
찬송을 빼놓고 경건의 능력을 이야기 한다는 것은 불가능한 일입니다.
뜨겁고 은혜로운 찬양을 사모하실 수 있기를 바랍니다.
찬양으로 회복되는 역사가 일어날 줄 믿습니다.

우리가 믿는 하나님은 천지만물을 창조하신 전능하신 하나님이십니다.
비록 우리는 약하고 힘이 없어 강하고 무서운 세상에서 늘 넘어지고 실패하는 존재들이지만 우리가 하나님을 믿을 때 하나님의 능력이 우리와 함께 하셔서 모든 부족한 것을 채우시고 잃어버린 것들을 찾게 하시며 닫힌 문들을 열게 하시는 줄 믿습니다.

하나님의 능력은 경건한 생활을 통하여 우리의 것으로 할 수 있으니, 기도의 생활을 통하여 말씀의 생활을 통하여 찬양의 생활을 통하여 우리는 천지만물을 창조하신 하나님의 능력에 접할 수 있습니다.
그 능력을 체험하며 승리하는 복된 삶을 살아가시기 바랍니다.

상처받은 마음의 치료법

나의 성격은 하나님께서 주신 선물이라는 사실을 인정하시고
마음에 어떤 손상이 가해졌든지
그것을 치료해 달라고 규칙적으로 주께 나아가서
주께서 주신 마음의 진가를 제대로 평가할 수 있도록 기도하시고
과거나 현재 시점에서 당신의 성격에 여전히 치유가 필요한 부분이
존재한다는 사실을 구체적으로 하나님께 아뢰시기 바랍니다.

나를 염려해 주는 믿을 만한 친구에게 상처를 털어놓으시면
문제를 공개적으로 표출할 수 있게 해줍니다.
좋은 친구와 함께 당신이 입은 상처와
그 치유 방법을 성찰함으로 도움을 받을 수 있습니다.

하나님께 용서를 구하고 또 스스로도 자신을 용서했음을 명심하시고
자신에게 상처를 입힌 사람들을 용서하시기 바랍니다.

상처받은 마음의 치료는

나의 성격은 하나님께서 주신 선물이라는 사실과
상처받은 마음을 치료해 달라고 예수님께 구하고
상처를 털어 놓고 잘못 된 모든 것 내려놓고
마음을 비우고 용서를 구하고 용서를 할 때
상처받은 마음이 치유 되는 것입니다.

사랑과 지혜

추운 겨울밤 깊은 산길로 차를 몰고 가던 사람이 동사 직전의 모자(母子)를 발견했습니다. 입고 있던 옷을 모두 아들에게 입힌 어머니는 거의 얼어 죽을 상태였습니다.

옷에 쌓인 아들은 괜찮았지만 그 어머니를 그대로 차에 태우면 소생하기 힘들 것 같다는 판단을 한 운전자는 꾀를 내어 그 아들만 안아서 차에 태우고 천천히 차를 몰기 시작했습니다.

정신이 가물가물하던 그 어머니는 비몽사몽 중에도 아들이 유괴되는 줄 알고 사력을 다해 차를 따라 뛰었습니다.

운전자는 잠시 멈추는 듯 하다가 다시 차를 몰고 하는 일을 계속 하였고 그 어머니는 차를 따라 뛰느라 온몸에 땀이 흘러 얼었던 몸이 풀려 살았다고 합니다. 우리는 이 이야기에서 두 가지 교훈을 얻게 됩니다.

하나는 어머니의 사랑입니다.
아들을 위해 자신의 목숨을 아끼지 아니한 사랑!
비몽사몽 중에도 아들이 유괴되는 줄 알고 유괴 차를 따라 달렸던 것입니다.

다른 하나는 운전자의 지혜입니다.
어머니의 사랑을 이용하여 동사 직전의 여인을 구한 참으로 귀한 지혜가 아닙니까?

이 사랑과 지혜를 소유하시기를 소망합니다.

거룩 하라

너희는 거룩 하라, 이는 나 여호와 너희 하나님의 거룩함이니라,(레19:2)
우리가 믿는 하나님이 거룩하신 하나님이니 그 하나님을 믿는 우리들이 거룩
하여야 함은 당연합니다. 그래서 성경에서 '거룩 하라' 는 말은 명령문으로 나옵
니다. 다른 선택의 여지가 없는 명령입니다. 그리고 창세기 1장에서 일러주듯이
사람이 지음 받을 때에 하나님의 형상을 따라 지음 받았기에, 사람의 내면에는
거룩함을 지향하는 본성이 잠재되어 있습니다. 그러나 그 본성이 세파에 시달
리고 죄와 습관에 짓눌려 점점 상실되어가고 있습니다.

그러므로 거룩함으로 나아가는 데에는 훈련이 필요합니다.
디모데전서에 이르기를 경건에 이르기를 연습하라 하였습니다.
"망령되고 허탄한 신화를 버리고 경건에 이르도록 네 자신을 연습하라" (딤전 4장7절)

마찬가지로 거룩함에 이르는 일에도 연습이 뒤따라야 합니다.
그래서 날마다 말씀과 기도가 이어지는 삶의 실천이 중요합니다.
"하나님의 말씀과 기도로 거룩하여 짐이라", (디모데전서 4장5절)

건강한 크리스천으로 살아가는 데에는 네 가지 연습이 필요합니다.
첫째는 육체의 연습입니다.
곧 운동과 절제를 통하여 건강한 몸과 마음을 가꾸어야 합니다.
둘째는 생활의 연습이다.
무질서한 생활을 하면서 좋은 크리스천이 되기는 불가능합니다.
질서 있고 조화로운 생활을 체득(體得)하여 나감에는 연습이 필요합니다.
셋째는 경건의 연습이다.
경건이란 말의 성경적 의미는 예수를 닮아 나가는 것을 의미하므로 예수님의
삶과 인격을 닮아 나가는 훈련이 경건의 연습입니다.
넷째는 거룩의 연습입니다.
거룩하신 하나님의 본성을 이어받아 거룩한 삶을 살아가는 거룩한 백성들이
오늘도 복잡한 세상 속에서 복잡한 일과를 감당하면서도 그 속에서나마 거룩
하라 명령하신 하나님의 명령을 따르기에 최선을 다하는
우리 크리스천이 되어야 하겠습니다.

주님과 눈으로 만나세요

"눈은 몸의 등불이다. 만일 네 눈이 밝으면, 네 온몸이 밝을 것이다." (마6:22)

여기서 말하는 눈이 밝다는 말은 시력이 좋다는 말이 아닙니다. 아무리 시력이 좋은 사람도 아침에 일어나면 눈에 눈꼽이 끼어 앞이 어른거리고, 졸리면 눈앞이 흐려지고 사물을 똑바로 응시할 수 없습니다.

눈이 밝다는 말은 정신이 또렷하여서 정확하게 판단할 수 있다는 뜻입니다.
눈이 밝으면 하나님을 눈으로 볼 수 있습니다.
밝은 눈을 가지려면 주님이 주시는 밝은 빛을 눈에 받아야 합니다.
조용히 앉아 눈을 감고 눈앞의 세계를 응시해 보세요.

눈을 감으면 아무것도 안 보인다고 생각하는데 아닙니다.
뭔가 보입니다.
밤하늘의 별처럼 무수히 많은 빛 가루들이 보이지 않습니까?
그 빛 가루들은 움직이며 어떤 그림이 되기도 합니다.
빛 가루들이 나의 눈에 흘러 들어오도록 의식적으로 끌어당겨 보세요.
빛 가루들이 눈에 많이 들어오면 눈이 밝아집니다.

영적으로 민감해집니다.
주님께서는 아주 쉽고 단순한 방법으로 우리에게 밝은 빛을 주시는 방법을 그렇게 만들어 놓으셨습니다.

지금 바로 눈을 감고 밝은 눈을 만들어 보세요.

기쁨을 돕는 자

초대교회에 기독교를 세계화한 탁월한 지도자가 있었습니다.
그가 바로 바울입니다.

그는 어떻게 하여 그토록 심각한 논쟁과 도전 핍박 속에서도 존경과 사랑을 받으며 주를 전하며 원시 기독교를 세계화하였습니까?

그는 사랑하는 고린도 교인들에게 이렇게 말합니다.
"우리가 너희 믿음을 주관하려는 것이 아니요 오직 너희 기쁨을 돕는 자가 되려
  함이니" (고후 1:24)

이것이 탁월한 영향력을 지속적으로 줄 수 있는 비결을 알려주는 말씀입니다.

다른 이를 조정하거나, 다른 이를 지배하려 해서는 결코 좋은 영향력을 주면서 관계를 지속적으로 유지할 수는 없습니다.

지배하고 주장하려고 하지 말고 상대의 삶의 기쁨을 고양시키도록 돕는 자가 되어야 합니다.

우리 모두 아름다운 동역자로 함께 할 수 있기 바랍니다.

신앙인의 선택은

첫째, 현재보다는 미래 지향적으로 선택해야 합니다.
둘째, 인간 중심 보다는 하나님 중심으로 선택해야 합니다.

"은이나 금보다 은총을 더욱 선택할 것 이니라" 고 하신 것은 눈에 보이는 물질보다는 보이지 않는 영원한 것에 가치를 두고 선택해야 함을 말씀하고 있습니다.
선택의 기로에 섰을 때 우리는 언제나 신앙적 판단으로 선택을 해야 합니다. 가장 현명한 잣대는 "예수님이라면 어떻게 할 것인가?"라는 물음에 답할 수 있는 선택이라면 현명한 선택이었다는 확신이 생깁니다.

위대한 하나님의 종 요셉은 수많은 위기를 만났지만 언제나 하나님 앞에서 선택을 했기에 인생 성공의 모델이 된 것입니다.

진정한 기독교인은 어떤 경우에도 당당하게 말 할 수 있고 행동할 수 있어야 합니다. 우리는 영원을 위해서 현재에 비굴해서는 안 됩니다. 진리는 타협 할 수 없습니다.

85세나 된 갈렙이 여호수아에게 "오늘날 오히려 강건하니 나의 힘이 그때나 이제나 일반이라 싸움이나 출입을 감당할 수 있사오니 이 산지를 내게 주소서" 라고 요청한 갈렙의 선택은 모든 기독교인의 충성의 모델이 되기에 부족함이 없습니다.

우리 모두 현재 보다는 미래를 바라보고 인간 중심이 아닌 하나님 중심의 선택을 함으로 후회 없는 삶을 살아가게 되기를 간절히 바라며 내일을 바라보고 위대한 선택을 할 수 있기 바랍니다.

생각의 차이

2차 대전 때 영국 런던에 있는 어떤 큰 백화점의 입구가 독일군 폭격기의 폭탄에 맞아 파괴 당했습니다.
사장은 잠시 눈을 지그시 감고 생각하더니 곧 비서를 불러서 백화점 출입구를 빨리 수리하도록 지시했습니다.

때마침 폭격 당했다는 소식을 들은 친구가 백화점에 찾아와서 "여보게, 얼마나 마음이 괴로운가? 독일 놈들 참 나쁜 놈들이군, 너무 상심 말게"

이렇게 친구가 위로의 말을 하자 사장은 웃으며 입을 열었습니다.
"천만에, 나는 독일군들 때문에 더 덕을 보게 되었다네."
"아니, 그게 무슨 소린가? 덕을 보다니?"

그러자 사장은 미소를 지으면서 설명했습니다.
"분명히 덕을 보았지. 우리 백화점은 그동안 출입구가 좁아서 손님이 들어오는데 불편했지만 이제는 출입구가 아주 커져서 손님들이 들어오기 편하게 되었다네."

그는 백화점 출입구를 전보다 크게 넓혀서 즉각 수리를 했습니다.
그리고 그 출입구에는 새로운 간판이 붙게 되었습니다.

"고객 여러분, 독일 폭격기가 저희 가게의 출입구를 크게 넓혀 주었습니다. 그동안 문이 좁아서 출입에 지장을 드렸습니다만 이제는 널찍한 문으로 편안히 출입하십시오. 사장 올림."

우리의 태도 여하에 따라 고난은 새로운 기회가 될 수 있습니다.

남을 자신보다 낮게 여기고

"사람이 교만하면 낮아지게 되겠고 마음이 겸손하면 명예를 얻으리라" (잠 29:23)

어느 날 아브라함 링컨 대통령이 백악관 현관에서 직접 구두를 닦고 있었는데 그 옆을 지나가던 비서가 깜짝 놀라며 말을 꺼냈습니다.

"각하, 이게 어찌된 노릇입니까?"
"어찌된 노릇이라니?"
"일국의 대통령이 존귀하신 몸으로서 천한 사람이나 하는 구두닦이를 손수 하시다니 이게 될 법한 일입니까?"

그러자 대통령이 대답했습니다.
"제임스군, 자기 구두를 자기 손으로 닦는 것이 당연한 일이지, 이게 무슨 잘못된 일이란 말인가? 또 구두를 닦는 일은 천한 일이라고 했는데, 그것은 잘못된 생각일세, 대통령도 구두닦이도 다 같이 세상을 위해 일하는 사람들이야, 어찌 구두닦이를 천하다고 할 수 있겠는가?"

교만한 사람은 실족하고 멸망하여 낮아지지만,
겸손한 사람은 하나님께서 높여주심으로 말미암아
존귀와 영광을 얻게 되는 것입니다.
그러므로 우리는 하나님 앞에 자신을 낮추고,
또한 남을 자신보다 낮게 여기고
섬기는 겸손한 사람이 되어야겠습니다.

세 종류의 사람

사람들이 겉으로 다 비슷해 보이지만 영적으로는 다 같지 않습니다.
성경에서 3가지 종류의 사람이 나옵니다.
죽은 자와 잠자는 자와 깨어있는 자입니다.
여러분은 어떤 종류의 사람입니까?

예수님을 믿지 않는 자는 몸은 살았으나 영적으로는 죽은 자입니다.
영적으로 죽은 자는 음행, 온갖 더러운 것 종교적, 윤리적으로 추한 행동들, 성스러운 농담이나 독설이 바로 그것입니다. 우리가 예수님을 믿는다고 하면서도 죽은 자의 삶을 살고 있지는 않습니까?
우리 삶의 모습에서 죽은 자의 모습은 발견하지 않았습니까?

잠자는 자는 결코 죽은 자가 아닙니다. 그 속에 생명이 살아있습니다.
그러나 살아있는 자의 역할은 전혀 못하고 있습니다.
영적으로 잠자는 자는 예수님을 믿기는 합니다.
그러나 성도다운 삶도 살지 못하고 사명과 직분도 감당하지 못합니다.
살았다 하는 이름은 가졌으나 실상 죽은 자처럼 살아갑니다.
예수 그리스도를 영접하고 새 생명의 성도답게 살지 못하는 사람들입니다.
부활의 신앙으로 회복하시기 바랍니다.

지금 잠자고 있습니까? 깨어나야 합니다. 세속을 떨치고 거룩한 하나님의 자녀로 일어나야 합니다. 죽은 자들 가운데 함께 거하지 말고 죽은 자들 가운데서 일어나시길 주님의 이름으로 축복합니다.

깨어 있는 자 되시기 바랍니다. 죽은 자가 어둠이라면 깨어있는 자는 빛의 자녀들입니다. 우리는 잠자는 자를 깨우고 성도의 마땅한 바를 실천하여 하나님의 자녀로 성도다운 삶을 살아가야 할 것입니다.
그리고 그들을 깨우는 것이 우리 깨어있는 자의 사명입니다.

이 백성은 내가 나를 위하여 지었나니 나의 찬송을 부르게 하려 함이니라 (사 43:21)

찬양

이 백성은 내가 나를 위하여 지었나니 나의 찬송을 부르게 하려 함이니라 (사 43:21)
찬양은 하나님과 하나님 나라를 설명하는 가장 아름다운 언어입니다.
주님은 하나님 나라를, 또한 하나님을 찬송하고 전파하고 나타내기 위하여 아름다운 선물을 주셨는데 그것이 곧 가스펠 송(Gospel Song)입니다.

'가스펠(Gospel)'이란 하나님(God)과 말씀(Spell)의 합성어입니다.
즉 하나님의 말씀에 가락을 맞추어 부르는 것이 복음송이란 의미입니다.
복음성가는 부흥사 무디가 찬양사역자 생키로 하여금 청중을 모으기 위해 노래를 부르게 하였는데 이것이 복음성가의 시초가 되었습니다.
이후 찬양의 물결은 전 세계와 국내에 보급 되었습니다.

찬송가

우리가 사용하는 찬송가책에는 송가(Anthen),복음성가(Gosepel Song)
부흥성가(Revtal Song), 영가(chant),성시(psalms)등이 있습니다.
멜로디(Melody)에 담은 메시지(Message)의 내용에 따라 다음과 같이 구분할 수 있습니다.
찬송가(Hymn) : 그 내용이 하나님 또는 3위중 1위께 드리는 것이면 예배용 찬송가 이며 끝날 때는 아멘이 붙는다.
복음찬송가(Gospel Hymn):간접적으로 하나님 또는 3위중 1위께 드리는 내용이며
예 : 135장 갈보리산위에, 182장 구주의 십자가 보혈로 가스펠 찬송가이다.
끝에 아멘이 없다.

복음성가 : 주로 집회용으로 성도나 불신자를 대상으로 부르는 내용이다.
복음성가 (Gospel song)
복음이란 뜻은 영어로는 가스펠(Gospel)이며
헬라어로는 '유앙 겔리 온' 곧 기쁜 소식이라는 말이다.

믿음의 사람

사람들은 교회는 많은데 교회다운 교회가 없다고 합니다.
교회는 많은 데 갈만한 교회는 없다고도 말합니다.

수많은 교회가 하나님의 생명력을 가지고 그 역할을 감당한다면. 서로가 순수하게 하나님께서 각 교회에게 부여하신 사명과 비전을 제대로 감당한다면 이 세상은 좋은 세상이 될 것 입니다.

성경에 보면 모래 위에 지은 집과 반석 위에 세워진 집이 나옵니다.
겉으로 볼 때 어떤 집이 잘 지어진 집인지 분별하기 힘들 수 있는 것 같이, 그리스도인도 마찬가지입니다. 겉으로 볼 때는 기도도 열심히 하고. 봉사도 열심히 하고, 예배에도 잘 참석 합니다. 외형적으로는 그리스도인의 모습을 지니고 있습니다. 그러나 그 외형으로는 진정한 그리스도인이 누구인지 알 수 없습니다.

하나님이 인정하시는 믿음의 사람이 되어야 합니다. 겉에 보이는 것만으로는 알 수가 없습니다. 내면이 중요합니다. 하나님께서 인정하시고 기뻐하시는 반석 위에 믿음의 집을 세워야 합니다.

다이아몬드를 물에 넣어보면 진짜인지 가짜인지를 알 수 있다고 합니다.
가짜 다이아몬드는 물에 넣으면 그 찬란한 빛이 사라지지만, 진짜 다이아몬드는 그 영롱한 빛이 더욱 찬란하게 빛난다는 것입니다.
진짜는 어려움 속에 들어가 봐야 알 수 있습니다.

우리의 신앙도 마찬가지입니다. 어렵고 힘든 고난의 역경 속에서도 신앙의 지조를 잃지 않고 빛을 발해야합니다.

사방이 우겨 쌈을 당하여도 흔들리지 않는 믿음의 사람이 되기 위해 그리스도의 사랑으로 이해하고 포용하며 맡겨진 사명과 비전으로 든든히 세워지는 믿음의 사람이 되시기 바랍니다.

주를 위해 사는 사람들

초대 교회의 교훈 집에 이런 글이 전해져 내려옵니다.

"인생은 다리이다.
현명한 자는 그 다리를 건널 뿐, 그 다리 위에 집을 짓지 않는다."
건너야 할 다리 위에 집을 짓는 사람은 없습니다.

마찬가지로 이 세상의 모든 것들은 우리의 것이 아닙니다.
잠시 사용하다가 돌려드려야 할 것들입니다.

우리 모두 감사합시다.
지금까지 지키시고 인도하심을 감사하며
하나님께 영광을 올려 드립시다.

그리고 내 것을 내 것이라고 하지 말고
철저히 주님의 것이라고 고백합시다.

그것이 주를 위해 사는 사람들입니다.
주를 위해 온전히 헌신하는 믿음의 삶을 살기 원하시면
먼저 그의 나라와 그의 의를 구하시기 바랍니다.
그리하면 모든 것이 너희에게 더 하시리라. 아멘.

하나님의 영광을 위해!!

정말 중요한 것은
우리가 얼마나 큰일을 했느냐가 중요한 것이 아니라 삶의 모습에서 얼마나 하나님께 영광이 되느냐 입니다.
그렇습니다. 주를 위해 사는 사람은 하나님의 영광을 위한 목적의식을 가져야 합니다.

우리가 삶의 모든 우선순위를 하나님의 영광에 초점을 맞출 때 하나님이 역사하십니다.

신학자 존 네이스 빗은 "우선순위를 잘못 선택하면 삶의 목표에서 멀어진다"고 했습니다. 그리고 찰스 휴멜은 "우리들이 삶에서 만나는 온갖 딜레마들은 시간과 물질의 부족에서 오는 것이 아니고 일의 우선순위를 잘못 선택함에서 온다."고 했습니다.

하나님의 영광을 위해 살면 반드시 축복해주십니다.
오늘날 사람들은 삶의 우선순위를 자기만족을 추구하는 것에 맞추고 살아갑니다.

하나님의 영광을 위해서라는 삶의 목표가 흔들리지 않기를 바랍니다.
하나님의 영광을 위해 삶의 초점을 맞추고 살면 반드시 축복의 열매가 열릴 것입니다.

네 손에 있는 것이 무엇이냐?

시내 광야에서 양을 치고 있던 모세에게 어느 날 하나님께서 나타나셨습니다. 하나님께서 호렙 산 떨기나무 불꽃 가운데서 모세를 불렀습니다. 그리고는 두려워 떨며 나아오는 모세에게 말씀하십니다.

"내가 내 백성의 부르짖음을 들었다 그래서 내 가 내 백성을 구원하려고 하니 네가 바로에게 가서 내 백성을 이끌어 내어라. 그들을 애굽 인의 손에서 건져내고 그들을 그 땅에서 인도하여 아름답고 광대한 땅, 젖과 꿀이 흐르는 땅으로 인도하라" (출3:7-10)

모세는 살인자요, 도망자요, 실패자요, 더부살이 하는 신세요, 80의 나이에 기력이 다 빠진 늙은이입니다. 왜 이제 부르셨을까? 도저히 납득이 가지 않았습니다. 도저히 이해가 되지 않았습니다.

그래서 모세는 하나님의 명령에 무려 다섯 번을 거절했습니다. 다섯 번째 거절할 때는 아주 노골적으로 말했습니다. 출애굽기 4:13을 보면 "주여 보낼 만한 자를 보내소서", 라고 합니다.
나는 부적당하니 다른 사람을 보내라는 것입니다. 모세가 못 하겠다 안 된다, 라는 부정적인 말을 늘어놓자 하나님은 화를 내시고 그의 생각을 고치실 필요를 느끼셨습니다.

하나님이 물으셨습니다. 네 손에 있는 것이 무엇이냐? 지팡입니다. 하나님은 모세에게 그 지팡이를 땅에 던지라고 말씀하셨습니다. 시키는 대로 던졌습니다. 그랬더니 뱀이 되었습니다. 기적을 체험한 모세는 순종하기 시작합니다. 그래서 모세는 이스라엘 백성을 애굽에서 구출해 내는 위대한 일을 하게 된 것입니다. 그리고 성경에 위대한 하나님의 사람으로 기록된 것입니다.

신앙의 3단계

첫째 단계는 받는 단계입니다.
구원을 받고 은혜를 받고 성령을 받고 축복을 받습니다. 그리고 받기 위해 이 단계 에서는 달라는 말을 많이 하게 됩니다. "주시옵소서." 라는 기도가 주종을 이루게 됩니다.

둘째 단계는 감사의 단계입니다. 받은 것을 깨닫고 감사하는 단계입니다.
사랑에 감사하고 받은바 은혜가 감사하고 축복이 감사해서 "주님, 감사합니다." 라는 기도와 찬송을 드리게 됩니다.

셋째 단계는 드리는 단계입니다.
이 단계는 감사를 구체적으로 실천하는 단계입니다. 감사하기 때문에 시간과 물질을 드리고 정성과 생명을 드리게 됩니다.
이 단계는 헌신의 단계이며 성숙의 단계입니다.
천국에서 주로 사용하는 대표적인 용어가 있다면 그것은 "아멘과 감사" 일 것 입니다. 세파에 찌들어 강퍅해진 사람들은 아멘' 대신 ' 아니야' 라고 악을 쓰며, '감사' 대신 '원망과 불평' 으로 가득 차 있을 것입니다. 그리고 결국엔 '너 때문에' 라고 생각하고 저마다 원망하고 책임을 남에게 뒤집어 씌우기에 여념이 없을 것입니다.

요한계시록7장12절 말씀에
"아멘 찬송과 영광과 지혜와 감사와 존귀와 능력과 힘이 우리 하나님께 세세토록 있을지 어다. 아멘 하더라." 고 했습니다.

바로 이것이 천국에서 부르는 노래의 가사입니다.
아멘, 찬송, 영광, 감사가 있는 곳이 천국의 생활입니다. 우리가 서로 감사한 마음과 정을 가지고 살아간다면 우리의 삶은 한결 더 부드러워지고 포근한 아름다운사회가 될 것입니다. 감사하며 헌신하여 주님께 영광을 올려드리고 주님의 축복을 받는 복된 삶을 살아가시기 바랍니다

.

비 전

러시아의 최대 작가인 도스토예프스키는 27세에 한 정치사건에 연루되었습니다. 그리고 사형선고를 받았다가 사형 3분전에 황제의 특사로 극적으로 살아났습니다. 그리고 시베리아 옴츠크 감옥에서 4년을 지내고 풀려났습니다.
그는 '카라마조프 형제들, 죄와 벌' 등의 작품을 써서 러시아 최고의 작가가 되었습니다. 그가 나중에 시베리아 생활을 회상하며 이렇게 고백했습니다.

"그때 내 육신은 감옥에 있었지만 내 이상은 세계를 향하고 있었다." 중요한 문제는 "지금 어떤 처지와 환경에 있는가?" 가 아니라 "구체적인 꿈과 비전이 있는가?"하는 것입니다. 그런 꿈과 환상이 있으면 하나님은 반드시 기회를 주십니다.

이제 살면서 일어나는 크고 작은 일로 너무 쉽게 흔들리지 마십시오. 어떤 일에 쉽게 흔들리고 쉽게 상처를 받으면 결코 행복한 삶을 살 수 없습니다. 이제 나를 향한 하나님의 기대가 얼마나 큰지 항상 인식하며 사십시오.

하나님은 "얼마나 잘났느냐?" 를 보시지 않고
"얼마나 쓸 만한 그릇이냐?" 를 보십니다.

어떻게 하나님이 쓸 만한 그릇이 됩니까?
하나님이 원하시고 기뻐하시는 길로 나아가십시오.
무엇보다 환상과 비전을 가지고 나가야 됩니다.

그렇게 흔들리지 않는 환상을 가지고 계속 나가면 반드시 성공적인 인생이 펼쳐질 것입니다.

행복한 사람

믿음이 있는 사람은 행복한 사람입니다.
각 문항 당 10점을 만점으로 하여 행복점수를 매겨보시기 바랍니다.

1. 배고프지 않고 춥지 않으며 신체적으로 큰 결함이 없습니까?
2. 사랑을 주고받을 수 있는 가족이나 이웃이 있다는 데 대한 감사함을 아십니까?
3. 당신에게 주어진 하루 24시간을 소중히 여기며 이 시간을 당신이 해야 할 일을 하는 시간으로 보내고 있습니까?
4. 당신 앞에 힘들고 어려운 일이 닥칠 때 이를 자신의 성숙에 도움이 되는 고통이요 아픔으로 생각하십니까?
5. 내 자신이 살아 있다는 사실에 대하여 아침에 건강하게 눈을 뜬다는 사실에 대하여 감사하는 마음이 있습니까?
6. 당신이 이웃에게 무엇인가 희생하거나 주는 데에 기쁨을 느끼며 또 이와 같이 희생할 수 있고 줄 수 있는 것이 있다는 사실에 대하여 감사하고 있습니까?
7. 아기들의 웃음이나 자연의 아름다움, 그리고 음악이나 미술이나 문학 같은 것에서 아름다움을 느끼며 감사하고 있습니까?
8. 당신과 당신의 가정만이 아니라 사회나 민족 더 나아가서는 인류를 위하여 살고자 하는 헌신의 마음이 당신에게는 미약하나마 분명히 있습니까?
9. 내일에 대한 희망이 있고 내세에 대한 소망이 있습니까?
10. 구원에 대한 확신이 있고 이에 대한 기쁨을 누리며, 또 이를 증거 할 수 있습니까?

이상의 질문을 계산하여 60점이 넘으면 여러분은 행복한 사람입니다.
갖지 못한 것이 아니라 이미 가지고 있는 것에서 행복을 누리십시오.

유대인의 가정

이 지구상에서 가장 가정이 건강한 가정은 유대인 가정입니다.
유대인들의 가정은 히틀러도 파괴하지 못 하였고 원자탄도 꼼짝 못 한다는 말이 있습니다.
이들은 2000년 동안 유랑생활을 하면서도 가정을 건강하게 지켜 왔습니다.

가정을 건강하게 지키는 비결은 안식일입니다.
유대인들은 안식일을 지키고 그 날 저녁이면 가정 식구들이 모여 합달라 예식을 거행합니다. 상에 둘러섭니다. 가족 전체가 가정 예배에 참석하야야 합니다. 만일 아들이 군대에 갔거나 불가피한 일로 누가 참석하지 못 하면 그 자리에 음식을 차려놓고 빈자리로 둡니다. 그리고 온 식구들이 그를 위하여 간절히 기도합니다.

음식을 먹으며 가장은 온 식구들과 찬송 기도 성경을 읽으며 가정교육을 시작합니다. 결코 부정적인 이야기는 하지 않습니다. 단점을 없애려고 하지 않고 장점을 길러주는 교육만 시킵니다. 하나님이 우리 가정을 지켜 주신다는 확신을 줍니다.

그리고 시편 128편을 같이 낭독합니다.
"여호와를 경외 하며 그 도에 행하는 자마다 복이 있도다. 네가 네 손이 수고한대로 먹을 것이라 네가 복되고 형통하리로다. 네 집 내실에 있는 네 아내는 결실한 포도나무 같으며 네 상에 둘린 자식은 어린 감람나무 같으리로다. 여호와를 경외하는 자는 이같이 복을 얻으리로다. 여호와께서 시온에서 네게 복을 주실지어다. 너는 평생에 예루살렘의 복을 보며 네 자식을 볼지어다.이스라엘에게 평강이 있을 지로다." 아멘~~

미숙한 사람, 성숙한 사람

미숙한 사람은 자기와 닮은 사람만 좋아하고,
성숙한 사람은 자기와 다른 사람도 좋아한다.

미숙한 사람은 인연도 악연으로 만들고,
성숙한 사람은 악연이야말로 인연으로 나아가는
징검다리라는 사실을 알고 있다.

미숙한 사람은 자기가 좋아하는 일만 찾지만,
성숙한 사람은 꼭 해야만 하는 일들로부터
훨씬 더 많은 것을 배우며 산다.

미숙한 사람은 고난이나
불행한 환경을 견디지 못하지만,
성숙한 사람은 바람과 물결이 항상
유능한 항해사의 편에 선다고 믿으며
그것을 거부하지 않는다.

미숙한 사람은 좋고 싫고를 따지지만,
성숙한 사람은 옳고 그르고를 선택한다.

미숙한 사람은 조그마한 불행도
현미경으로 확대해서 보지만,
성숙한 사람은 큰 불행도
망원경으로 들여다본다.

미숙한 사람은 자신의 과거를 바라보지만,
성숙한 사람은 미래를 내다본다.

   '땅은 꽃으로 웃는다' 중에서

염려하지 말라

염려하지 않는 방법은 모든 일에 자족하는 것입니다.
"내가 궁핍함으로 말하는 것이 아니라 어떠한 형편에든지 내가 자족하기를 배웠노니 내가 비천에 처할 줄도 알고 풍부에 처할 줄도 알아 모든 일에 배부르며 배고픔과 풍부와 궁핍에도 일체의 비결을 배웠노라 내게 능력 주시는 자 안에서 내가 모든 것을 할 수 있느니라."고 빌립보서 4장11-13절에서 사도 바울은 말하고 있습니다.

또한 신명기 2장7절에서
"네 하나님 여호와가 너의 하는 모든 일에 네게 복을 주고 네가 이 큰 광야에 두루 행함을 알고 네 하나님 여호와가 이 사십년 동안을 너와 함께 하였으므로 네게 부족함이 없었느니라." 하셨다 하였으며

신명기 8장4절 에서는
"이 사십년 동안에 네 의복이 해어지지 아니하였고 네 발이 부르지 아니하였느니라." 하였습니다.

광야에서 어떻게 부족함이 없을 수 있겠습니까?
그러나 그것은 하나님께서 함께 하시므로 부족함이 없었던 것입니다.

광야 같은 세상에서 삶을 살아가는 우리들도 자족한 삶을 살아가면 하나님께서 함께 하시는 은혜의 삶을 살 수 있을 것입니다. 우리가 염려한다 한들 키 한 자라도 더할 수 없으므로 우리는 주님께 모든 것을 아뢰고 맡겨야 하는 것입니다.

성경은 말씀하고 있습니다. 빌립보서 4장6-7절에
"아무 것도 염려하지 말고 오직 모든 일에 기도와 간구로, 너희 구할 것을 감사함으로 하나님께 아뢰라 그리하면 모든 지각에 뛰어난 하나님의 평강이 그리스도 예수 안에서 너희 마음과 생각을 시키시리라" 아멘.
그러므로 염려하지 말고 하나님께 맡기시는 믿음으로 살아갑시다.

지혜로운 경영자

지혜란 인생이나 사업을 경영하는데 있어서 성공의 지름길입니다.
오랜 경륜보다, 훌륭한 조직이나 튼튼한 배경보다 더 절실하게 요구되는 것이
바로 지혜입니다.

1. 여호와를 의뢰해야 지혜로운 경영자입니다.
지혜의 근본은 주를 경외함에 있기 때문에 누구든지 지혜로운 경영자가 되고
자 하면 주를 의뢰하도록 해야 합니다. 자기 지식을 의뢰하는 자, 자기 경험에
대한 의존도가 높은 사람들은 성공적인 기업인은 될 수 있어도 훌륭한 기업인
은 되지 못합니다. 성공한 사람보다 귀한 것은 훌륭한 사람이 되도록 힘써야 하
겠습니다.

2.범사에 주를 인정함이 지혜로운 경영자입니다.
범사에 주를 인정하기란 쉬운 일이 아니며, 이것은 각자의 신앙을 점검하는 척
도가 됩니다. 따라서 성도들은 일이 잘 되고 어려움이 없을 때 뿐만 아니라, 심
각한 위기와 곤경 가운데서도 주를 의뢰하도록 힘써야 합니다.
곤경 가운데서 주를 인정하고 기쁨을 잃지 않는 사람이 경건한 성도입니다.

3. 모든 일에 최선을 다하는 경영이 지혜로운 경영자입니다.
일의 분량에 관계없이 자기 직무에 최선을 다한다는 것은 바람직한 일이며, 성
도들이 지향해야 할 삶의 자세입니다.

일이 잘되고 어려움이 전무할 때도 최선을 다하고 심각한 곤경과 위기에 처할
때도 최선을 다하여 하나님의 인정을 받는 성실한 기업인이 되도록 힘써야 합
니다.

성도는 모든 일에 앞서 하나님을 경외하는 일에 힘써야 합니다.
그 다음 자신의 일에 최선을 다하는 것이 지혜로운 경영자입니다.
그러므로 여호와를 의뢰하고 범사에 주를 인정하며 최선을 다하는 것이 하나
님 보시기에 합당한 지혜로운 경영자입니다.

신실한 청지기

신실한 청지기란 영적 지도력의 소유자로 사람을 사랑하고 하나님의 관점에서 세상을 볼 수 있어야 하며, 자신이 욕심을 우선시 하지 말고 전체를 먼저 생각해야 합니다.

우리 모두는 선한 청지기로 하나님이 주시는 복을 풍성히 누릴 수 있어야 하겠습니다.

먼저 믿는 우리가 바로서야 합니다.
우리 사회 전반에 걸쳐 기독교에 대한 실망이 팽배해지고 있습니다.

지금 나라의 상황이 심히 위태롭고 어렵습니다.
교회의 지도자들이나 먼저 믿는 우리가 삶의 모습에서 모범을 보이지 못한다면 민족의 장래는 더 어려울 수밖에 없습니다.

"예수를 믿는다면서 속된 삶을 사는 우리가 복음의 가치를 훼손하는 가장 큰 요인" 이라고 로잔 세계복음화 운동의 크리스토퍼 라이트 신학위원장이 한 말을 깊이 새겨야 할 것입니다.

우리 모두 선한 청지기로 말씀의 기초위에 바로서서 하나님께 영광 올리는 신실한 청지기 되시기를 소망합니다.

사랑과 은혜의 사람이 되게 하소서

받는 사랑보다
주는 사랑을 기뻐하며
부지런히 행하는 사람으로
살아가게 하소서.

주님의 사랑이
아침이슬처럼 은밀하게 내려
온 세상을 생명과 화합의
기운으로 가득히 채우듯이

대가를 바라지 않고도
주는 사랑을 익히 배우고 알아
큰 나무 같은
은총의 사람이 되게 하소서.

친구

좋은 친구가 있으면 아무리 먼 길도 지루하지 않다는 속담이 있습니다.
주님은 우리를 위해 목숨까지도 바치셨습니다.
아브라함이 하나님의 벗이 확실함은 독자 이삭을 모리아 산에 제물로 바치려고
한 것에서 볼 수 있습니다. 희생이 있었습니다.

친구의 유형 4가지가 있다고 합니다.
첫째 꽃과 같은 친구. 꽃이 피어서 예쁠 때는 찬사를 아끼지 않습니다.
그러나 꽃이 지고 나면 돌아보는 이 없듯 자기 좋을 때만 찾는 친구

둘째 저울과 같은 친구 무게에 따라 이쪽으로 저쪽으로 기웁니다.
그와 같이 나에게 이익을 따져 이익이 큰 쪽으로만 움직이는 친구

셋째 산과 같은 친구, 산이란 멀리서나 가까이서 늘 반겨줍니다.
그처럼 생각만 해도 편안하고 마음 든든한 친구

넷째 땅과 같은 친구. 땅은 뭇 생명의 싹을 틔워주고 곡식을 길러내며
누구에게도 조건 없이 은혜를 베푸는 마음으로 지지해 주는 친구

그냥친구와 진짜친구란 글 중에.
"그냥친구는 당신의 문제들에 대해서 얘기 하고자 합니다.
하지만 진짜친구는 당신의 문제들에 대해서 도와주고자 하지요.
그냥친구는 당신과 실랑이를 벌였을 때 우정은 끝났다고 생각합니다.
하지만 진짜친구는 나중에 전화를 해서 먼저 사과를 하지요.
그냥친구는 항상 당신이 자신 옆에 있어주길 바랍니다.
하지만 진짜친구는 자신이 당신 옆에 있어주기를 바라지요."

어려울 때만 예수이름을 부르는 것은 예수님의 진짜 친구가 아닙니다.
충신도 나라가 어지러울 때 알 수 있고, 진정한 신자도 교회가 어려울 때 알 수
있습니다.
주님의 좋은 친구 되려면 주님을 위해 희생하며 사랑하시기 바랍니다.

지혜 있는 청지기

모든 그리스도인들은 청지기입니다.
청지기는 헬라어로 '오이코노모스' 로 집안일을 관리하는 사람입니다.
벧전4:10절에 "각각 은사를 받은 대로 하나님의 여러 가지 은사를 맡은 선한 청지기 같이 서로 봉사하라" 고 했습니다.
모든 그리스도인들은 구원을 받았으며 동시에 사명을 받았습니다.

예수님은 종들에게 일을 맡기고 먼 길을 떠난 주인이 생각지도 못한 때에 온다고 말씀 하셨습니다. 그 때 종들이 잠들어 있지 않고 깨어서 일하고 있는 것을 주인이 보면 그 종은 복이 있다고 하셨습니다.
성경이 말씀하는 바른 청지기가 되기 위한 조건은 무엇입니까?

예수님의 제자가 되어야 합니다.
교회의 바른 일꾼이 되려면 예수님의 제자가 되어야 합니다.
즉 예수님을 따르며 예수님을 주인으로 모셔야 합니다.

모든 것에 대한 주님의 소유권을 인정해야 합니다.
청지기는 자기 소유가 하나도 없고, 모든 것이 주인의 소유입니다.
그리스도인은 주님의 것을 위해서 사용해야 합니다.
모든 생명, 삶 전체가 주님의 것임을 선포해야 합니다.

하나님께서는 우리 그리스도인의 삶을 보고 계시며 청지기는 반드시 평가를 받게 됩니다.
청지기는 충성하되 지혜롭게 일하며 풍성한 열매를 남겨야 합니다.
결코 가늠할 수 없는 깊이의 지혜와 능력으로 우리의 삶을 계획하시고 인도하시는 주님을 신뢰하고 나아가는 지혜 있는 믿음의 청지기가 되시기를 소망합니다

성숙한 하나님의 사람

"건강의 핵심 요소는 마음가짐이다.
특히 사람들을 진실하게 사랑하고 섬기는 것이다."라고 합니다.
다른 사람을 사랑하고 섬길 줄 아는 마음이 따뜻하고 열려 있는 성숙한 인격을
가진 사람이 건강하게 산다는 것입니다.
그렇다면 우리 그리스도인들은 교회에서는 물론이고,
직장이나 공동체 또는 사회 속에서 사랑하며 섬길 수 있어야 합니다.

그것이 성공이요, 행복이요, 성숙입니다.
성숙한 인간이 되기 위해서는 다섯 가지 조건이 필요합니다.

첫째, 자기 자신을 받아들이는 사람.
둘째, 자신의 분수를 깨닫는 사람.
셋째, 자신 보다 남을 사랑할 줄 아는 사람.
넷째, 하나님을 믿는 신앙의 사람,
다섯째, 공동체에 속하여 살아가는 사람입니다.
무엇보다도 자족하는 마음이 중요합니다.

인간은 모두 하나님의 형상대로 지음 받았으므로 전능하신 여호와하나님을
바라보며 공동체에 속하여 서로 사랑하며 살 때 성숙할 수 있습니다.
아름다운 공동체를 통해 성숙해 가는 모델은 바로 초대교회입니다.

우리는 이제 성숙한 하나님의 사람으로 그리스도의 사랑으로 섬김과 나눔을
실천하며 주님의 뜻을 위해 새로운 관계를 설정할 수 있는 성숙한 믿음의 사람
이 되시기를 바랍니다.

하나님이 쓰시는 그릇

하나님은 어떤 기준을 갖고 사람을 쓰실까요?

성경에 보면 사람을 그릇에 비유를 하시면서 하나님이 귀히 쓰시는 사람에 대해서 말씀하십니다.

그릇에는 금 그릇과 은그릇, 나무그릇과 질그릇이 있다고 하시는 것은 하나님의 집에는 여러 그릇과 같은 다양한 교인이 있다는 말씀입니다.

그런데 하나님은 이 네 그릇을 귀하게 쓰이는 그릇과 천하게 쓰이는 그릇으로 분류해 놓으셨습니다. 그렇다면 하나님이 귀하게 쓰시는 그릇과 천하게 쓰시는 그릇의 기준은 무엇일까요?

성경의 말씀은 누구든지 자기를 깨끗하게 하면, 온갖 좋은 일에 요긴하게 쓰는 성별된 귀한 그릇이 될 것이라 합니다.

하나님이 사람을 쓰실 때의 기준은 깨끗함입니다.

하나님은 금, 은그릇, 나무그릇 질그릇이냐를 보시는 분이 아닙니다.

하나님은 그릇에 상관없이 자신을 깨끗하게 했느냐 깨끗하게 하지 못했느냐에 따라서 귀하게 쓰시느냐 천하게 쓰느냐를 결정하신다는 겁니다.

그러므로 누구든지 자신을 깨끗하게 하는 사람은 하나님이 귀히 쓰시는 그릇이 되는 줄로 믿습니다. 그러므로 우리 모두는 하나님이 쓰시기에 합당한 깨끗한 그릇을 소유해야 합니다. 하나님이 귀히 쓰시는 합당한 그릇이 되어야 합니다.

사람의 가치는 소유에 있는 것이 아니라 존재에 있는 것입니다.

하나님께 쓰임 받는데 우리의 삶의 목적이 있어야 합니다.

금 그릇이나 은그릇이나 나무그릇이나 질그릇이나, 그릇의 종류와 상관없이 깨끗한 그릇이 되어 하나님이 귀히 쓰시는 아름다운 하나님의 사람이 되시기를 주의 이름으로 축원합니다.

동역자

탁월한 종교개혁자 존 칼빈의 생애를 지배했던 삶의 열쇠는 '코람 데오'입니다.
'데오'는 '하나님' 이란 뜻이고, '코람' 은 '앞에서' 라는 뜻입니다.
다시말해 '하나님 앞에서 산다'는 의미입니다.
하나님이 내 안에 계시고 나를 보고 계시므로 '나는 하나님 앞에서 산다' 고 고백하는 것입니다. 그리스도인은 어디에서, 무슨 일을 하든지 하나님이 자기를 보신다는 임재 의식 속에서 즉 성령 충만하게 살아야 합니다.

문제는 오늘날 많은 그리스도인들이 예수님을 믿고 우리가 성령의 전임을 믿는다고 하면서도 주님의 다스림을 거부하는 삶을 살아가는 자가 많습니다.
명목상으로는 그리스도인인데 실제의 삶에서는 예수님의 다스림을 받지 않는 세속의 그리스도인들이 많다는 것입니다.

하나님의 동역자인 우리 그리스도인들은 성령께서 거하시는 성령의 전임을 기억하며 주님의 말씀에 순종하면서 거룩하게 살아가야 합니다.

그리스도인은 하나님의 동역자로 쓰임 받는 것은 소망해야 합니다.
사도 바울은 자기 삶의 의미와 가치의 전부를 하나님의 영광을 위하여 "우리가 살아도 주를 위하여 살고 죽어도 주를 위하여 죽나니 그러므로 사나 죽으나 우리가 주의 것이로다. "(롬 14:8), 말씀하고 "살든지 죽든지 내 몸에서 그리스도가 존귀히 되게 하려 하나니 이는 내게 사는 것이 그리스도니 죽는 것도 유익함이니라" 고 했습니다.

동역자로 하나님께 영광을 돌리며 산다는 것은 무슨 일을 하든지 하나님 뜻에 합한 삶을 사는 것을 말합니다.

늘 하나님을 생각하면서 하나님 뜻에 합한 믿음의 삶을 살아가시기 바랍니다.

절망이 덮쳐도 당황치 말고

아프리카에 서식하는 독수리의 일종인 <뱀 잡이 수리>는 하늘 높이 나르다가 먹이를 발견하면 쏜살같이 내려가 먹이를 낚아채는 민첩한 새입니다.

그런데 땅에 와 먹이를 먹고 있을 때에, 갑자기 사자나 표범 같은 맹수의 습격을 받게 되면, 잡혀 먹히고 만다고 합니다.

이유는 맹수들이 공격을 하는 순간 당황한 나머지 날지 않고 혼신의 힘을 다해 뛰기 때문입니다.
자신이 난다고 하는 것을 잊은 것입니다!

이런 일이 뱀 잡이 수리에게만 일어나는 일일까요?
인생에 어려움을 당하고 뜻하지 않은 낭패를 보았을 때에 대다수 사람들도 마찬가지입니다.
자신이 다시 날아오를 수 있다는 사실을 잊고 맙니다.

세상에서 불어오는 염려와 근심에 사로잡히면 어쩔 수 없이 다시 날 수 있다는 사실을 잊게 됩니다.

이럴 때는 주의 날개 아래 피하셔야 합니다.
주께서 주시는 위로와 평안을 구하시고, 이를 받아 누려야 합니다.
그리고 다시 날아오를 용기를 구한다면 맹수처럼 공격하는 절망감과 실패감에서 벗어나 다시 하늘을 높이 날게 될 것입니다.

이해와 오해

한 사람이 다음과 같은 뜻밖의 질문을 했습니다.
[5-3=2],[2+2=4]가 무슨 뜻인지 알겠느냐는 것이었습니다.
쉬운 질문이라서 가볍게 대답을 했는데
그게 아니라 여기에는 깊은 뜻이 있다는 것입니다.

설명인 즉 5-3=2란 어떤 오해[5]라도 세 번 [3]을 생각하면
이해[2]할 수 있게 된다는 뜻이고,
2+2=4란 이해[2]와 이해[2]를 더하면
사랑[4]이 된다는 것이었습니다.

오해는 대개 잘못된 선입견, 편견,
이해의 부족, 피해의식에서 생기고,
결국 오해는 잘못된 결과를 가져오게 됩니다.

5-3=2에서 아무리 큰 오해라도 세 번 생각하면
이해할 수 있다는 풀이가 새삼 귀하게 여겨집니다.
혹시 오해가 생기더라도 한 번 더 생각하고
한 번 더 이해하여 따뜻한 마음으로 살아가는
하루하루의 삶이 되시기 바랍니다.

빛과 소금의 삶

우리 성도가 나무라고 한다면 성도의 행실은 그 열매입니다. 그래서 좋은 행실을 가지려면 먼저 인격이 변화되어야합니다.
빛과 소금의 삶은 결실의 열매로 나타날 것입니다.

1 좋은 열매는 빛을 나타내는 것입니다.
하나님이 태양이시라면 성도는 그 빛을 받아 반사하는 달과 같습니다. 죄로 어둡고 캄캄한 세상에 우리는 달과 같이 빛을 비추어야 합니다. 좀 더 적극적으로 말하면 착한 일을 많이 하라는 교훈입니다. 착한 일은 나눔에서 출발합니다. 혼자 다 누리지 말고 이웃과 함께만족스럽지않더라도 축복의 종자로 생각하고 조금씩 나누면 하나님께서 더 풍성하게 채워 주실 것입니다.

2. 좋은 열매는 소금이 되는 것입니다.
소금의 여러 작용이 있는데 예수님이 강조하신 것은 맛입니다. 맛을 잃지 말라. 사람들은 인생의 맛을 잃어버렸습니다. 살아가면 살아갈수록 삶의 기쁨도 잃고 소망도 없습니다. 그저 태어났으니 살아가는것이죠.죽지 못해 사는 사람도 많습니다. 이들에게 성도는 늘 성령의은혜를 끼치며 살아야 하는 것입니다.

3. 좋은 열매는 향기를 풍기는 것입니다.
바울이 가는 곳마다 예수가 나타났습니다. 예수를 숨길수 없었습니다.
하나님께서 역사해 주셨기 때문입니다. 전도의 성공을 의미합니다.
이런 의미에서 예수 향기는 전도입니다. 늘 예수님을 전파해야 합니다.
전도에 목표를 가지고 하면 하나님께서 반드시 도와주십니다.
사람들은 우리를 보고 예수를 믿게 되고 우리를 보고 하나님께 영광을 돌립니다.

하나님께 영광 돌리기 위해 우리는 좋은 열매를 맺어야합니다.
우리 모두 빛과 같은 착한 행실과 소금과 같은 은혜의 모습과 전도의 예수 향기를 풍기는 믿음의 사람 되시기를 축원합니다.

착각하며 사는 인생

"내일 일을 너희가 알지 못하는 도다 너희 생명이 무엇이냐 너희는 잠깐 보이다가 없어지는 안개니라." 사람들은 저마다 착각을 하며 살아갑니다.

이런 이야기가 있습니다.
시어머니들, 아들이 결혼해 아내보다 엄마인 자기를 먼저 챙길 줄 안다.
장모들, 사위들은 처갓집 재산에는 관심이 없는 줄 안다.
아줌마들, 화장하면 다른 사람 눈에 예뻐 보이는 줄 안다.
아가씨들, 자기들은 절대로 아줌마가 되지 않을 줄 안다.
여자들, 남자들이 자기와 같은 방향으로 길을 가면 관심이 있어서 따라오는 줄 안다.
남자들, 못생긴 여자는 접근하기 쉬운 줄 안다.
엄마들, 자기 아이는 머리 좋은데 노력을 안 해서 공부 못하는 줄 안다.
꼬마들, 떼쓰면 다 되는 줄 안다.

그렇습니다.
사람들은 저마다 크고 작은 착각을 하면서 살아갑니다.
여러분은 어떤 착각을 하시며 사십니까?

성경은 인생들이 중대한 착각을 하며 살아가고 있다고 말씀합니다.

야고보서 4장14절-17절에
"내일 일은 너희가 알지 못하는 도다 너희 생명이 무엇이냐 너희는 잠깐 보이다가 없어지는 안개니라 너희가 도리어 말하기를 주의 뜻이면 우리가 살기도 하고 이것이나 저것을 하리라 할 것이거늘 이제도 너희가 허탄한 자랑을 하니 그러한 자랑은 다 악한 것이라 그러므로 사람이 선을 행할 줄 알고도 행하지 아니하면 죄니라."

기다림 중 감사

시간이 늦어지는 것을 두려워해서는 안 됩니다.
위기는 미처 물이 차지 않은 상태에서
회전하고자 할 때 찾아오는 것,
자신이 잘 채워져 있고 평소에 자신의 꿈과 열정에 충실하다면
분명히 성공이 당신의 팔을 번쩍 들어줄 것입니다.

조급함으로 초조해하며 서둘러 낙심하지 마십시오.
때를 잠잠히 기다리며 지금, 자신이 할 수 있는 일을 하십시오.
스스로 꿈을 잃어버리지 않는 한 꿈은 반드시 이루어집니다.

기다림 중에 감사하는 마음을 가지십시오.
언젠가 이루어 질 놀라운 일들을 기대하는 믿음의 사람이 되십시오.

때로는 나의 뜻과는 상관없이
길 위에서 과속 방지턱을 만나기도 합니다.
그런데 무시하고 그대로 달린다면 큰 충격을 받거나 그대로 가다가는 커다란
사고로 이어질 수 있습니다.

그럴 때는 잠시 기다림이라는 브레이크를 밟아 주어야 합니다.
그래야 약간의 흔들림만으로 잘 넘어 갈 수가 있으니까요.
여유를 가지고 기다릴 수 있는 믿음의 사람이라면 감사한 마음으로 소망중에
형통하리라 믿습니다.

하나님 중심의 삶

성경 말씀에 "태초에 하나님이 천지를 창조하시니라"고 기록되어 있습니다. 우주 만물의 중심은 하나님이시며 인생의 중심도 하나님시라는 뜻입니다. 하나님이 중심이 되고 축이 되면 갈등이나 문제가 없다는 것입니다. 문제는 하나님 중심의 축을 인간 중심으로 바꾼 데서 부터 시작됩니다.

아담은 사탄에게 "선악과를 먹으면 네가 하나님처럼 될 것이다." 라는 말로 유혹을 받았습니다. 그 후로부터 인간에게는 하나님의 자리를 차지하려는 마음이 생겼습니다. 인간 최대의 유혹은 신이 되려는 데 있습니다.
인간은 조금만 권력을 가지게 되거나, 높은 위치에 있게 되거나, 남보다 돈을 많이 가졌거나, 똑똑하다는 말만 들으면 우쭐해지고 남을 지배하려 합니다. 이런 현상들이 내가 신이 되려는 유혹입니다. 신이 되려는 사람들이 좋아하는 말이 '정복"이요, 이상이 '영웅' 입니다.

그리고 인간의 사상 중에 가장 위험한 사상 중 하나가 휴머니즘입니다. 굉장히 멋있게 느껴지지만 휴머니즘은 바로 인본주의사상 입니다. 즉 인간 중심의 사상입니다. 인권이 존경받는 나라가 선진국대열에 섭니다. 그러나 인권이 지나치게 강조되면 하나님 자리가 없어진다는 사실입니다.

어두움은 빛을 싫어하듯이 불의한 사람은 의로운 사람을 싫어합니다. 죄인은 하나님을 환영하지 않습니다. 자신의 불의 때문에 하나님을 인정하지 않습니다. 하나님이 있으면 불편하기 때문입니다.

그렇지만 잠언 말씀처럼 하나님을 경외하는 것이 지혜의 근본입니다. 하나님을 신뢰하는 하루하루를 모아 일 년을 만들어 봅시다. 인간의 시간이 하나님의 시간 안에 있어야 합니다. 하나님이 우리에게 1년 365일 8760시간을 주셨습니다. 우리는 시간을 잘 써야 하며 내가 속해 있는 공간도 잘 사용해야 합니다. 시간을 잘 쓰지 못하거나 공간을 잘못 사용하면 망하게 되어 있습니다. 하나님이 주신시간과 공간을 사탄에게 내어 준 사람은 멸망 받게 될 것이고 그 시간을 하나님을 위해 쓰고 잘 선용한 사람은 축복을 받게 됩니다.

예수 안에 있는 자

이어령 박사의 '아들이여, 이 산하를' 이라는 책에 나오는 내용입니다.
어느 시골 마을에 수염을 길게 가꾸고 다니는 할아버지 한 분이 계셨는데 동네 사는 아이하나가 할아버지 수염을 볼 때마다 궁금한 게 있었습니다.
어느 날 아이는 할아버지를 만나 이렇게 물었습니다.
할아버지, 밤에 주무실 때 수염을 이불 속에 넣고 주무세요?
아니면 이불 밖에 내 놓고 주무세요?

할아버지가 이 질문을 받고 금방 대답할 수 없습니다.
왜냐하면 그런 생각을 한 번도 해 본 일이 없었기 때문입니다. 그래서 할아버지가 말하기를 '얘야, 미안하다. 나도 미처 생각을 못해 본 일인데 오늘밤에 자보고 대답해주마' 할아버지는 그 날 밤 수염하고 씨름을 합니다.
수염을 이불 속에 넣고 자니까 답답하고 수염을 내놓고 자니까 이상하고 그래서 밤새도록 수염을 가지고 씨름을 했다는 것입니다.

여러분, 30년 동안 달고 다닌 수염이지만
그 수염의 위치를 정확하게 파악하지 못한 것처럼 신앙생활을 하면서도 예수 안에 있는지 예수 밖에 있는지. 진리 안에 있는지 진리 밖에 있는지 알지 못한 체 믿는 신앙인의 태도를 풍자하는 그런 글입니다.

여기 ' 예수 안에 있는 자' 란 성령의 역사로 예수 그리스도를 하나님의 아들이시며 만인에게 유일하신 구원자로 알고 믿으며 그를 나의 생명의 구주로 영접하고 그와 연합하여 그의 은혜 아래 있는 사람을 가리키는 말' 입니다.
우리 모두 예수 안에 있는 자 되기를 축원합니다.

생각을 치료하시는 하나님

빌립보서 4장 4절 - 7절 말씀에 "주 안에서 항상 기뻐하라 내가 다시 말하노니 기뻐하라 너희 관용을 모든 사람에게 알게 하라 주께서 가까우시니라. 아무 것도 염려하지 말고 오직 모든 일에 기도와 간구로 너희 구할 것을 감사함으로 하나님께 아뢰라 그리하면 모든 지각에 뛰어난 하나님의 평강이 그리스도예수 안에서 너희 마음과 생각을 지키시리라"

하나님은 사람의 생각도 치료를 하여 주십니다.
우리가 병원에 가면 보험증이 있어야 치료를 시작하듯, 하나님도 먼저 우리를 치료하시기 전에 먼저 서류를 확인하시고 그 서류가 있을 때에 치료를 시작하십니다.

하나님이 요구하시는 서류는 믿음이라는 서류입니다.
예수 그리스도를 내 구주로 믿는다는 믿음의 카드를 보여 줄 때 하나님은 그때부터 치료를 시작하십니다.

부정한 마음이 긍정적인 마음과 생각으로, 슬픈 마음이 기쁜 마음으로, 걱정 근심이 사라지고 희망과 소망이 앞에 가득하게 하고 미움이 사랑으로 바뀌게 하여 주십니다.

인간 스스로가 노력할 때에는 잠시 동안은 되는 것 같으나 얼마 가지 못해 다시 죄악의 옛 생각으로 돌아옵니다.
하나님이 나를 붙잡아서 성령으로 역사 할 때에야 나의 생각이 바뀌고 긍정적인 것으로 바뀌어 지는 것입니다.
긍정적인 생각, 할 수 있다는 생각으로 바꾸어 주시는 여호와 라파 병원입니다.
생각을 치유 받는 복된 삶이 되시기 바랍니다.

하늘나라에서 큰 자가 누구입니까

미국 대통령의 자리에 오른다는 것은 어쩌면 인류 최대의 영광이요, 꿈을 것입니다. 왜냐하면 그곳은 지상의 가장 높은 자리요. 지상에서 가장 힘 있는 영광스럽고, 존경받는 자리이기 때문입니다.

미국 대통령의 관심이 어디로 쏠리느냐에 따라 웬만한 나라는 운명이 바뀔 수도 있습니다. 그의 발길이 어디로 향하느냐에 따라 경제가 좌우되기도 합니다.

그러나 천국에서는 누가 가장 큰 사람일까요?
지상에서 대통령을 역임했다고 천국에서도 여전히 큰 사람일까요?
또 지상에서 초라한 삶을 살았다고 천국에서도 초라한 사람일까요?

하늘나라는 지상의 나라와는 비교할 수 없이 큰 나라 입니다.
미국이 크다고 하나 하늘나라보다 클 수 없습니다.
미국이 강하다고 하나 하늘나라보다 강할 수 없습니다.

지상에서 가장 큰 사람이라고 인정 받는다 해도 하늘나라 시민과는 비교할 수 없을 것입니다. 이러한 하늘나라에 누가 들어갑니까?
누가 하늘나라 문을 여는 열쇠를 받게 됩니까?

천국의 주인이신 예수님께서 이렇게 말씀하십니다.
"너희가 돌이켜 어린아이들과 같이 되지 아니하면 결단코 천국에 들어가지 못하리라.
  그러므로 누구든지 이 어린아이와 같이 자기를 낮추는 그이가 천구에서 큰자니라"

(마18:1-4)

하늘나라 문의 손잡이는 낮은 데 있습니다.
서서는 열수 없는 곳입니다.
낮아지고 엎드려야 손잡이를 잡을 수 있습니다.
겸손히 섬기는 한해가 되시기 바랍니다.

하나님께 영광을!!

예수님이 이 땅에 오신 목적은 결코 자신의 영광을 위한 것이 아니었습니다. 그분은 낮아 지셨습니다. 임마누엘이 되셨습니다. 우리와 친히 함께 하시기 위해서 오시고 우리들의 죄의 문제를 완전하게 해결해 주시기 위해 이 땅에 오셨습니다.

첫째, 낮아지신 예수.
하나님께서 우리처럼 낮아 지셨습니다. 가장 가난한자, 비천한 자, 억눌린 자, 소외당한 죄인들과 함께 하시기 위해 스스로 낮추셨습니다.
그것은 전능하신 하나님께서 피조물들을 위해 친히 선택하신 것입니다.
인간은 감히 상상할 수도 없는 위대한 사랑이었습니다.

둘째, 그 뜻을 같이 한다는 것.
"너희로 그리스도 예수를 본받아 서로 뜻이 같게 하여 주사"
우리는 예수님을 본받아 서로 뜻을 같이 해여 합니다.
낮아지고 낮아져서 서로에게 복종하는 일에 열심을 내야 합니다.
우리의 위로는 오직 예수님이 낮아지신 그 십자가의 사랑으로부터 온다는 것을 잊지 마시고 주님의 뜻을 본받을 수 있기 바랍니다.

셋째, 영광을 하나님께.
천사들은 예수님이 마구간에서 태어난 날 밤에 영광이 하나님께, 큰 기쁨이 온 세상에 퍼질 것을 노래했습니다.
"한 마음과 한 입으로 하나님 곧 우리 주 예수 그리스도의 아버지께 영광을 돌리게 하려 하노라" 주님께 영광! 주님께 영광을 위하여!

한 마음 한 뜻으로 주님께 영광 돌립시다.
오직 주님께 영광을 돌리는 삶을 살기 위해 주님과 같이 낮아지고 날마다 조금씩이라도 주님의 모습을 닮아 가는 우리 모두가 됩시다.
하나님의 영광을 위하여!

어디로 가십니까?

1936년 신사참배가 강제로 이루어지던 시절, 기도교인을 중심으로 신사참배 반대운동이 일어나고 있었습니다.

한국의 예루살렘이라 불려지던 평양의 산정현교회 주기철 목사는 그 중심에 서 있었습니다. 그는 이미, 두 번의 옥고를 치르고 풀려나와 산정현교회의 강대상에 서서 다음과 같은 설교를 했습니다.

"저는 주님이 아닌 것은 절대 경배하지 않을 겁니다.
설령 내 목숨을 가져가더라도 저는 경배하지 않을 겁니다. 내 몸을 가두고, 고통 가운데 던져 놓더라도 저는 주님 아닌 다른 것을 경배하지 않을 것입니다. 경배의 흉내도 내지 않을 것입니다.
어떤 이는 나에게 왜 괜한 일로 목숨을 거느냐고 말을 합니다.
또 다른 이는 가족 생각은 하지 않고 자기의 의지만을 주장한다고 말합니다.
한 친구는, 우리가 진심으로 한것이 아니니 그건 주님 앞에 문제 될 것 없다.
이제는 적절히 타협하자고 먼 훗날을 기약해서 한 걸음 물러서자고 합니다.
우리 예수님은 날 위해 십자가를 지고, 그 고통을 다 당하셨는데
내가 어찌 죽음이 무섭다고 주님을 모르는 체 하겠습니까......,
소나무는 죽기 전에 찍어야 푸른 것이고, 백합화는 시들기 전에 떨어져야 항기 롭습니다. 이 몸도 시들기 전에 주님 제단에 드려지기를 바랄 뿐입니다."

감옥에서 독립투쟁의 영웅처럼 떠받들어지는 그를 견제하기 위해
일본 경찰은 그에게 목사직을 그만두면 사면해 주겠다고 제안 했으며 또한
그를 살리기 위해서 산정현교회 당회에서도 그의 목사직을 박탈하려 합니다.
하지만 주 목사는 단호히 말합니다.
"내 목사직은 하나님께로부터 받은 것이니 하나님이 그만 두라고 하시기 전에 는 사면하지 못하겠소."
얼마후 목사님은 감옥에서 병원으로 옮겨 끝내 주님의 품으로 돌아가셨습니다. 많은 이들이 그를 일제에 항거한 독립영웅으로 기억합니다. 그러나 정작 주 목사님이 꿈꾼 것은 바로 십자가였습니다.
예수님께서는 충분히 피하실 수 있었지만 너무나 힘들게 그리고 묵묵히 지셨던 그 십자가. 우리는 지금 그 십자가 앞에서 어디를 향하고 계십니까?

축복을 위한 명령

하나님께서는 아론과 그 아들들에게 이스라엘 자손을 위해 지키시는 복, 은혜 베푸시는 복, 평강의 복을 명하셨습니다.
하나님이 허락하신 축복을 받아 누리시기를 축원합니다.

첫째, 지키시는 복,
"여호와는 네게 복을 주시고 너를 지키시기를 원하며"
성도는 하나님이 지키시는 복을 받습니다.
(시121:7)절에
"여호와께서 너를 지켜 모든 환난을 면하게 하시며" 말씀 믿으시고. 지키시는 전능자가
   있음을 기억하고 담대히 나아갑시다.

둘째, 은혜를 베푸시는 복.
"여호와는 그의 얼굴을 네게 비추사 은혜 베푸시기를 원하며" 이스라엘 백성은 특별히 애굽에서 구원받은 백성들입니다.
또한 그리스도의 은혜로 구원받은 우리들인 것을 기억하십시오.
하나님의 얼굴이 항상 우리를 향하여 있음을 기뻐하십시오.
그 은혜를 사모하십시오. 은혜가운데 승리하시기 바랍니다.

셋째, 평강의 복.
"네 성안에는 평안이 있고 네 궁중에는 형통이 있을지어다." (시122:7)
"여호와는 그 얼굴을 네게로 향하여 드사 평강 주시기를 원하노라 할지니라 하라 "
                                                        (민6:26)
모세는 이스라엘 백성을 주님의 이름으로 복을 빌었습니다.
평강의 복을 받으십시오.
그리하여 형통하는 복을 함께 받으시기 원합니다.

진정한 행복은 주님으로부터 오는 것임을 깨닫고.
예수가 나의 행복임을 나마다 확신하며 살아갑시다.

우리 모두

만나면 무슨 말이든 명랑하게 먼저 말을 건네십시오. 그리고 웃으십시오.
상대방의 이름을 어떤 식으로든 불러 주십시오. 그에게 친절을 베푸십시오.

당신이 하고 있는 일이 재미있는 것처럼 말하고 행동하십시오.
상대방에게 진정한 관심을 가지십시오. 상대방만이 가지고 있는 장점을 칭찬하는 사람이 되십시오.

상대방의 장점을 늘 생각하는 사람이 되십시오. 내가 할 수 있는 서비스를 늘 신속히 하십시오. 이 모든 것에 유머와 겸손을 더 하십시오.

행복도 불행도 결국 내 마음과 말이 만들어 냅니다.
우발적이고 잔인한 범죄 역시 날카로운 말이 도화선이 될 때가 많습니다.
행복할 때보다 지치고 힘들수록 더욱 말에 절제하며 대신 진주 같은 지혜로운 사랑의 말들로 우리 삶의 그림을 멋지게 그려 나갔으면 좋겠습니다.

정상을 오르는 목적

정상은 비어 있습니다.
85세가 된 갈렙이 "저 산지를 내게 주소서"라고 간청했습니다.
정상을 정복한 사람들의 특징 중 하나는 어디를 가든지 앞자리에 앉는 버릇이 있습니다. 그 이유는 앞자리는 대부분 비워 있기 때문입니다. 우리 함께 정상을 향해 올라갑시다.

정상을 오르는 목적은 그곳에 살기 위해서가 아닙니다.
정상에 올라가려는 사람을 돕기 위해서, 좋은 안내자가 되기 위해서,
좋은 지도를 제공하기 위해서입니다.

정상을 정복하는 것이 우리의 목표라면
정상에서 내려와서 섬기는 것이 우리의 목적입니다.
우리는 섬김을 위해 부름 받은 존재임을 기억하십시오.
할렐루야!!

1초 동안 할 수 있는 짧은 말

처음 뵙겠습니다...
1초 동안 할 수 있는 이 짧은 말로
일생의 순간을 느낄 때가 있습니다.

고마워요...
1초 동안 할 수 있는 이 짧은 말로
사람의 따뜻함을 알 때가 있습니다.

힘내세요...
1초 동안 할 수 있는 이 짧은
말로 용기가 되살아날 때가 있습니다.

축하해요...
1초 동안 할 수 있는 이 짧은 말로
행복이 넘치는 때가 있습니다.

용서하세요...
1초동안 할 수 있는 이 짧은 말에서
인간의 약한 모습을 볼 때가 있습니다.

안녕...
1초 동안 할 수 있는 이 짧은 말이
일생 동안의 이별을 가져올 때가 있습니다.

우리 모두 아름다운 칭찬의 말로
우리 모두 함께하는 아름다운사회의 구성원이 됩시다.

하나님은 우리 앞에 계십니다.

우리는 하나님을 발견하지 못해서
겁내고, 두려워하고, 염려하고, 고민하고, 절망합니다.

다윗은 믿음의 사람이었습니다.
그러므로 그가 비록 사망의 음침한 골짜기로 다닐 때가 있어도
해 받을 것을 두려워 하지 않았습니다.
그 까닭은 주께서 그와 함께 하심을 믿었기 때문입니다.

여러분이 타고 계시는 인생의 배가 어떤 형편에 있는지 모릅니다.
여러분이 당하시는 인생의 풍랑이 어느 정도인지도 잘 모릅니다.
그러나 분명히 말씀드릴 수 있는 것은 우리 앞에 계신 주님을 깨우셔야 합니다.

"주님, 주무십니까? 내가 죽게 되었습니다."
주님을 향하여 부르짖어야 합니다.

예레미야서 33:3절에
"너는 내게 부르짖으라. 내가 네게 응답하겠고 네가 알지 못하는 크고 비밀한 일을 네게
보이리라" 했습니다.

인생이라는 긴 여행에는 많은 어려움이 도사리고 있습니다.
끊임없이 방향을 바꾸고 그때마다 새롭게 적응을 해야 합니다.

우리에게는 슬픔이 있고 시련이 있고 실망이 앞에 도사리고 있습니다.
우리 자신의 죽음이란 문제도 있습니다.
우리 앞에 이런 문제가 있을 때마다 다윗처럼 말하면 됩니다.
하나님의 도우심을 믿는 한 인생의 적을 두려워하지 않아도 됩니다.
왜요? 하나님이 우리 앞에 계시기 때문입니다.

믿으면 하나님이 역사하십니다.

오늘날 대부분의 사람들은 "믿음" 그러면 머릿속으로 종료적, 의식적, 철학적, 형식적인 믿음을 생각합니다. 기도를 하지 않으면서도 자기는 하나님을 믿는다고 합니다. 그러나 야고보기자는 "이와 같이 행함이 없는 믿음은 그 자체가 죽은 것이라"고 약2:17절에 기록하고 있습니다. 여기서 행함이 없는 믿음이란?
반응하지 않는 믿음. 적용하지 않는 믿음. 변화가 없는 믿음입니다.
믿음이 있으면 그 믿음에 대한 결과가 나타나야 합니다.

시편 105편 39~41절을 보면
"여호와께서 낮에는 구름을 펴 사 덮개를 삼으시고 밤에는 불로 밝히셨으며 그들이 구한즉 메추라기를 가져오시고 또 하늘의 양식으로 그들을 만족하게 하셨도다. 반석을 여신즉 물이 흘러나와 마른 땅에 강 같이 흘렀으니 " 라고 말씀하고 있습니다.
하나님께서는 광야에서 이스라엘 백성들을 위하여 낮에는 뜨거운 태양 때문에 구름이 와서 덮개처럼 덮어 주시고, 밤에는 불기둥으로 밝혀 주셨습니다.
먹을 양식을 달라고 구하니까 만나를 주시고, 목이 마르다고 구하니까 반석에서 물이 흘러나와 마시게 하시고, 고기가 먹고 싶다고 구하니까 메추라기를 보내어서 먹게 하셨습니다.

우리는 이 기적이 실제로 있었다는 것을 믿습니다.
그런데 문제는 이런 기적이 지금도 일어날 수 있다는 것은 쉽게 믿지를 못합니다. 그렇다면 옛날에 이 기적은 하나님께서 왜 행하셨습니까?
하나님을 믿는 믿음이 있었기 때문이었습니다. 이스라엘 백성이 다 믿었습니까? 아닙니다. 정확하게 말하면 모세가 하나님을 믿는 믿음이 었었기 때문입니다.

우리는 비록 눈에는 아무 증거 안보이고 귀에는 아무 소리 안 들리고 손에는 잡히는 것 없어도 하나님의 약속의 말씀을 믿고 신뢰하여 입술로 선포하고 그 말하는 것을 마음에 의심하지 아니하고 믿으면 하나님이 역사하십니다.
부활의 신앙으로 승리하시길 바랍니다. 할렐루야!!

축복의 마중물

축복의 마중물이 무엇인지 아십니까?
예전에 펌프를 사용하여 물은 품에 올릴 때 물이 빠지면 물을 한 바가지 부어 놓고 품으면 물이 올라오는데 그 때 먼저 붓는 물을 마중물이라고 합니다.
물을 얻으려면 아무리 급하고 아무리 아까워도 있는 물을 부어야 합니다.
그러고 펌프를 품으면 품는 대로 물을 얻을 수 있게 됩니다.

축복의 마중물은 이처럼 하나님이 베풀어 주신 은혜 속에서 우리가 무언가 해야 한다는 말입니다. 믿는 대로 되리라 하셨고, 심는 대로 거두리라 하셨습니다. 이것이 하나님이 내신 원리라고 볼 때 얼마나 안전하고 확실한 투자인지 모릅니다.

내가 한 것만큼, 내가 심는 것만큼 거둡니다.
이것을 의심할 사람은 없습니다.
그 뿐 아니라 뿌리면 30배 60배 100배로 거둔다는 사실입니다.

성경에보면 사르밧 과부도 그랬습니다.
마지막 남은 가루와 기름을 드렸습니다.
그랬더니 3년6개월 동안 그 가뭄을 하나님의 은혜로 기적이 나타나 무사히 지낼 수 있었습니다.
이처럼 하나님의 은혜가 강물 같이 생겨나고 생겨날 때 우리의 심령이 회복될 줄 믿습니다.

마중물의 기적을 원하시면 무엇보다 하나님을 사랑해야 합니다.
하나님을 사랑하지 않고는 마중물을 드릴 수 없기 때문입니다.
복 받기 위해서가 아니라, 순수함 마음으로 하나님을 사랑하시기 바랍니다.
그리하여 여러분의 가정과 사업이 복되고 아름다운 마중물의 기적이 일어나는 축복을 체험하시기 바랍니다.

지나갑니다.

더딜 거라 생각했던 시간이..
더딜 거라 생각했던 세월이..
너무나 빠르게 지나가고 있습니다.

그땐 미처 깨닫지 못했는데
지나고 보면 놓쳐버린
소중했던 것들이 마음을 아프게 합니다.

그때 그 순간에만 누릴 수 있고, 전할 수 있는
잃어버린 시간이 문득 그립습니다.

니체는 '인간적인 너무나 인간적인' 이라는 책에서
다음과 같이 이야기 합니다.

"하루를 기분 좋게 시작하고 싶다면,
잠에서 깨었을 때
오늘 하루 동안 적어도 한 사람에게,
적어도 하나의 기쁨을
선사할 수 있는지에 대하여 생각하라,
그 기쁨이 아주 사소한 것이라도 상관없다.
그리고 어떻게든 그 바람이 실현되도록
노력하며 하루를 보내라."

하나님이 허락하신 한 날의 삶.
하루를 기분 좋게 아름답게 사시길.~

삶의 우선순위

인생은 짧고 내일 일을 알지 못합니다.
그러므로 먼저 해야 할 일 먼저 해야 합니다. 이것이 중요합니다.
여러분은 무슨 계획을 어떻게 세우고 있습니까? 깊이 생각해 보십시오.
"지금은 돈 많이 벌고, 지금은 세상 적으로 살고, 나중에 주님의 일 하겠다. 나중에 기도 많이 하고 나중에 헌신 봉사하겠다."이보다 어리석은 계획이 없습니다. 그렇게 살면 후회할 수밖에 없습니다.
먼저 생각할 것 먼저 생각하고 먼저 할 일 먼저 해야 합니다.

다시 말해 우선순위를 분명히 해야 합니다.
그렇지 못할 때 후회할 수밖에 없습니다.

여러분, 지난날을 한번 생각해 보십시오.
내 계획대로 된 일이 몇 가지나 있었습니까?
세상 일이 내 뜻대로 내 마음대로 되는 것 아닙니다. 잠언말씀에 "사람이 자기의 길을 계획할지라도 그 걸음을 인도하시는 분은 여호와라" 하나님이 결정합니다. 주의 뜻이면 살고 주님이 이루실 것입니다.

바울의 편지를 보십시오. 로마서를 보면 바울이 로마로 가기를 원합니다.
간절히 소원합니다. 그러나 내 뜻대로 행하지 않습니다.
"주님의 뜻 안에서 내가 너희에게 가기를 원하노라."

언제나 겸손하게 주님의 뜻을 앞세우고 있습니다.
그렇습니다. 주님이 허락하셔야 합니다.
그러니 기도해야 하고 겸손하게 주님의 뜻을 찾아야 합니다.

최선을 다하되 주님이 허락하셔야 한다는 것 한시도 잊지 말아야 합니다.
항상 기도하면서 주님의 뜻을 구하고 겸손하게 인생을 설계해야 합니다.
우리 모두 삶의 우선순위를 바르게 설정하여 복되고 아름다운 믿음의 삶을 살아갈 수 있기 바랍니다.

시련을 축복으로 바꾸는 신앙

인간이 살아가는데 있어서 한 가지 공통점은 바로 인간의 삶에는 시련이 있다는 것입니다. 자신이 원하건 원하지 않건 모든 인간의 삶 가운데는 시련이 있게 마련입니다.

예수를 믿는 사람도 마찬가지입니다. 육신을 입고 이 땅에 살고 있는 한 시련이 있게 마련입니다. 그런데 이 시련을 그냥 시련으로 끝나게 하는 사람이 있는가 하면, 이 시련을 축복으로 바꾸는 사람이 있습니다.
시련이 시련으로 끝나는 사람은 실패자요, 시련을 축복으로 바꾸는 자는 성공자라고 합니다.

우리 신앙인도 마찬가지입니다.
시련을 통하여 우리의 신앙이 성장하도록 능력도 받고 축복도 받는 사람이 있는가 하면, 시험에 빠져 허덕이는 사람이 있는 것입니다.
역사적인 유명한 인물 중에, 아브라함 링컨만큼 실패를 많이 한 사람도 없는 줄로 압니다.

그는 정치계에 입문하여 수차례 낙선의 고비를 마셨으나 포기하지 않고 계속해서 도전하여 미국에 대통령까지 된 인물입니다.
그는 서듭되는 실패를 통해서 교훈을 얻어 더 큰 일에 도전을 할 수가 있었다고 합니다.

우리는 모두 시련을 축복으로 바꾸는 믿음의 신앙인이 됩시다.

소금의 삶

간척지를 가르는 길 하나를 두고 한 쪽은 바닷물이고 다른 쪽은 민물입니다. 바닷물은 소금을 남기지만 민물은 그저 찌꺼기만 남을 테지요.

우리의 삶이 어느 쪽에 젖어 사느냐에 따라 똑같은 물처럼 보이지만 결과는 전혀 다릅니다.

소금도 그 맛을 잃으면 발에 밟힐 뿐인데 찌꺼기라면 쓰레기가 될 뿐입니다. 말씀의 바닷물에 적셔져서 소금으로 남는 삶이 되었으면 좋겠습니다.

"너희는 세상의 소금이니 소금이 만일 그 맛을 잃으면 무엇으로 짜게 하리요 후에는 아무 쓸 데 없어 다만 밖에 버려져 사람에게 밟힐 뿐이니라." (마태복음 5장 13절)

밀알 정신

'역사의 연구' 라는 책으로 잘 알려진 영국의 역사학자 아널드 토인비는 런던대학에서 학생들을 가르치면서 늘 이렇게 강조했다고 합니다. "역사의 주인이 돼라. 역사를 창조하는 사람이 돼라" 그렇다면 어떻게 해야 역사를 창조하는 사람이 되겠는가? 토인비 박사의 대답을 정리하면 "한 알의 밀알" 이 되라는 것이었습니다.

인류 역사를 연구해보면 시대마다 역사를 빛낸 인물들이 있었습니다. 그 사람들의 삶에는 한 가지 공통점이 있었는데 그 사람이 살고 있는 그 시대를 위해서 자기 자신을 희생했다는 점입니다.
그러므로 누구든지 그 시대의 역사를 빛내고 역사를 창조하기 위해서는 그 자신을 희생해야 한다는 것이 바로 토인비 박사의 지론이었습니다.
한 알의 밀이 땅에 떨어져 죽어야만 많은 열매가 맺힌다는 예수님의 말씀을 토인비는 역사적으로 적용한 것입니다.
"내가 진실로. 진실로 너희에게 이르노니 한 알의 밀이 땅에 떨어져 죽지 아니하면 한 알 그대로 있고 죽으면 많은 열매를 맺느니라." 요12:24

밀알 정신이란 무엇입니까?

첫째로 헌신의 정신 즉 희생의 정신입니다. 오늘날 우리가 이 시대의 주인공이 되어 역사를 창조해나가기 원한다면 우리에게 우리 자신을 한알의 밀알로 죽어지는 희생정신이 있어야 합니다.

둘째로 손해보고 양보하고 베푸는 정신입니다. 요즘 사람들은 영특하여 절대로 손해 보려고 하지 않습니다. 그러나 정말 지금의 것 보다 더 영원하고 가치 있는 것을 얻기 원한다면 세상의 가치관을 뛰어넘는 생각으로 때로 조금은 엉뚱하고 지나치다 싶어도 하나님의 말씀에 가운데 바로서면 하늘의 예비 된 축복이 임 할 것입니다.

한 알의 밀이 썩어지면 없어지지 않습니다. 반드시 싹이 나게 하십니다.
그래서 수백 배의 결실을 더 나은 것 더 좋은 것으로 거두게 하실 것입니다. 이것을 믿는 것이 믿음입니다. 우리가 밀알의 정신으로 회복 될 수 있다면 아름다운 믿음의 결실을 맺을 수 있을 것입니다.

감사하는 자가 되라

노르웨이에는 이런 속담이 있다고 합니다.
"감사는 마음에는 사단이 씨를 뿌릴 수 없다." 이 속담의 배경에는 이런 이야기가 있습니다.

옛날에 사단이 하늘로부터 내려와 지구 곳곳에 온갖 나쁜 씨를 뿌리기 시작했습니다.
미움의 씨, 질투의 씨, 슬픔의 씨, 욕심의 씨... 이 씨는 누구의 마음에 뿌려도 잘 났습니다.

그런데 한 동네에서 만은 이 씨가 효력이 없었습니다.
아무리 뿌려도 싹이 나지 않았습니다. 이 마을은 감사의 마을이었습니다.
어떤 일이 생겨도 감사하는 마을이었습니다.

그래서 노르웨이에서 생겨난 속담이
"감사는 마음에서 사단이 씨를 뿌릴 수 없다." 는 속담입니다.
고난과 역경 뒤의 축복을 바라보며 감사할 수 있다면 온전한 감사입니다.

유대인들의 수천 년의 지혜인 탈무드에 보면 "가장 부유한 사람은 가진 것에 감사하는 사람이다."라고 했습니다. 왜 그럴까요? 감사하면 마음의 여유 뿐 아니라 하나님께서 예비하신 영육 간의 신령한 복을 누릴 수 있기 때문입니다.

광야의 이스라엘 백성들처럼 어렵다고 하나님의 약속을 믿지 않고 불평하면 하나님의 은혜를 누릴 수 없습니다. 시련과 고난가운데도 하나님께서 예비하신 축복을 바라본다면 감사할 수 있습니다.

감사의 사람이 되려면 비교하지 않아야 합니다. 그렇습니다.
감사는 해도 되고 안 해도 되는 문제가 아니라 우리 생존의 문제입니다.
우리 모두 하나님께 사랑 받는 참된 감사의 사람이 될 수 있기 바랍니다.

어느 사형수의 마지막 5분

어느 젊은 사형수가 있었습니다. 사형을 집행하던 날...
형장에 도착한 그 사형수에게.. 마지막으로 5분의 시간이 주어졌습니다.
28년을 살아온 그 사형수에게 마지막으로 주어진 최후의 5분은 비록 짧았지만
너무나도 소중한 시간이었습니다.

마지막 5분을 어떻게 쓸까? 그 사형수는 고민 끝에 결정을 했습니다.
나를 알고 있는 모든 이들에게.... 작별 기도를 하는데 2분....
곁에 있는 다른 사형수들에게 한 마디씩 작별 인사를 나누는데 2분, 나머지 1
분은 눈에 보이는 자연의 아름다움과 지금 최후의 순간까지 서있게 해준 땅
에... 감사하기로 마음을 먹었습니다.
눈에서 흐르는 눈물을 삼키면서 가족들과 친구들을 잠깐 생각하며....
작별인사와 기도를 하는데 벌써 2분이 지나 버렸습니다.

그리고 자신에 대하여 돌이켜 보려는 순간 아~!
이제 3분 후면 내 인생도 끝이구나 하는 생각이 들자 눈앞이 캄캄해졌습니다.
지나간 28년이란 세월을 금 쪽처럼 아껴 쓰지 못한 것이 정말 후회 되었습니다.
아~! 다시 한 번 인생을 더 살 수 있다면 하고 회한의 눈물을 흘리는 순간 기적
적으로 사형집행 중지명령이 내려와 간신히 목숨을 건지게 되었습니다.

구사일생으로 풀려 난 그는 그 후,
사형집행 직전에 주어졌던 그 5분간의 시간을 생각하며....
평생 시간의 소중함을 간직하고 살았으며 하루 하루, 순간순간을....
마지막 순간처럼 소중하게 생각하며....열심히 살았다고 합니다.
그 결과 "죄와 벌", "카라마조프의 형제들", "영원한 만남" 등..
수많은 불후의 명작을 발표하여 세계적 문호로 성장하였다고 합니다.
그 사형수가 바로... "도스토예프스키"였습니다.
우리에게 주어진 소중한 날들 하루하루를...
마지막 순간의 5분처럼 소중하게... 그리고 감사하는 마음으로~

나는 누구인가?

우리가 누구인지에 대한 확실한 대답을 알지 못하면 우리는 항상 뿌리가 없는 나무처럼 바람에 날리며 불안한 것입니다. 여기에 대한 하나님의 대답은 우리에게 분명합니다.

"너희는 하나님께로부터 나서 그리스도 예수 안에 있고 예수는 하나님께로서 나와서 우리에게 지혜와 의로움과 거룩함 구속함이 되셨으니" 라고 말씀하고 있습니다. 여기에 너희는 바로 저와 성도님들을 의미합니다.

육신으로는 부모의 아들딸이지만 영적으로는 하나님께로 난 하나님의 자녀요 예수님을 믿음으로 예수님으로 인하여 우리는 지혜로운 자가 되었고 의롭고 거룩한 자가 되었고 구속함이 되어 그로 인해 구원을 받아 천국을 유업으로 받아 이 세상에서 주님을 위해 행한대로 천국에서 상급 받고 영원한 영광을 누리게 되는 것입니다.

우리는 정처 없는 인생이 아닙니다.
분명히 하나님께서 우리를 지으셔서 예수님 안에 들어가게 해주시고 예수님은 우리를 의로운 사람, 지혜로운 사람, 거룩한 사람, 구속받은 사람이 되게 하셨습니다.

여기에 대해서 우리가 확신을 가지고 있어야 정체불명의 사람이 되지 않고 당당하게 살아갈 수가 있는 것입니다.

내가 누구입니까?
우리는 하나님의 뜻과 예정 가운데 태어나 예수님을 믿게 되고 예수님 안에서 주님의 지혜와 의로움과 거룩함과 구속함을 받은 당당한 신분을 가진 하나님의 자녀인 것입니다.
정체가 확실한 하나님의 자녀된 것을 늘 알고 감사하고 찬양하며 하나님께 영광 돌리는 삶이 되시기를 소원합니다.

감사 합시다.

머슴의 아들로 태어나서 국가적 지도자가 된 류태영 장로님의 기도인생이란 책에서 어릴 때 그는, 거리에서 쓰레기통을 뒤지며 먹을 것을 해결하고, 새벽에는 교회에 가서 기도하고, 아침과 낮에는 미군부대에서 일하고, 밤에는 공부하는 생활을 무려 13년 동안 했다고 합니다.
그런데 이렇게 가난하고 바쁘고 고달픈 생활을 하면서도 매일 쓰는 일기에 단 하루도 빼놓지 않고 쓴 말이 '감사합니다.' 였습니다.

새벽에 기도 갈 수 있는 것도 감사하고, 일할 수 있는 것도 감사하고, 공부할 수 있는 것도 감사하고, 죽지 않고 살아 있어서 감사하고, 미래를 계획할 수 있는 것도 감사했다고 합니다.

그러면서 이렇게 고백합니다. 서울에서 보낸 나의 시간은 대장간에서 연장이 만들어지는 과정과 같다고 생각했다.
뜨거운 숯불을 더욱 뜨겁게 풀무질하여 녹슨 쇳조각을 빨갛게 달구어 쇠망치로 때리고 구부리고 펴서 낫이나 호미를 만드는 대장간처럼 하나님은 쇳조각과 같은 나를 날렵한 호미나 낫을 만드시기 위해 뜨거운 불같은 시련을 주신 것이다. 하나님의 연장이 된다는 생각에 나는 얼마나 감사했는지 모른다.
'하나님, 저를 더 뜨겁게 달궈 주십시오. 더 두들겨 주십시오!'
가난했지만 늘 감사할 수 있었습니다.

사르밧 과부가 자신의 생명과 아들의 생명과도 같았던 마지막 가루 한 움큼과 기름 조금을 드렸던 것처럼, 우리들도 가장 귀한 것을 주님께 드릴 수 있기 바랍니다.

경제적 어려움으로 그 어느 때보다도 힘든 시기를 보내고 있는 분들, 이런 상황에서도 어떻게 감사할 수 있을까, 무엇을 감사할 수 있을까, 불편한 마음이 있는 분들이 있을지도 모르겠지만, 형들에 의해 노예로 팔려가고 모함으로 억울하게 감옥에 들어간 요셉의 감사를 기억하십시오.
13년 동안의 가난하고 고달픈 생활 속에서도
매일 '감사합니다!' 고백했던 류 장로님의 감사를 기억하십시오.

우리도 그렇게 감사할 수 있습니다. 주님께 드릴 물질이 없다할지라도
이와 같은 감사를 드린다면, 이보다 더 큰 예물이 어디에 있겠습니까?
우리 모두 하나님을 감동시키는 믿음의 사람이 되시기 바랍니다.

세상을 이기는 성공자.

우리에게 있어 성공을 보는 척도는 너무나 다양합니다.
"가치관을 어디에 두느냐?"에 따라 성공의 척도가 달라지는 것입니다.
죽, 삶의 가치관과 종교적 신앙, 그리고 사회적 인식과 철학적 사고에 따라 달라질 수도 있습니다.

겉으로 보기에는 화려하게 성공한 것 같아 보여도 속의 양심은 썩어 냄새나는 삶이 있는가 하면, 겉보기에는 실패자 같아 보여도 내심 양심에는 주옥같이 빛나는 진주를 간직한 자도 있는 것입니다.

그렇다면 이와 같은 "부, 귀, 공, 명, 장수"를 일구어 내는 성공을 어떻게 할 수 있을까요? 즉, "성공의 원리가 무엇이냐?"는 것입니다.
한사람의 성공자를 만들어 내는 데는 여러 가지 복합적인 요소의 작용이 필요합니다.

즉, 하늘의 축복도 있어야 하고, 부모의 복도 있어야 하고, 시절 즉 때도 잘 만나야 하고, 지혜와 지식도 있어야 하고, 노력도 해야 하고, 환경의 요인도 있어야 하고, 사람도 잘 만나야 하고, 성공의 방법도 터득해야 합니다.

이를 다시 설명하면 하늘의 뜻을 잘 아는 자가 성공하고, 인간의 뜻을 잘 아는 자가 성공하며, 자연의 뜻을 잘 아는 자가 성공한다는 것입니다.

그런데 우리 믿음의 사람은 인간의 생각과 판단이 아닌 하나님의 관점에서 우리의 심령이 회복될 때 하나님의 뜻을 이루고 세상을 이기는 성공자의 삶을 살아갈 수 있습니다.

기쁨을 돕는 자

초대교회에 기독교를 세계화한 탁월한 지도자가 있었습니다. 그가 바로 바울입니다. 그는 어떻게 하여 그토록 심각한 논쟁을 도전 핍박 속에서도 존경과 사랑을 받으며 주님을 전하며 원시 기독교를 세계화하였습니까?
그는 사랑하는 고린도 교인들이게 이렇게 말합니다.
"우리가 너희 믿음을 주관하려는 것이 아니요 오직 너희 기쁨을 돕는 자가 되려 함이니"

(고후 1:24)

이것이 탁월한 영향력을 지속적으로 줄 수 있는 비결을 알려주는 말씀입니다.
다른 이를 조정하거나, 다른 이를 지배하려 해서는 결코 좋은 영향력을 주면서 관계를 지속적으로 유지할 수는 없습니다. 지배하고 주장하려고 하지 말고 상대의 삶의 기쁨을 고양시키도록 돕는 자가 되어야 합니다.
우리 모두 기쁨을 돕는 아름다운 믿음의사람 이시기를 소망합니다.

순간을 소중히 하라.

지나갑니다.
더딜 거라 생각했던 시간들이.. 세월들이.. 너무나 빠르게 지나가고 있습니다.
그땐 미처 깨닫지 못했는데 지나고 보면 놓쳐버린 소중했던 것들이 마음을 아프게 합니다.

그때 그 순간에만 누릴 수 있고, 전할 수 있는 잃어버린 시간이 문득 그립습니다. 니체는 '인간적인 너무나 인간적인' 이라는 책에서 다음과 같이 이야기 합니다.
"하루를 기분좋게 시작하고 싶다면, 잠에서 개었을 때 오늘 하루 동안 적어도 한 사람에게, 적어도 하나의 기쁨을 선사할 수 있는지에 대하여 생각하라.
 그 기쁨이 아주 사소한 것이라도 상관없다.
 그리고 어떻게든 그 바람이 실현되도록 노력하며 하루를 보내라."

하나님이 허락하신 삶이라는 선물.
순간을 영원처럼 기분 좋게 살아가기 바랍니다.

전능하신 하나님의 능력!

하나님의 능력을 믿으면 순종하는 믿음의 사람이 되시기 바랍니다.
세계적인 부호인 록펠러는 친구의 권유로 광산업을 시작했다가 사기를 당해 원금까지 모두 날려버리는 위기를 당했습니다. 빚 독촉에 시달리던 그는 너무 괴로운 나머지 자살을 생각하기도 했다고 합니다.

기업을 시작할 때부터 철저한 십일조 생활을 해온 록펠러는 황량한 폐광 바닥에 엎드려 통곡하며 "하나님의 말씀은 일점일획도 틀림없음을 믿습니다.
저는 지금까지 온전한 십일조를 드려왔습니다.
그런데 왜 이런 시련을 주십니까. 하나님이 살아계심을 보여주십시오."라고 기도했습니다.

그때 마음속 깊은 곳으로부터 들려오는 위로의 음성을 들었습니다.
"때가 되면 열매를 거두리라, 더 깊이 파라."
록펠러는 이 말씀을 믿고 폐광을 더 깊이 파기 시작했습니다.
사람들은 그가 제 정신이 아니라고 수군거렸습니다.
그런데 갑자기 황금 대신 검은 물이 분수처럼 공중으로 솟구쳤습니다.
그 액체는 석유였습니다. 그는 이 유전으로 일약거부가 되었습니다.

힘들고 어렵습니까?
아직 기도의 응답을 받지 못해 답답한 심정입니까?
어찌할 바를 몰라 방황하고 있습니까?
말씀대로 살아왔는데 아직도 변화가 없습니까?

우리 중에 행하시는 하나님의 능력을 믿고
능치 못함이 없으신 전능하신 하나님을 믿는다면
우리 모두의 기도는 응답된 줄 믿습니다. 할렐루야!!

기도의 기적

여러분은 기도를 통한 하나님의 베푸시는 기적을 믿습니까?

물론 이제껏 한 번도 체험한 적이 없을지라도 기적을 안 믿는다고 부정하지는 않을 것입니다. 왜냐하면 우리가 믿는 기독교는 기적의 종교이기 때문입니다. 성경에서 기적을 빼면 기독교를 설명하기 어렵습니다. 그래서 종교개혁자 마틴 루터도 "성경에서 기적을 다 제하여 버린다면 성경의 앞 장과 뒷장만 남을 것이다."라고했습니다.

그런데 중요한 것은 이와 같은 하나님의 기적이 내 자신의 삶에도 충분히 일어난다고 믿느냐는 것입니다. 안타깝게도 대부분의 사람들은 하나님의 기적이 있다고 믿지만 그 기적이 내게 있을 것이라고는 그렇게 확신하지 않습니다. 우리의 삶 속에서 계속 일어나고 있는 하나님의 기적의 역사를 확신할 수 있는 믿음의 성도가 되시기 바랍니다.

1. 하나님은 기도를 통하여 기적을 맛보게 하십니다.

하나님께서는 지금도 당신을 찾는 연약한 인생에게 당신의 기적을 경험할 수 있는

능력의 통로를 열어 놓으셨습니다. 그것이 바로 '기도'입니다.

2. 하나님은 긍정의 언어를 기뻐하십니다.

3. 하나님은 단순함을 좋아하십니다.

4. 하나님은 간절함에 감동하십니다.

하나님은 우리의 삶을 행복한 인생으로 바꾸어 주시려고

하늘 문을 열어놓고 기도라는 능력의 통로를 열어 놓으셨습니다.

그리고 말씀하십니다.

"구하라! 찾으라! 문을 두드리라! 구하는 이마다 얻을 것이요 찾는 이가 찾을 것이요 두드리는 자에게 열릴 것이니라." (마 7:7~8)

염려에서 벗어나게 하는 기도

바울은
그리스도인들에게 염려에서 벗어나 살라고 충고합니다.
물론 말은 쉽지만 그렇게 하기란 어렵습니다.
우리의 교육과 문화 속에서 만나는 모든 것들은 염려하지 않는 태평스런 마음
을 갖기 어렵게 만듭니다.

그렇다면 우리는 어떻게 염려에서 벗어날 수 있을까요?
우리에게 사용 가능한 자원은 무엇일까요?
바울은 그 자원이 기도라고 말하고 있습니다.

빌립보서 4장 6절에서
"아무 것도 염려하지 말고 오직 모든 일에 기도와 간구로, 너희 구할 것을 감사함으로
   하나님께 아뢰라 "고 말씀하고 있습니다.

기도는 우리에게 신뢰를 가르쳐 주기 때문에
우리를 염려에서 벗어나게 합니다.
그리고 그 결과는 평안입니다.

빌립보서 4장7절 말씀에
"그리하면 모든 지각에 뛰어난 하나님의 평강이 그리스도 예수 안에서 너희 마음과
   생각을 지키시리라 "

우리 모두 기도의 사람으로 회복 할 수 있기를 소망합니다.

축복의 기도

모세가 이스라엘을 향해 하나님의 입장이 되어 축복합니다.
이에 백성들은 그 내용을 그대로 받아 '아멘'으로 받습니다.
믿는 사람 각자에게 축도는 사막의 이슬비처럼 스며듭니다.
안 믿는 사람에게 이 축복은 별 효과가 없을 것입니다.
하지만 믿는 사람은 이 축복이 믿는 만큼 엄청난 효과를 줍니다.
그러므로 우리 믿음의 성도들은 축도를 소중히 여겨야 합니다.

믿음은 바깥 세상의 일이 아닙니다. 마음에서 일어나는 것입니다.
하나님을 만나고 예배하는 사람은 마음 가장 깊은 곳에 뜨거움을 느끼지 않을 수 없습니다.

축복의 기도가 마음에 머물게 하십시오.
입으로 반복해 선포함으로 마음에 입력하십시오.
'네게 복을 주시고 너를 지키시기를 원하며.' 그렇습니다.
하나님은 오늘 우리 모든 성도에게 있어 이와 같으신 분이십니다.
내게 복을 주고 나를 지키시기를 원하시는 분이십니다.
우리는 다만 우리마음이 이 같은 사실을 믿기만 하면 되는 것입니다.
믿음의 언어로 기도하십시오. 여호와께서 복을 주시고 지키십니다.

하나님께서 주시는 복은 세상에서 사라져 버리는 복과는 다릅니다.
손에 쥐고 있는 것 세상 이별할 때 다 내려놓아야 하지만 하나님께서 주시는 복은 스스로 생명력이 있어서 영 육간에 강건함과 합력하여 선을 이루시며 영원합니다. 그러므로 마음으로 믿으십시오.
여호와께서 은혜를 베풀어 주실 것입니다.
여호와의 말씀을 마음에 품으십시오.
그러면 하나님과 함께 있음을 알게 될 것입니다.
하나님의 은총을 받게 될 것입니다.
이 축복 받아 누리시는 복된 성도되시길 소원합니다.

인 생 무상

톨스토이는 인생독본에 욕심쟁이 "땅차지" 라는 예화가 있습니다.
누구든지 아침 해 뜰 때부터 해 질 때까지 말을 타고 한 바퀴 돌아 온 테두리안
의 땅을 전부 그 사람에게 준다는 선포가 있자 수많은 사람들이 많은 땅을 차
지하려고 말을 타고 달렸습니다.

이른 아침부터 먹지도 쉬지도 않고 오직 엄청나게 넓은 땅을 얻고자 달렸습니
다. 하루 종일 얼마나 달렸는지 그만 사람도 말도 지쳐 쓰러져 죽었습니다.
인간의 엄청난 욕심이 죽음을 부르게 된 것입니다.

마을 사람들이 측은한 마음으로 무덤을 만들어 주었습니다.
무덤을 만들어 주고서 손에 묻은 흙을 털며 산을 내려오던 사람들은 한 결 같
이 입을 모아 '한 평만 가지면 넉넉하고도 남을 걸 그 애를 썼구나.' 하였습니다.
참으로 인생은 무상하고 허무한 존재입니다.
세월이 가노라면 인생은 모두가 무덤을 남긴 채 어떤 이는 무덤도 없이 사라집
니다. 그 어떤 사람도 흐르는 세월 속에서 인생의 죽음을 막지 못했습니다.

사람이 날 때와 죽을 때를 보면 묘한 교훈을 얻습니다.
아이들이 태어날 때는 손을 꼭 쥐고 태어납니다. 의욕과 야욕의 표시입니다.
세상사는 동안 열심히 일하고 힘써서 돈을 벌고 자녀를 얻고 명예를 누리려고
발버둥 칩니다.
그런데 세상 떠날 때는 꼭 잡았던 손을 쭉 폅니다.
세상 것에 대한 모든 것의 포기를 의미합니다.

우리가 이 세상에서 아무리 붙잡아도 내려 놓을 날이 있습니다.
모든 것을 두고 떠나야 할 나그네 인생입니다.
우리 모두 남은 생애가 복되고 아름다운 믿음의 삶이되시길....

하늘에 소망을!

영국의 크리스천 문필가인 C.S 루이스는
기독교인의 행위 론에서 이렇게 기록했습니다.
역사를 읽어보면
"현세를 위해 가장 많이 일한 이들은
 내세를 가장 많이 생각한 이들이었다." 고 하였습니다.
그렇습니다.

오늘 우리 주위에는 두 종류의 사람이 있습니다.
하나님을 사랑하는 사람과 세상을 사랑하는 사람이 있습니다.
하나님을 가장 많이 사랑하는 사람은 땅에 있는 사람을 가장 많이 사랑한 사람이었습니다.

로마제국을 회개시키기 위하여 큰 운동을 일으킨 사도들을 비롯하여 종교 개혁시대를 건설한 위대한 인물 등 노예제도를 영국 안에서 폐지시켰던 영국의 여러 복음주의자들이 이 땅에 큰 업적을 남긴 것은 그들의 마음속에 하나님을 향한 소망으로 가득 차 있었기 때문입니다.

그런데 현대 그리스도인들은 내세에 대한 소망이 약하기 때문에 세상일에도 무력하게 되어 있습니다. "하늘에 목적을 두라 땅은 자연히 얻을 것이다.
땅에만 목적을 두어 보아라, 아무 것도 얻지 못할 것이다."
사실 하늘에 소망을 분명히 가진 이가 현세에서도 봉사를 잘합니다.
왜냐하면 우리의 수고가 주안에서 헛되지 않을 줄 알기 때문입니다.

주께 소망을 둔 사람은 무덤 넘어 영원한 세계를 바라보며 선한 일에 낙심하지 않고 믿음을 지키며 살아가는 사람입니다.
항상 주께 소망을 두고 이 세상에서 승리하며 살아가시기 원합니다.

은혜 받는 사람

"아침의 밝은 햇살에 눈을 떴다.
내게 부어주신 하나님의 은혜가 얼마나 큰가?
나는 결코 이것을 당연한 것으로 받아들여서는 안 된다. 그것은 죄악이다."
-슈바이처-

은혜 받은 사람은 은혜 받은 자로서의 책임과 의무가 있습니다.
오늘을 감사하고, 역사 앞에서 은혜 받은 자로서의 의무를 감당해야 하겠습니다.

자신의 소중함을 깨닫는 것, 즉 자신이야 말로 세상에 하나밖에 없는
택함 받은 하나님의 자녀란 것을 그 누구와도 바꿀 수 없는 소중한 존재임을
깨닫는 데서 은혜의 삶이 시작됩니다.

나를 최고로 사랑하는 사람만이 단 한번 뿐인 인생을 헛되이 살아가지 않도록
최선의 노력을 다합니다.

그런 사람이 다른 사람의 인생도 귀하게 여길 줄 알게 되고 은혜 받은 자로서
의 행복한 삶을 살게 됩니다..
나는 은혜 받은 하나님의 자녀입니다.

순간 순간을 소중히
지나갑니다. 더딜거라 생각했던
시간들이... 세월들이... 너무나 빠르게 지나가고 있습니다.
그땐 미처 깨닫지 못했는데 지나고 보면 놓쳐버린 소중했던 것들이 마음을 아
프게 합니다. 그때 그 순간에만 누릴 수 있고, 전할 수 있는 잃어버린 시간이 문
득 그립습니다.
하나님이 허락하신 삶이라는 선물,
하루 하루의 순간을 영원처럼 기분 좋게 살기 원합니다.

한해를 보내면서

록펠러는 당대 세계 제일 가는 갑부였습니다.

53세에 억만장자가 되었습니다. '록펠러가 얼마나 돈을 벌었느냐?' 하면 그 당시 돈으로 매주 1백만 달러를 벌었습니다. 엄청난 돈입니다.

록펠러는 그렇게 돈이 많은데도 불구하고, 마치 '세상의 모든 돈을 자기가 다 가져야겠다'는 식으로 사업을 확장해 나갔습니다. 사람들이 와서 그에게 물었습니다.

당신은 이미 세계에서 제일가는 부자인데, 돈을 얼마나 벌면 만족하겠습니까? 그때마다 록펠러는 똑같은 대답을 했습니다. 'just a little more.' 무슨 말입니까? '조금만 더 벌겠다'는 겁니다.

'이미 세상에서 제일 부자가 되었는데도, 그것에 만족하지 못하고, 늘 조금 더 벌어야 한다는 것입니다. 인간의 욕심은 그렇게 한이 없습니다.

그러나 결국 록펠러가 어떻게 되었습니까? 병에 걸리고 말았습니다.

불면증에 걸렸습니다. 몸이 바짝 바짝 말라갑니다.

돈이 많으면 무슨 소용이 있습니까? 록펠러는 하루에 겨우 우유 한 잔, 비스킷 몇 조각밖에 먹을 수가 없었습니다. 죽을 날만 기다리게 되었습니다.

그러다가 록펠러는 하나님의 말씀인 성경을 읽는 가운데 '자기의 삶이 잘못되었다'는 것을 비로소 깨달았습니다.

그래서 록펠러는 소유에 대한 집착을 다 버렸습니다. 물질에 대한 욕심을 떨쳐 버렸습니다. '지금까지는 돈을 버는데 혈안이 되어 있었지만, 이제부터는 내가 번 것을 값있게 쓰자' 이러한 생각을 가지고 만든 것이 그 유명한 록펠러 재단입니다. 록펠러가 물질에 대한 욕심을 버리니까, 그때부터 마음에 평안히 찾아오고 입맛이 돌아왔습니다, 잃어버렸던 잠도 잘 수 있게 되었습니다.

건강을 되찾게 되었습니다.

53세에 불면증에 걸려 죽을 때만 기다리던 록펠러 98세까지 장수했습니다.

소유에 집착하게 되면 절대로 행복해질 수가 없습니다.

여러분, 손에 있는 것 놓으세요, 그래야 우리 마음속에 평안이 찾아옵니다.

우리 모두 주님이 주신 은혜가운데 감사하는 믿음의 사람 되시기 바랍니다.

행함이 있는 믿음

행함이 있는 믿음은 삶의 현장에서 믿음의 열매를 맺는 삶입니다.

신앙의 길은 은혜 속에 사는 삶입니다.

어떻게 하면 우리가 이런 은혜 속에 살 수 있을까요?

(1)하나님 안에 있어야 합니다. 출33:19절에 하나님께서 '나는 은혜 베풀 자에게 은혜를 베풀고 긍휼히 여길 자에게 긍휼을 베푸느니라.'고 하셨습니다.

(2)은혜를 사모하는 마음을 가져야 합니다. 시107:9전에 '그가 사모하는 영혼에게 만족을 주시며 주린 영혼에게 좋은 것으로 채워주심이로다'고 하셨습니다. 여러분, 은혜를 사모 하십시오. 사모 하면,그 사모하는 자에게 만족을 주신다고 했습니다.

(3)기도해야 합니다. 욥33:26절에'그는 하나님의 얼굴을 보게하시고 사람에게 그의 공의를 회복시키느니라.'고했습니다. 기도하니까 하나님께서 은혜를 베풀어주셨다는 것입니다.

(4)결단을 해야 합니다. 어떤 희생을 해서라도 이번에는 꼭 은혜 받겠다는 결단, 이번 기회는 절대로 놓치지 않고 은혜를 받겠다는 결단이 필요 합니다.

(5)겸손해야 합니다.

겸손한 자에게 하나님께서 은혜를 주신다고 했습니다.

(6)끈기가 있어야 합니다.

하나님앞에 한번 기도해서 은혜를 주시지 않는다고 물러서면 안됩니다.

시간마다 사모하는 마음으로 기도하고, 말씀에 은혜 받기위해 노력해보십시오. 반드시 은혜 받을 줄 믿습니다.

(7)깨닫는 대로 회개해야 합니다. 죄가 깨달아지는 데로 하나님 앞에 정직하게 회개하면 반드시 은혜를 주실 줄 믿습니다.

잠14:9절에 '미련한 자는 죄를 심상히 여겨도 정직한 자 중에는 은혜가 있느니라.' 고 했습니다. 정직한자 중에는 은혜가 있다고 하였습니다.

하나님 앞에 죄가 깨달아지는 대로 회개하면 반드시 은혜를 주실 줄 믿고, 깨달아지는 대로 순종하시기 바랍니다.

우리가 깨달아지는 대로 순종하면 더 큰 은혜를 받습니다.

'보라 지금은 은혜 받을만한 때요 보라 지금은 구원의 날이로다!'

'나 같은 죄인 살리신'

존 뉴턴 목사는 청년시절, 매우 불량하고 방탕한 삶을 살았습니다.
아무리 가르치고 타일러도 말을 듣지 않습니다.
그래서 그의 아버지는 그를 바르게 고치기 위해 영국의 해군에 입대를 시켰습니다.
하지만 뉴턴은 군대의 엄격하고 규칙적인 생활에 적응을 못해서 탈영하고 체포되어 실컷 매도 맞고 영창에 갇히기도 했습니다.

그런데도 변하지 않자 화가 난 함장은 그를 아프리카 노예 선에 팔아 버리는 바람에 15개월 동안 아프리카의 어느 작은 섬에 갇혀서 노예처럼 비참한 생활을 했습니다. 그러던 중 탈출에 탈출을 하여 극적으로 영국 무역선에 구조되어 영국으로 돌아왔습니다. 그는 노예 선에서 잡혀갔던 자신의 경험을 살려서 새로운 사업으로 시작한 것이 노예선의 선장이 되었습니다.
아프리카 흑인들을 잡아다가 팔아넘기는 일을 시작하였습니다.

돈을 많이 벌었지만 사람들을 팔아먹는 인신매매는 사람을 죽이는 것 이상으로 나쁜 일입니다. 그러던 어느날, 그는 바다 위에서 심한 폭풍우를 만났습니다. 그는 다 죽게 되었을 때 비로소 하나님 앞에 고꾸라졌습니다. '살려달라고 그러면 새사람이 되겠다.'고 하나님은 이런 사람의 기도도 들으셨고 살려 주셨습니다.

이 때 하나님의 은혜를 깨달은 죄인 존 뉴턴이 변했습니다.
불량배요, 말썽꾸러기요 아주 악한 인신매매 범이 예수를 믿고 목사라는 전혀 새로운 사람이 되었습니다.
존 뉴턴목사님은 나이가 들어갈수록 항상 하시는 말씀이 있었습니다.

'내가 다른 것을 다 잊어버린다 해도 나는 이 한 가지만큼은 결코 잊어 버릴 수 없습니다. 그것은 내가 과거에 너무나 큰 죄인이었다는 것과
그럼에도 불구하고 예수님은 나의 구세주가 되신다는 것입니다.'
이 고백 우리 모두의 고백이 되어 은혜가운데 거할 수 있기 바랍니다.

감사하라 하신 예수님

시편50편23절 말씀
"감사로 제사를 드리는 자가 나를 영화롭게 하나니 그 행위를 옳게 하는 자에게 내가
하나님의 구원을 보이리라 "

감사를 원하시는 하나님!
예수님은 우리의 구원의 주가 되십니다.

그러므로 예수님이나 하나님은 우리에게 많은 것을 주기를 원하십니다.
요한삼서 2절 말씀에 "사랑하는 자여 네 영혼이 잘 됨같이 네가 범사에 잘되고
강건하기를 내가 간구하노라" 고 했습니다.

하나님은 우리에게 구원만을 주시거나 영혼만 잘 되기를 원하시는 것이 아니라
범사가 다 형통하고, 건강하고, 행복하기를 원하십니다.

그리고 우리만 잘 되기를 원하시는 것이 아니라 자손만대까지 잘 되기를 원하
시는 좋으신 하나님이신 줄 믿습니다.

왜 하나님께서 우리에게 "감사하라" 고 하셨을까요?
우리에게 더 주시려고, 넘치게, 더 크게,
지금보다 더 많이 주시려고 그렇게 말씀하신 것입니다.
그러므로 감사는 우리가 하나님께 더 사랑받고, 더 은혜 받고,
더 축복받는 비결이 되는 줄 믿습니다.

감사는 또한 하나님께서 제일 받기 원하시는 것입니다.
그리고 구원받는 성도가 마땅히 해야 할 일이 감사이기도 합니다.

인생의 가이드

제일 좋은 인생의 가이드는 하나님이십니다.
하나님은 우리인생의 가이드이십니다. 하나님이 안내하는 길을 따라가면 목적지까지 무사히 갈 수 있습니다. 하나님보다 좋은 가이드는 없습니다.
이스라엘 백성들이 애굽을 탈출하여 가나안으로 갈 때도 하나님이 가이드가 되어 주셨습니다.

성경을 보면 하나님이 얼마나 좋은 가이드인지 알 수 있습니다.
하나님은 꿈을 갖고 출발하도록 인도해주는 가이드입니다.
하나님은 바른 길로 인도하시는 가이드입니다.
하나님은 빠른 길이 아닌 바른 길로 인도하셨습니다.

보통사람은 지름길을 찾습니다.
어떤 사람은 복권에 당첨되거나 부동산 투기, 도박을 해서라도 돈을 왕창 벌려고 합니다. 세상 사람들은 이러한 지름길에 유혹됩니다.

하나님은 빠른 길보다 바른길로 인도 하시는 분입니다.
하나님은 앞서서 인도하시는 가이드입니다.
하나님은 길도 없는 광야에서 길을 만들어 인도하셨습니다.
하나님은 친히 길이 되어 주셨습니다.
낮에는 구름기둥, 밤에는 불기둥으로 인도하셨습니다.

하나님은 언제나 함께하시는 가이드이십니다.
구름기둥과 불기둥으로 함께 하신 하나님은 이스라엘 백성들을 떠나지 않으셨습니다, 예수님도 "내가 세상 끝 날까지 너희와 항상 함께 있으리라"하셨습니다. 인생의 길은 광야와 같습니다. 광야 같은 인생길을 걸을때 하나님께 모든 것을 맡기고 그분을 따라가면 분명히 축복된 가나안 땅에 이르게 됩니다.
우리는 인생의 가이드가 되어 주신 하나님께 감사하시고 오직 하나님의 인도하심에 따라 인생길을 걸어갑시다.그리하면 아름답고 복된 형통한 길을 주님이 예비하실 것입니다.

뜻을 정하여

주님 뜻대로 살기로 마음먹으면 주님이 지켜주십니다.
무슨 일을 하든 성공하려면 마음을 굳게 먹어야 합니다.
성경에서 마음을 굳게 먹고 성공한 대표적인 인물이 다니엘입니다.
마음을 굳게 먹었다는 것 성경에서는 '뜻을 정하여' 라고 했습니다.

하나님 뜻대로 살려고 결심해도 주변 환경과 사람들 때문에 그 결심을 이루기 어려울 때도 있습니다.

도몬 후유지가 쓴 소서 '불씨' 는 250여 년 전 도쿠가와 바쿠후시대 우네스기 요잔이란 젊은 정치인에 대한 이야기입니다.
우네스기 요잔은 요네자와번의 번주입니다. 오늘날 시장입니다.

그는 잘못된 관료정치를 바꾸려고 개혁을 시도했지만 장애물이 너무 많았습니다. 개혁인사 5명을 뽑아 개혁을 시도했는데 그들마저 타락하고 말았습니다. 특히 가장 믿었던 다케마타도 타락했습니다.

개혁을 포기하고픈 마음까지 들었지만 어느 날 꺼진 잿더미 속에서 불씨를 발견하고서 계속 개혁을 진행했습니다.
결국 개혁에 성공했고 일본에서 가장 존경받는 지도자가 되었습니다.

미국의 케네디 전 대통령도 자신이 가장 존경하는 일본 지도자로
우네스기 요잔을 꼽았습니다.

뜻을 정하여 살려면 어려움이 많습니다.
그러나 다니엘처럼 하나님을 위하여 뜻을 정한 사람에게는 이방 나라에서도 인정받는 사람이 되고 사자 굴에 빠지는 고난에서도 구원 받게 됩니다.

우리는 다니엘이 살았던 이방세계와 같은 한치 앞을 내다볼 수 없는 험한 세상 혼돈된 사회 속에서도 우리는 이제 주님 뜻대로 살아가기로 뜻을 정하여
복되고 아름다운 믿음의 삶을 사시기를 소망합니다.

이 세상에서 가장 아름다운 단어 10가지

영국문화협회가 세계102개 비 영어권 국가 4만 명을 대상으로 '가장 아름다운 영어 단어'를 묻는 설문조사를 했습니다.
그 결과 가장 아름다운 영어 단어로 선정된 Mother(어머니)였습니다.

어디 비영어권에서만 '어머니' 란 단어가 아름다운 것이겠습니까?
아마 세계의 모든 나라의 사람들이 가장 아름답게 느끼는 단어가 어머니일 것입니다. 사람은 누구나 따뜻한 것을 좋아합니다.
따뜻한 아랫목을 좋아합니다. 따뜻한 물에 몸을 담그는 것도 좋아합니다.

추운겨울 따뜻한 커피나 차를 한 잔 마시면 온 몸이 따스해집니다.
다른 사람의 손을 잡을 때 따뜻한 온기가 느껴지면 마음마저도 훈훈해집니다.
이 모든 따뜻함을 가지고 계시는 분이 바로 어머니입니다.

'가장 아름다운 영어 단어' 2위는 Passion (열정)입니다.
열정이 있다는 것은 삶의 의욕이 있다는 것입니다.
의욕이 넘친다는 것은 생명력이 살아 약동하는것과 같은 것입니다.
3위는 Smile (미소)입니다. 웃는 얼굴은 참 보기에 좋습니다.
거울을 보시고 자신의 얼굴을 한번 보십시오,
4위는 Love (사랑)입니다.
이 세상에 사랑을 필요로 하지않을 사람은 없을 것입니다.
5위는 Eternity(영원)입니다.
우리가 이 땅에서 가지고 있는 모든 것들은 일시적인 것입니다.
6위는 Fantastic(환상적)입니다.
이것은 가장 감동스러울 때 표현하는 말입니다.
메마른 세상을 촉촉하게 해주는 것은 바로 감동입니다.
7위는 Destiny (운명)
8위는 Freedom (자유)
9위는 Liberty (자유/해방)
10위는 Tranquility (평온)이라고 합니다.
깊고 넓은 아름다운 어머니의 사랑을 느끼시기 바랍니다.

세상을 살리는 비전

하나님이 주신 비전과 내가 원하는 목표가 동일한 것인지 알 수 있는 기준은 그것이 '많은 사람들에게 선한 영향력을 끼치는 일인가?' 하는 것입니다.
하나님께서는 우리가 큰 꿈을 가지고 그것을 이루어 나가기를 원하십니다.
하지만 그것이 단지 우리 자신의 유익이나 만족에서 그치길 원치 않으십니다.
우리를 향한 하나님의 비전은 세상을 변화시키고 살릴 크고 놀라운 일들이기 때문입니다.
하나님 안에서 큰 꿈을 꾸십시오. 나를 통해 잃어버린 영혼들이 돌아오고, 나를 통해 세상이 하나님의 살아계심을 찬양하는, 세상을 살리는 비전을 가지고 그 일을 이루길 하나님 앞에 간절히 구하십시오.
하나님의 꿈은 인류가 구원받는 일입니다. 예수 그리스도 탄생으로 구원이 시작되었으며 하나님이 함께 하시는 당신을 통하여 친히 그 꿈과 비전을 이뤄 가실 것입니다.

회개의 기도

지금까지 지키시고 인도하신 전능하신 하나님아버지께 감사와 찬송과 영광을 올려드립니다. 허물 많고 부족한 저희들이지만 진심으로 회개하오니 우리의 죄를 용서하시고 긍휼과 자비를 베풀어 주옵소서, 세상에서 생각지도 못한 어려움 때문에 앞 뒤 다 막힌 것 같은 답답한 일 때문에..
병들고 지친 몸 때문에.. 불안하고 초조하게 긴장하며 살던 우리들이 여기 왔습니다. 극복할 것은 극복할 수 있게 하시고 참아야 할 것은 견딜 수 있게 하여 주시옵소서. 그리하여 열려야 할 것은 열리는 기쁨을 얻도록..
하나님의 은혜를, 하나님의 능력을 구합니다. 전능하신 하나님의 은혜가운데 회복시켜주시어 감사하게 하시고 간증하게 하시고 전도의 도구로 사용할 기쁨을 주시옵소서. 하나님, 우리는 부족하지만... 우리는 연약하지만... 세파의 소용돌이 속에서 그리스도의 향기를 발하며 살기 원합니다. 이 시간, 그 능력을 주시옵소서, 예수보혈의 능력으로 회복되고 치료 받고 새힘 얻는 승리의 날이 되게 하여 주시옵소서. 이 은혜로운 자리에 있지 못한 믿음의 자녀들.. 어느 곳에 있든지 하나님의 은총의 날개 아래 품어 주시옵소서
감사드리오며 우리 구주 예수그리스도의 이름으로 기도하옵나이다. 아멘

인생을 사는 지혜

어떻게 사는 것이 인생을 사는 지혜일까요? 마11:28 말씀에
"수고하고 무거운 짐 진 자들아 다 내게로 오라 내가 너희를 쉬게 하리라" 하나님의 품
안에서 그의 도움심을 받고 살면 어렵지 않습니다.

1. 응답 받고 사는 것이 지혜입니다. 잠언16장1절
"마음의 경영은 사람에게 있어도 말의 응답은 여호와께로부터 나오느니라",
마음의 고통이 어디서 옵니까? 답답함에서 옵니다.
"말의응답은 여호와께로부터 나오느니라." 사람들이 하나님으로부터 응답을 받지
않고 살기 때문에 고민이요 고통이요 실패입니다.
하나님께 늘 여쭙고 응답을 기다리시기 바랍니다. 삶의 모습에서 늘 기도하며
우리의 소원을 아뢸 뿐 아니라 하나님의 뜻을 받는 것입니다.
기도의 소통만 잘되면 인생을 사는 것은 조금도 어려울 것이 없습니다.

2 맡기면서 사는 것이 지혜로운 인생입니다. 잠언16장3절
"너의 행사를 여호와께 맡기라 그리하면 네가 경영하는 것이 이루어지리라"
최고의 경영자는 누구실까요? 우리 하나님이십니다. 최고의 경영자 하나님께
맡기면 쉽습니다. 전능하신분이 함께합니다.

3. 인도 받아서 사는 인생이 지혜로운 인생입니다. 잠언16장9절
"사람이 마음으로 자기의 길을 계획할지라도 그의 걸음을 인도하시는 이는 여호와시니
라"
히나님께서 성령님올 통해 우리 일생을 지키시고 인도하여 주십니다. 인도 받
지 못한다면 우리의 문제요 우리 책임입니다. 어느 목사님이 폐결핵에 걸렸습
니다. 그는 입으로 피를 쏟으면서 죽음의 병동에서 절망을 안고 시한부 인생을
살아가게 되었습니다.

어느 날 병실로 나비가 날아 들어왔습니다. 나비는 나가지 못하고 창문에서 발
버둥치고 있었습니다. 목사님은 나비를 잡아 밖으로 내 보내려고 하였습니다.
그러나 나비는 잡히지 않으려고 맹렬하게 도망쳤습니다. 나비는 자기를 살려주
려는 목사님의 계획을 모르고 이리저리 도망 다녔습니다.
목사님은 중얼거렸습니다. "저 모습이 내 모습이다. 하나님께서는 나를 향해 크
고 위대한 계획을 가지고 계신데 나는 계속 도망 다니고 있다."
나를 돌아보시고 말씀을 통해 인생을 사는 지혜를 배우시기 바랍니다.

부르심에 합당한 생활.

그의 권면은 예배소 교인들에게 그리스도인다운 생활을 하라는 것입니다.

1. 하나님의 부르심을 받은 자
부르심이란 주님이 우리를 부르시는 부름을 의미합니다.
우리는 모두 주님의 부르심을 입은 사람들입니다.
"내 양은 내 음성을 듣고 나를 따른다." 고 하셨습니다.
하나님은 그의 애정된 택한 자를 부르십니다.
그리고 하나님의 택하심과 부르심에는 후회하심이 없다고 말씀해 주십니다.
그 이유는 하나님은 실수가 없으신 분이시기 때문입니다.
그리고 부르심을 받은 이후의 생활에서 열매를 맺어야 하는 것입니다.

2.부르심의 합당한 열매
바울은 부르심에 합당하게 행하는 일에 대하여
첫째로 모든 온유와 겸손으로 하라고 했습니다.
그리스도인은 그의 생활전체가 하나의 틀에 잡혀야 합니다.
그 틀은 온유와 겸손인데 이 틀은 바로 그리스도의 마음인 것입니다.
그리스도의 마음을 품으라는 것입니다.
내가 그리스도 안에서 온유해지고 겸손해졌다면
나는 점점 그리스도의 형상으로 닮아져 가는 것입니다.

두 번째로 오래 참음으로 하라고 했습니다.
그리스도인의 모든 생활은 인내에서 출발해야 하는 것입니다.
우리는 소망으로 살아가는 사람들입니다.
소망이란 장차 나타날 일이기 때문에 소망의 생활에는 참음이 필요합니다.

셋째로 사랑가운데서 서로 용납하라고 했습니다.
용납이란 말은 용서하여 받아 드리라는 말입니다.
이 같은 용납은 사랑 가운데서 이뤄져야 합니다.
사랑이란 말은 원래 용서한다는 말과 연관이 되어 있습니다.

넷째 평안의 매는 줄로 성령의 하나 되게 하신 것을 힘써 지켜야 합니다.
성령은 우리로 하나하나의 지체를 그리스도 안에서 연결시켜
그리스도의 몸을 이루시는 것입니다.
우리 모두 부르심에 합당한 믿음의 사람 되시기 바랍니다.

고난과 역경을 딛고

16세 '영국 아스날' 프로축구 클럽에 유소년으로 발탁.
20세 팀에서 없어서는 안 될 큰 선수로 대성. 하였습니다. 하지만,
21세 부모님 사망. 22세 경기 중에 갈비뼈 골절.
23세 하늘에서 벼락맞음. 25세 드디어 재기.
26세 결혼. 27세 곧바로 이혼. 28세 형제의 죽음.
29세 보증을 잘못 서 쫄딱 망함. 30세 폐암 진단 받음
31세 폐암이 완치됨
32세 선수 복귀. 33세 계단에서 굴러 두개골 파손.
34세 왼쪽 손목에 총맞음. 36세 막바지 선수생활 중 인대 절단됨.
38세 은퇴. 39세 코치 생활.
40세 폐암 재발 44세 폐암 완치.
45세 감독 생활 46세 식중독으로 고생
47세 벼락을 또 맞음.
50세 감독직 해고당함.
51세 노숙자 생활 시작
52세 노숙자 생활 중 억울한 누명을 쓰고 살인 혐의로 징역 10년 선고. 10년 복역
62세 출소 63세 조그마한 인쇄소 공장에 취직.
66세 인쇄소 사장이 됨, 큰돈을 벌어 갑부가 됨.
67세 사회에 재산 헌납
70세 명예퇴직 71세 늦깎이 재혼.
73세 축구의 명문구단 맨체스터 유나이티드의 구단주가 됨
74세 폐암으로 사망.
이 인생의 주인공은 스티븐 비게라 (Steven bigera)라는 영국인이며,
1928년 5월 13일생인 실존 인물 이야기입니다.

코이라는 잉어는

작은 어항에서는 5~8cm 수족관에서는 15~25cm
강물에 방류하면 90~120cm까지 자란다고 합니다.
인간은 누구나 무한한 잠재력을 가지고 있습니다.
코이는 환경에 따라 5~120cm까지 다양하게 자라지만,
사람은 자신의 무한 잠재력을 인식하고 소명에 바탕을 둔 큰 목표를 설정하여
꾸준히 개발하고 실천하면 누구나 100점짜리 인생을 살아갈 수 있습니다.
"작은 목표는 작은 성취를, 큰 목표는 큰 성공을 가져온다."
깊이 명심해야 할 말입니다. 순간을 소중히~

우리 모두!

우리가 두 손을 꼭 움켜쥐고 살았다면 이젠 그 두 손을 활짝 펼 수 있기 바랍니다.
가진 것이 비록 작은 것이라도 그것이 꼭 필요한 사람이 있다면 나눠주는 자가 되기 바랍니다. 이것은 두 손을 가진 우리의 역할이기 때문이다.

우리의 두 눈이 나만을 위한 눈이었다면 이젠 그 눈의 시선을 우리의 이웃을 위해 한번 돌려 보시기 바랍니다.
보는 시야가 비록 좁다 해도 도움이 꼭 필요한 사람을 보고 그들에게 찾아가 도움 주는 방법을 찾아보고 같이 가시기 바랍니다.

우리는 두 귀로 달콤함을 들었습니다.
하지만 이제부터 두 귀를 활짝 열고 들어야 합니다.
비록 쓴 소리에 아픔이 있어도 들어주고 위로해 줄 수 있어야 합니다.
그것은 이웃과 함께할 조건입니다.

우리의 입으로 늘 불평만 했다면 이젠 그 입으로 감사하시기 바랍니다.
비록 작은 것을 받거나 행여 받은 것이 없다 할지라도 그것에 감사하고 함께 손잡고 웃으며 축복하기 바랍니다.
이것은 고운 입 가지고 아름다운 열매 맺은 기준이기에 그렇습니다.

우리는 마음의 문을 꼭 닫고 살았습니다. 그러나 이젠 그 마음에 문을 여시기 바랍니다. 이웃을 향해 사랑으로 포옹하고 감싸 안을 수 있기 바랍니다.
아름다운 미소로 그들에게 다가 서시기 바랍니다.

이는 내가 사랑을 받고 은혜를 입은 소중한 사람이며 또한 함께 나누고 사랑해야 할 소중한 달란트를 가졌기에 우리의 힘찬 발걸음을 내딛어야 합니다.
그리하면 주님이 기뻐하시는 아름다운 믿음의 사람으로 회복될 것입니다.

저 친구 역시 믿을 만 해

인간관계는 믿음을 기초로 해서 이루어집니다.
어떤 관계에서나 믿음이 무너질 때 아울러 그 관계도 무너지게 됩니다.
경제적 어려움도 인간관계를 무너뜨리는 결정적인 요인은 되지 않습니다.
환경의 어려움이나 어떠한 사고도 마찬가지입니다.
그러나 그 가운데서 믿음이 무너져 내릴 때 그때에는 아무리 환경이 좋고 여건이 훌륭해도 그 관계는 무너지게 되어 있습니다.

옛날 도둑 셋이 의형제를 맺고 생사고락을 같이 하기로 맹세했답니다.
어느 날 부잣집을 털어서 큰돈을 소유하고는 서로 욕심이 생겼습니다.
한 도둑이 술을 사러 마을로 간 사이에 두 사람이 의논했습니다.
"저 놈을 죽이고 둘이서 나누면 몫이 더 많아질 것 아닌가?"
그러나 한 도둑 역시 생각이 있었습니다. "두 놈을 죽이면 모두 내 것이 아니겠는가?" 그래서 술에 독을 타서 가지고 왔고 두 도둑은 술 사오는 도둑을 돌로 때려 죽였습니다.
결국 하나는 돌에 맞아 죽고 둘은 독 술을 먹고 죽고 말았습니다.
서로 믿음이 없고 내 욕심을 내세울 때, 우리 모두는 불행으로 달려갈 것입니다.
누가 뭐라고 비방해도 이렇게 말 하세요
"저 친구 역시 믿을 만 해" 이 믿음이 인간관계의 기초가 되어야 합니다.

나를 위해 남의 죄를 용서하라!

예수님께서 가르쳐주신 주기도문의 다섯째 기도는 "우리가 우리에게 죄 지은 자를 사하여 준 것 같이 우리의 죄를 사하여 주옵소서."입니다. 용서의 반대말은 미움입니다. 미움이 상처로 남아 좌절하게 되면 마약, 술, 도박에 빠지게 됩니다. 그 결과 심각한 범죄자가 되기도 합니다.
그리고 이 미움을 계속 가지고 있으면 육신적으로 불치병이 옵니다.

마태복음 18장 21-35절에 보면 베드로가 예수님께 물었습니다.
"형제를 얼마나 용서하면 됩니까? 한 일곱 번쯤 용서하면 됩니까?"
예수님은 "일곱 번을 일흔 번까지라고 하라." 다 용서하라는 말입니다.
예수님께서 거기에 대한 설명을 하셨습니다.
어떤 사람이 평생을 갚아도 못 갚을 큰 빚을 지게 되었습니다. 그런데 그의 주인이 딱한 사정을 알고는 "좋다 그러면 네 빚을 탕감해주겠다 지금부터 열심히 살아라," 했습니다, 평생 갚아도 못 갚을 빚을 탕감 받았으니까 얼마나 기쁘겠습니까?
그런데 이 사람이 길을 가다가 자기에게 아주 적은 돈을 빚진 사람을 만났습니다. 그러면 어떻게 해야 됩니까? "내가 평생 못 갚을 빚을 탕감 받았으니 걱정하지 마라. 너도 탕감해주마." 그래야 될 것인데 "너, 그게 언제 빌려 준건데 아직도 안 갚느냐?"며 감옥에 넣었습니다.
그 소식을 들은 주인이 "그를 불러다가 말하되 악한 종아, 네가 빌기에 내가 네 빚을 전부 탕감하여 주었거늘 내가 너를 불쌍히 여김과 같이 너도 네 동료를 불쌍히 여김이 마땅하지 아니하냐." 하고 주인이 노하여 그 빚을 다 갚도록 그를 감옥에 넣었습니다.
그러면서 "너희가 각각 마음으로부터 형제를 용서하지 아니하면 나의 하늘 아버지께서도 너희에게 이와 같이 하시리라', 고 하셨습니다. 과연 용서가 가능할까요? 하나님의 사랑과 축복을 알면 미움을 넘어 용서할 수 있습니다.
"사랑은 여기 있으니 우리가 하나님을 사랑한 것이 아니요 하나님이 우리를 사랑하사 우리 죄를 속하기 위하여 화목 제물로 그 아들을 보내셨음이라" (요한 일서4:10)

기도에 관한 명언

"모든 것을 하나님께 기도로 가져 갈 수 있는 것은 우리에게 놀라운 특권이다. 그렇지 않은가? 허드슨 테일러

"우리 하나님은 예측 할 수 없는 비상사태가 없으며, 응할 수 없는 부족함이 없습니다." 죠지물러

부모 효도 방법 10가지

1. 부모님과 가능한 많은 대화를 나누라.
부모는 자식과 대화의 시간을 가장 즐거워하신다.

2. 부모님께 일감을 드리라.
효도란 부모님을 방구석에 가만히 모셔만 놓는 것이 아니다.

3. 부모님도 취미를 가지시도록 도와 드리라.
사회에서나 교회에서 친구들과 어울려 즐길 수 있도록 해보자, 특히 가정에서 취미 활동을 하시도록 협조해 드리는 것이 좋다.

4. 여행의 기회를 드리라. 노인은 새로운 분위기와 경험을 즐기신다.

5. 부모님을 이해하려고 노력하라.
연세가 드시면 기억력도 쇠약해지고, 마음도 소심해지고, 잔소리도 늘게 되고, 공연한 고집도 부릴 때가 있다. 그 이유를 파악하라.
하고 싶은 이야기를 제대로 못하는 부모님의 마음을 미리 알아 해드려야 한다.

6. 가족끼리 외출할 때 노부모님도 종종 모시고 가도록 노력하라.
어린 자녀들만 데리고 나가는 아들과 며느리에 대해 섭섭함을 가질 때가 있다.

7. 집에 손님이 오면 부모님께 먼저 인사드리도록 한 후 대화를 나누라.
이런 예법을 어린 손자 손녀들에게 가르치라.

8. 사소한 병이라도 나시면 꼭 병원에 모시고 가라.
연세가 드실수록 생명에 대한 애착, 건강에 대한 근심이 더 많아진다.

9. 매월 일정한 용돈을 드리라.
부모님의 이름으로 통장이라도 만들어 드리시면 더욱 좋아하실 것이다.

10. 부모님께 신앙의 기회를 드리라.
네 아버지와 어머니를 공경하라, 이것이 약속 있는 첫 계명이니 이는 네가 잘되고 땅에서 장수하리라. (에베소서6:2~3)

입과 혀의 재앙

새장으로부터 도망친 새는 붙잡을 수가 있으나 입에서 나간 말은 붙잡을 수가 없다.
비밀을 누설하지 않고 지키는 것은 현인에게도 매우 어려운 일이다.
어떤 현인이 질문을 받았다.
"당신은 비밀을 어떻게 지키고 있습니까?"
그러자 현인은 대답하였다.
"나의 마음을 내가 들은 비밀의 무덤으로 삼아 지키고 있소." 비밀은 돈처럼 붙들어 두려고 하여도 잠시 방심하는 사이에 나가 버린다.

돈과 같이 사용하는 순간까지 잘 간직해야 하는 것이다. 더구나 비밀은 돈보다 위험하다.
비밀을 들었으면 항상 마음속에 '주의를 요함' 이라는 붉은 딱지를 붙이자.
그리고 사람들을 만날 때 그 비밀을 이야기하고 싶은 충동이 일거든
마음속의 붉은 딱지를 상기하자. 남에 대한 욕이나 중상도 마찬가지이다.

서로 만나서 얘기하는 것은 양쪽에 날이 선 칼로서, 자신을 다치게도 하는 것임을 잊어서는 안된다.
우리는! 혼돈된 세파의 소용돌이 속에서 자신의 생각과 판단만을 주장하지 않았는가 자신에겐 관대하면서 타인에겐 칼날의 잣대를 드리우고 자신의 뜻과 일치하지 않으면 비판과 공격으로 남을 정죄하지 않았는가. 우리 모두 공평하신 하나님 앞에서 주님의 사랑을 실천하며 용서하고
아름다운 사랑의 삶을 살아갈 수 있기를 소망한다.

성장하는 믿음을 소유하자.

봄이 되면 농촌에서는 못자리를 만들이 볍씨를 뿌립니다.
볍씨는 일정 기간 동안 못자리에서 잘 자랍니다.
그러나 어느 정도 자라면 더 이상 자라지 않습니다.
그 이유는 못자리가 좁기 때문입니다.
그 때쯤 되면 농부들은 못자리에서 모를 뽑아 큰 논에 이양을 합니다.
그렇게 하면 모는 무럭무럭 자라 가을에 풍성한 열매를 내놓습니다.

당신의 신앙은 성장하고 있습니까?
전선에 나가서 싸워야 할 그리스도인이 아직도 기초훈련만을 받고 있지는 않습니까? 우리 그리스도인들도 신앙의 초보단계에 있을 때는 목사나 교사의 양육을 받으며 자랍니다. 그러나 일정기간동안 양육을 받았으면 모내기를 하듯이 우리 그리스도인들도 자신을 모내기해야 합니다.
그래야만 그리스도인으로서 정상적으로 성장할 수 있습니다.

그러나 많은 그리스도인들은 편안한 것만 너무 좋아한 나머지
늘 피 양육자 노릇만 하려고 합니다. 이런 사람들의 신앙은 대체로 성장하지 않습니다.
그러므로 어느 정도 양육을 받았으면 피 양육자의 단계에서 벗어나 교사로, 직분 맡은 자로 봉사함으로써 성장해야 합니다.
우리 모두 성장하는 그리스도인으로 장부의 믿음을 소유하시기 바랍니다.

디딤돌

삶은 당신에게 온갖 종류의 흙더미를 집어던진다.
우물에서 나오는 비결은 흙을 떨어뜨려 그것을 밟고 올라오는 것이다.
모든 문제들이 오히려 디딤돌이 되는 것이다.
포기하지만 않는다면 우리는 아무리 깊은 우물에서도 빠져나올 수 있다.
흙을 떨어뜨리고 그것을 밟고 올라설 수만 있다면 말이다.
-마벨 카츠의 <호오포노포노, 평화에 이르는 가장 쉬운 길>

치유와 회복

우리들은 모두가 상처 입은 사람들입니다.

치열한 삶의 현장에서 어떤 이는 승자가 되고 또는 패자가 되지만 사람들은 모두가 나름대로의 상처를 입고 있습니다. 소외와 불안, 절망과 이별은 우리들이 직면하고 있는 절실한 문제들인 것입니다. 이러한 현실은 누군가의 돌봄, 즉 치유를 필요로 하고 있습니다. 그러나 온전한 치유는 사람들의 힘으로만 가능한 것이 아닙니다. 상처로부터 치유 받아 영혼의 자유를 얻는 것은 하나님의 능력으로서만이 가능합니다.

요한삼서 1장 2절에서, "사랑하는 자여! 네 영혼이 잘됨같이 네가 범사에 잘되고 강건하기를 내가 간구하노라"고 말씀합니다.

이 말씀은 불완전한 인간이 주님의 복음으로 말미암아 온전하게 회복된 상태를 나타내고 있습니다. 이처럼 인간이 영과 혼 그리고 육체의 전인적 치유를 경험하려면 주님의 은혜를 사모해야 합니다.

특히 병들었던 욥의 고백처럼 육체의 질병이 있는 자들은 누구나 건강하게 살기를 간절히 원합니다.

그러나 사람은 나이가 들어가고 환경의 변화에 따라 병들어갑니다.

이러한 사람들이게는 의사가 필요합니다.

그런데 의사를 통한 육체의 회복이 하나님의 은총의 한 방편인 것과 같이 성령을 통한 치유는 하나님의 직접적 은총에 해당한다는 사실을 우리는 알아야 합니다. 그러므로 우리는 하나님의 주권적인 은혜로 반드시 하나님 안에서 온전한 치유와 회복을 경험해야 합니다.

목표를 높은곳에 두어야 한다.

똑같은 노력이지만 그것은 목표를 크게 가진 사람에게는 큰 곳을 향한 노력이 되고, 먹고 사는 일에 급급한 목표를 세운 사람에게는 작은 노력이 되고 만다. 스스로 못할 것이라고 생각하는 것은 자신을 속이는 가장 큰 거짓말임을 명심하라. -존 록펠러-

우리가 기도하는 이유는

우리가 하나님의 사랑과 교제와 돌보심과 안내가 필요하기 때문입니다.
우리가 기도하는 이유는, 우리가 하나님을 먼저 사랑해서가 아니라, 하나님께서 우리를 먼저 사랑하셨기 때문입니다.
우리가 기도하는 이유는, 우리가 원하는 것을 얻기 위해서가 아니라, 하나님께서 무엇을 원하시는지를 알기 위해서입니다.

우리가 기도하는 이유는 하나님의 마음을 바꾸기 위해서가 아니라, 우리의 마음을 바꾸기 위해서입니다.
우리가 기도하는 이유는 하나님의 바꾸기 위해서가 아니라, 우리의 계획을 바꾸어 하나님의 계획대로 따르는 마음을 얻기 위해서입니다.

우리가 기도하는 이유는 고통이나 시련들을 피하기 위해서가 아니라, 그 고통이나 시련들을 이기고 견딜힘을 구하기 위해서입니다.
우리가 기도하는 이유는 이 세상에서 데려감을 당하기 위해서가 아니라 이 세상에서 신실하게 보존되기 위해서입니다.

우리가 기도하는 이유는 해야 할 일이나 의무를 피하기 위해서가 아니라, 어떻게 그 일을 할지를 알고 또 잘할 수 있는 힘과 지혜를 얻기 위해서입니다.
우리가 기도하는 이유는 내 뜻을 이루기 위해서가 아니라, 하나님의 뜻을 이루기 위해서입니다.

우리가 기도하는 이유는 하나님을 우리에게로 끌어내리려는 것이 아니라, 우리가 하나님께로 올라가기 위해서입니다.
우리가 기도하는 이유는 우리가 하나님을 사랑하고 그분과 교제하기를 좋아하기 때문입니다.

우리가 기도하는 이유는, 그것이 의무이기 때문이 아니라, 특권이기 때문입니다.

하나님의 일

그리스도의 사랑으로 섬김과 나눔을 실천하고 복음을 위해 하는 것.
이것이 주님의 명령이요 하나님의 영광을 위한 일입니다.
동역자 여러분 사명을 가지시기 바랍니다.

그러므로 더불어 함께하는 아름다운사회를 위해 우리 모두 함께 합시다.
그리하여 세상이 힘들고 어려워도 아름다운 사랑의 향기를 발하며 눈물 흘리며 마음 아파하는 자 고통가운데 신음하는 자.
일어설 수 없는 좌절의 늪에 빠진 자 들에게 희망과 용기를 주며 그들과 더불어 함께하는 아름다운사회를 위해 최선을 다하는 우리들이 됩시다.

믿음의 사람은 세파의 소용돌이 속에서도 그리스도의 사랑으로 세상을 변화시키며 하나님의 영광을 위해 복되고 아름다운 삶을 살아가야 합니다.
이 아름다운사역에 동역자로 기도와 격려로 우리 모두 함께하시길 원합니다.

하나님의 일을 하다보면 잃은 것만큼 얻는다는 것 알아야합니다.
잃는 것이 클수록 대단한 것을 얻을 수 있습니다.
십자가의 쓰리고 아픈 고난이 있었기에 부활의 생명이 있습니다.

실패한 자리에는 아픈 상처가 남습니다.
그러나 새살이 오르듯, 실패한 자리에는 삶의 철학이 싹틉니다. 실패란 나에게 좀 더 알맞은 기회를 주기 위해 하늘이 내린 훈련의 시간인 것을 기억하시기 바랍니다.

우리의 삶을 되돌아보면 실수 없는 인생은 없고, 후회 없는 인생도 없습니다.
그 후회와 실패마저도 밑거름이 되었다는 것을 깨닫는다면 놓아버린 것에 대해 그리 안타까워할 일만도 아닙니다.

사람이 세상을 떠날 때 가지고 가는 것은 아무것도 없습니다.
올 때도 손에 쥐고 온 것이 없었기 때문입니다.
우리가 망설이는 사이 가까운 시간만이 흐를 뿐입니다.
깨끗이 비우고 보다 새것으로 채우는 지혜로운 삶을 살아가시기 바랍니다.

예수님의 인류 구원을 위하여 십자가에 죽으시고 삼일 만에 부활하셔서 우리에게 생명을 주셨습니다.
영원한 생명을 위해 하나님의 일에 동참하는 우리 모두가 되어야 되겠습니다.

간절한 기도

"구하여도 받지 못함은 정욕으로 쓰려고 잘못 구함이다." (야고보서4:3)

표류 당한 두 사람의 유태인이 구멍보트에 몸을 지탱하고 있었다.

사방 어디를 둘러보아도 망망한 바다뿐이었다.

한 유태인이 간절한 마음으로 기도하였다.

"오! 하나님, 만약 저를 구해 주신다면 저의 재산의 절반을 바치겠습니다."

하지만 아무런 희망이 보이질 않았다 오히려 풍량만 심할 뿐이었다.

"오! 하나님, 살려주십시오. 살려 주신다면 제 재산의 3분의 2를 하나님께 바치겠습니다."

그러나 하나님은 아무런 응답도 하지 않으시는 것이었다.

그리고 다시 아침이 되어도 구원의 손길은 닿지 않았다.

유태인은 다시 간절한 기도를 시작하였다.

"하나님, 제발 저의 이 간절한 기도를 받아 주십시오.

제 목숨을 구해 주신다면 저의 재산..."

그때 다른 유태인이 소리쳤다.

"이봐 거래를 중단해, 저기 섬이 보여!"

이 예화는 하나님께 드리는 기도조차도 물질적인 거래로 생각하고 손해를 보지 않으려는 얄팍한 심리를 날카롭게 지적하고 있습니다.

사실 기도를 하나님과 자신과의 어떤 거래로 생각하는 사람들이 제법 많습니다.

그러나 성경에서 말한 진정한 기도는 "영혼의 호흡" 즉 하나님과의 "만남"자체를 강조하고 어떤 거래나 조건이 아닌하나님의 동행하시는 은총을 체험하고 확신하는 것인데, 기도를 통하여 하나님으로부터 무엇인가를 얻어내려는 마음을 가지고 기도의 장에 나아가서는 안 될 것입니다.

기도는 하나님과의 거래나 나의 일방적인 요구가 아니라 하나님의 긍휼하심을 믿고 그의 사랑의 손길에 나를 온전히 맡기는 신앙의 행위인 것입니다.

부르심에 합당한 생활

우리는 부르심에 합당한 그리스도인다운 생활을 하여야 합니다.
하나님의 부르심을 받은 자는 주님이 우리를 부르시는 부름을 의미합니다.
우리는 모두 주님의 부르심을 입은 사람들입니다.
예수님은 "아버지께서 내게 보내주시지 않으면 내게 올 자가 없다"고 하셨습니다.
또 "내 양은 내 음성을 듣고 나를 따른다."고 하셨습니다.

하나님은 그의 예정된 택한 자를 부르십니다.
그리고 하나님의 택하심과 부르심에는 후회하심이 없다고 말씀해 주십니다.
그 이유는 하나님은 실수가 없으신 분이시기 때문입니다.
생명책에 기록된 그의 모든 백성들을 하나의 누락자도 없이 부르시는 것입니다.

부르심의 합당한 열매 맺기 위해서 모든 온유와 겸손으로 하라고 했습니다.
그리스도인의 모든 생활은 인내에서 출발해야 하는 것입니다.
그 틀이 온유와 겸손인데 이 틀은 바로 그리스도의 마음인 것입니다.
그리스도의 마음을 품으리라는 것입니다.
또한 부르심의 합당한 열매는 오래 참음으로 하라고 했습니다.
그리스도인의 모든 생활은 인내에서 출발해야 하는 것입니다.
우리는 소망으로 살아가는 사람들입니다.
소망이란 장차 나타날 일이기 때문에 소망의 생활에는 참음이 필요합니다.

다음에 사랑가운데서 서로 용납하라고 했습니다.
용납이란 말은 용서하여 받아 드리라는 말입니다.
이 같은 용납은 사랑 가운데서 이뤄져야 합니다.
사랑이란 말은 원래 용서한다는 말과 연관이 되어있습니다.
일곱 번이 아니라 이른 번씩 일곱 번이라도 용서하라고 하셨습니다.

다음에 평안의 매는 줄로 성령의 하나 되게 하신 것을 힘써 지키라고 했습니다.
성령은 우리로 하나하나의 지체를 그리스도 안에서 연결시켜 그리스도의 몸을 이루시는 것입니다.
교회를 이루는 일에는 이처럼 하나가 되어야 하는데 이 하나의 연결고리는 평안의 매는 줄입니다. 교회의 평안을 위해 자신이 희생하고 봉사하며 서로 도와주고 충성하는 성도의 생활로 연결되어 하나가 되어 부르심에 합당한 삶을 사시기 바랍니다.

아름답고 행복한 가정

완전한 가정은 없다고 합니다.
가정의 구성원인 인간이 불완전하기 때문입니다.
그럼 불안전한 인간이 어떻게 아름다운 가정을 이룰 수 있을까요?
솔로몬은 행복한 가정 만드는 법을 우리에게 가르쳐 주고 있습니다.

먼저 가산보다 하나님을 위에 두세요.
잠언 기자가 가산을 무시하는 것은 아닙니다.
우리의 몸이 육신을 입은 관계로 가산은 절대 필요합니다.
돈은 없어 어떻게 생활이 유지되겠습니까?
돈은 가족의 생명과도 직결되기 때문에 대단히 중요합니다.
그렇지만 그보다 더 중요한 것이 하나님을 경외하는 것입니다.

그리고 무엇보다 사랑을 우위에 두세요.
사랑으로 하나 되는 가정이 되시기 바랍니다.
" 서로 사랑" 하라고 했어요. 사랑은 용납에서 출발합니다.
부족함이 많아도 사랑하세요.
하나님께서 우리를 사랑한 것처럼 사랑하면 화목한 가정이되고, 서로 용납할 수 있습니다.

행복한 가정은 칭찬을 많이 하시고 문제가 있다면 감정표현은 더디 하시기 바랍니다.
시비나 분쟁은 하찮은 말다툼이나 무익한 논쟁에서 시작됩니다.
사람이 다투는 것을 보면 하찮은 것 가지고 상처줄 때가 많습니다.
완벽한 사람도 없고 완전한 가정도 없습니다. 칭찬하시기 바랍니다.

말의 자제력이 없으면 언제든지 상처 줄 수 있습니다.
그렇지만 잠언 기자는 지혜를 말합니다.
노하기를 더디 하라고 말씀합니다. 조금만 더디 하면 평화가 옵니다.
하나님은 가정의 행복을 원하십니다.

오늘 우리는

여러 경로를 통해서 심판의 경고를 받습니다. 사람들은 그 때마다 두려워합니다. 성수대교가 무너지고 가스 폭발해서 한 지역 전체가 초토화 됩니다.
강남 한복판에서 가장 호화로운 백화점이 무너졌습니다.
천안 함이 피폭을 당했습니다. 연평도가 폭격을 당했습니다.
두렵지 않은 사람은 없습니다.
사람의 목숨이 어떤 것인지 객관적으로 말해 주는 것입니다.

가족이 죽습니다. 수십 년 동거 동락한 사람이 사라집니다.
그 충격은 대단합니다. 그러나 그 때 뿐입니다. 망각해버립니다.

사람들은 잊어버리고 헤맵니다. 하지만 하나님은 그렇지 않습니다.
오래 참고 계속 돌아오기를 기다립니다. 여러 방법을 통해서 경고를 발하십니다. 그러면서 돌이킬 기회를 계속 주십니다. 그러므로 우리가 살아 있다는 것은 하늘이 주신 기회입니다.

회사에서 이사가 되고 정부에서 장관되는 기회가 있다면 길이 막힌다고 몸이 불편하다고 마다할 분이 있습니까?

그런데 영원한 나라에 들어가서 영생의 삶에 대해서는 별로 관심이 없습니다.
왜 그렇습니까? 모르기 때문입니다. 이러한 무지 때문에 사람들은 망해가는 것입니다.
하나님은 전지전능하신 분이십니다. 하나님을 바로 알고 돌이키시기 바랍니다.

채우는 믿음이 필요합니다. 어떤 이들은 삶이 주는 시험을 견디지 못해 조금 채워진 믿음의 물을 금세 따라버리곤 합니다.
하지만 주를 신뢰하는 사람은 어떤 시험이 와도 믿음의 잔을 내려놓지 않습니다.

오히려 시험이 올 때 주 앞으로 더 가까이 나아가 믿음의 잔을 내려놓고
눈물의 기도로 잔을 채워시험을 이겨 나갑니다.
조그만 바람에도 흔들리는 믿음이 아닌
매일 믿음의 잔을 채워가는 성실한 그리스도인이 되십시오.

우리가 조금씩 조금씩 믿음의 분량을 채우며 성장해갈 때
어둠은 더 이상 우리의 삶을 흔들지 못할 것입니다.
삶의 모습에서 새 날을 주신 주님께 감사하며 참된 제자의 모습으로 자라나길 소망합니다.
그리스도인은 만들어지는 것이 아니라 자라는 것입니다.
주님은 우리가 그리스도의 분량만큼 자라길 원하십니다.

말 한 마디가 긴 인생을 만듭니다.

짧은 말 한 마디가
긴 인생을 만듭니다.

무심코 들은 비난의 말 한마디가
잠 못 이루게 하고
정 담아 들려주는 칭찬의
말 한마디가 하루를 기쁘게 합니다.

부주의한 말 한 마디가
파괴의 씨가 되어 절망에 기름을 붓고
사랑의 말 한 마디가 소망의
뿌리가 되어 열정에 불씨를 당깁니다.

진실한 말 한마디가
불신의 어둠을 거두어 가고
위로의 말 한 마디가
상한 마음 아물게 하며
전하지 못한 말 한 마디가
평생 후회하는 삶을 만들기도 합니다.

말 한 마디는 마음에서 태어나
마음에서 씨를 뿌리고
생활에서 열매를 맺습니다.

짧은 말 한 마디가 긴 인생을 만들고
말 한 마디에 마음은
웃기도 하고 울기도 하지만
그러나 긴 인생이 짧은 말 한마디의
철조망에 갇혀서는 아니 됩니다.

섬김을 위한 기도

거룩하고 자비로우신 하나님 아버지,
그 크신 사랑과 은혜에 감사와 찬송과 영광을 돌립니다.
이 시간 연약한 죄인들을 불쌍히 여기시고, 예수님의 피의 공로로 먹보다 더 검은 죄를 깨끗하게 해 주심을 감사드립니다.

주님의 그 크신 사랑과 구원의 은총 앞에 우리가 서 있음에도 우리는 아직도 미련하고 약함으로 그 은혜를 다 깨닫지 못하고 하나님께서 주신 달란트를 땅에 묻어 두고, 주인을 원망하며 불신하는 어리석은 종과 같습니다.
주님! 용서하여 주옵소서.

오늘도 주님의 그 놀라운 생명의 말씀 앞에 이 죄인들이 사로잡혀 어둠의 나라에서 빛의 나라로 옮겨지는 놀라운 체험이 있게 하옵소서.

하나님 아버지, 은혜와 진리가 충만한 초대교회를 본받아 우리들이 섬기는 교회에도 하나님의 은혜와 진리가 넘쳐나게 하옵소서 어두운 세상과 논리에 지배되지 않고, 죄인 된 사람의 방식을 따르지 아니하고 오직 진리이신 하나님 말씀의 기초 위에 살아있는 교회 되게 하옵소서.

우리가 비록 세상에서는 높임을 받지 못하더라도 주님의 이름 앞에서는 높임 받게 하시고 주님처럼 섬김을 받기보다 섬기는 종의 자세를 기뻐할 수 있는 믿음의 사람 되게 하옵소서.

하나님 아버지 우리가 좀 가졌다고 가난한 자를 외면치 말게 하시고 정말 그리스도의 사랑으로 믿음의 눈을 떠서 소외되고 고통 속에 있는 자를 발견하여 그들에게 진정한 믿음과 사랑과 소망을 주는 참된 위로자 되게 하옵소서.
우리를 지키시고 인도하시기를 원하오며,
예수 그리스도의 이름으로 기도드립니다. 아멘

우리 삶의 모습은?

영국의 서정시인 윌리엄 브레이크(1757-1827)는 그가 쓴 시에서 "들꽃 한 송이에서 천국을 본다." 는 시상을 가졌습니다.
이 시인이 일출을 보게 되었습니다.
그 때 한 상인과 함께 햇살이 바다에 쏟아지는 것을 보는 순간 시인은 상인에게 말을 건넸습니다. '당신 눈에 무엇이 보입니까?'
저건 마치 금 조각 같군요 내겐 1파운드 금으로 된 돈으로 보이네요.
'당신은 어떻습니까?' 시인은 '내 눈에는 하나님의 영광이 보입니다. 그리고 찰싹거리는 저 파도소리는 무수한 천사들이 거룩 거룩 거룩 전능하신 주여 라고 노래하는 것 같습니다.' 사람의 마음이 이토록 똑같은 사물을 보아도 이렇게 다르게 보입니다.

우리는 말씀을 들으면서도 그렇습니다.
예배드리면서 천국의 소망을 경험하는 사람이 있는가 하면 소외되고 아픈 마음 때문에 상처받는 사람도 있을 수 있습니다.
바라기는 마음의 상처를 성령의 능력으로 고침 받기를 바랍니다.

우리의 시야가 우주를 내 눈으로 볼 수 없다는 사실을 안다면 하나님이 얼마나 크신가를 미루어 알 수 있습니다.
아주 가까운 곳과 아주 먼 곳은 이처럼 우리 눈으로 볼 수 없다는 제한적인 존재가 인간입니다.
그러기 때문에 하나님 앞에 겸손할 수밖에 없습니다.

따라서 바울은 그가 옛사람이었을때 자랑했던 것이 배설물로 여겨진 것입니다. 배설물이란 개에게 던져진 분뇨, 쓰레기, 음식찌꺼기를 의미합니다.
이것은 얼마나 철저하게 이전 것을 버렸는가를 강력하게 표현하는 표현입니다.
누가 그것들을 버리라고 강요한 것도 아닙니다.
여기서 성공한 인생과 실패한 인생이 갈라집니다.

성공을 위해 달려가고 있다면 그 성공이라고 여기는 그 목표가
진정으로 젊음과 생명을 걸만한 영원한 가치인지를 확인하십시오.
그런 바울의 삶의 중심에는 오직 한분만이 계셨습니다.
그는 바로 예수그리스도입니다.

토저가 말한 성공의 정의는 이렇습니다.

'영적 성공의 삶은 하나님 이외 모든 것을 버리는 삶이다'

사명의 자리

성도는 하나님이 주신 사명을 감당해 나가면서 수많은 시련과 연단을 통과하게 됩니다. 어떤 이는 그 사명의 자리에 들어가기를 죽기보다 더 싫어합니다. 또는 차일피일 미루다가 허송세월 다 보내고 뒤늦게 순종하기도 합니다.

그러나 그 사명의 자리는 가장 귀하다는 것을 믿으십시오.
전능하신 하나님이 나를 믿고 나에게 맡겨 주신사명 얼마나 귀합니까. 하나님의 자녀가 아니고는 맡을 수 없는 귀하고 소중한 자리입니다.

그러므로 사명을 맡은 신실한 청지기의 삶을 살아가시기 바랍니다.
영적 지도력의 소유하고 사람을 사랑하고 하나님의 관점에서 세상을 볼 수 있어야 하며, 자신이 욕심을 우선시 하지 말고 전체를 먼저 생각해야 합니다.

그러므로 사명의 자리는, 가장 안전한 자리입니다.
사명을 위해서는 수많은 연단을 받습니다. 때론 위험한 모험을 해야 하기도 합니다. 때론 생명을 내놓아야 합니다. 그러나 다윗과 같은 믿음을 소유할 수 있는 자리입니다.

사명의 자리는 가장 행복한 자리입니다.
그리스도인의 행복은 불신의 사람들이 누리는 행복과는 다릅니다.
영혼의 만족과 미래에 대한 확신과 사명의 완수라는 여러 조건들 충족됨으로 행복감을 누릴 수 있습니다. 이런 행복은 여호와 하나님만을 진정한 목자로 다를 때에 가능합니다.

사명의 자리는, 자아실현의 자리입니다.
그리스도인의 사명의 자리는 이 땅에서 자신의 역량을 발휘하여 자신의 달란트를 남길 수 있는 최상의 기회입니다. 그 자아실현의 만족은 현재뿐 아니라 영원한 미래의 상급입니다.

우리 모두 나의 사명에 긍지를 가지고 책임감 있게 충성하고, 나의 사명의 자리가 가장 복된 자리임을 믿고 주님이 맡겨주신 사명 잘 감당하여 하나님께 영광 올려드리는 믿음의 삶을 살아가시기 바랍니다.
하루의 삶에 있어서의 풍성함의 정도는 우리가 얼만 큼 주님을 의식했느냐에 달려있습니다.

영혼의 성장을 위해

내 입장에 있으면 삶이 복잡하고 피곤합니다.
그러나 나를 버리고 주님의 입장이 되어 살면,
상상할 수 없는 사랑과 지혜와 풍성함이 옵니다.

당신이 어디에 가든지 거기엔 당신이 있습니다.
당신은 어디를 가든지 자신을 끌고 다닐 수밖에 없습니다.

그러므로 아무리 주변 환경과 상황이 변한다 해도 자신의 내면이 변하지 않으면 근원적인 해결은 없습니다.
문제는 환경에 있는 것이 아니라 당신의 내부에 있습니다.

어떤 사람을 볼 때
그 사람의 슬픈 마음, 속마음이 이해가 되면 이미 영적 싸움에서 이긴 것입니다. 우리는 영혼이 성장한 만큼만 쓰일 수 있습니다.
자신의 영혼이 발전한 만큼만 타인을 변화시킬 수 있습니다.
기도하신 사람의 영혼의 수준만큼 중보기도가 응답되기 때문입니다.

진정한 사랑이란
다른 사람의 마음을 끌어 관심을 얻으려 하는 것이 아닙니다.
진정한 사랑이란 자신의 영혼이 성장하여
상대방을 진심으로 위해주는 마음을 품게 되는 것입니다.

순결하고 아름답고 거룩하신 그 분 앞에 가까이 갈수록
우리 영혼은 민족을 누립니다.
그 기쁨.. 하나님의 사랑.. 그 은혜는 우릴 만족케 합니다.

우리 인생의 문제는 환경에 있는 것이 아닙니다.
아버지와 우리 사이의 거리..
오직 그것만이 문제해결의 근원입니다.

아름다운 인생을 위한 지혜로운 글

인생의 시계는 단 한번 멈추지만, 언제 어느 시간에 멈출지는 아무도 모릅니다.
지금이 내 시간이라 하고 살며, 사랑하며 수고하고 미워하지만 내일은 믿지 마십시오.
그때는 시계가 멈출지도 모르기 때문입니다.
떠날때에 우리 모두는 시간이라는 모래밭위에 남겨 놓아야하는
발자국을 기억해야 합니다. 인생에는 중요한 것은 실패하지 않는 것이 아니라,
실패해도 좌절하지 않는데 있는 것입니다.
꿈을 계속 가지고 있으면, 언젠가는 반드시 그것을 실현할 때가 올 것입니다.

그러므로 오늘 어떤 꿈을 가지고 있다면,
기회를 사용하도록 철저히 준비하십시오.
아무리 곤경에 처해도 당황하지 마십시오.
사방이 다 막혀도 위족은 언제나 뚫려 있고,
하늘을 바라보면 희망이 생깁니다.
젊음은 마음의 상태이지 나이의 문제가 아님을 명심하십시오.
매력은 눈을 놀라게 하지만 미덕은 영혼을 사로잡습니다.
당신의 습관을 최대한 다스리십시오.
그렇지 않으면 그것들이 당신을 지배하게 됩니다.

좋은 집을 지으려 하기보다 좋은 가정을 지으십시오.
호화주택을 짓고도 다투며 사는 사람이 있는가 하면,
오막살이 안에 웃음과 노래가 가득한 집이 있으니..
받는 기쁨은 짧고 주는 기쁨은 길다.
늘 기쁘게 사는 사람은 주는 기쁨을 가진 사람이다.
아낌없이 주십시오. 주면 주는 만큼 더 많이 받을 것입니다.
실제로 삶에서 가치 있는 것들은 나눔을 통해 배가 됩니다.

내가 남한테 주는 것은 언젠가 내게 다시 돌아온다.
그러나 내가 남한테 던지는 것은 내가 다시 돌아오지 않는 법입니다.
마음이 원래부터 없는 이는 바보이고, 가진 마음을 버리는 이는 성인입니다.
비뚤어진 마음을 바로잡는 이는 똑똑한 사람이고,
비뚤어진 마음을 그대로 간직하고 있는 이는 어리석은 사람입니다.
나를 용서하는 마음으로 타인을 용서하고,
나를 다독거리는 마음으로 타인을 다독거려야 합니다.
우리 모두 아름답고 복된 인생길을 갑시다.

하나님께 영광을!

1924년 제8회 올림픽이 파리에서 열렸는데 그때 있었던 이야기입니다.
올림픽 경기에 나가는 에릭 리들이라고 하는 영국의 청년이 있는데, 이 사람은 100미터 선수입니다.

이 사람이 기록이 좋아서 틀림없이 금메달을 딸 것을 확신하고 있는 사람입니다. 그런 유망주였는데, 하필이면 자기 경기가 그 배치된 것을 보니까 주일날이었습니다.

그런데 이 청년은 뛰지 않겠다고 단호하게 거절했습니다.
그러니까 영국 사람들이 그를 비난했습니다. 이 사람은 조국을 배반한 자요, 위선자요, 옹졸한 신앙인이요, 비겁한 사람이라고 갖은 욕을 했습니다.

국가를 대표해서 올림픽에 나간 사람이 주일날이라고 해서 안 뛰겠다는 그런 나쁜 놈이 있느냐고 갖은 욕을 먹었지만, 그는 주일을 범하면서까지 올림픽에 나가서 뛸 수 없다며 출전을 포기한 것입니다.
그리고 조용히 교회에 나가서 하나님께 예배드렸습니다.

그런 후에 다른 사람들이 와서 권유하기를 "자 100미터는 놓쳤지만 400미터가 남아있는데 혹시 뛸 수 있느냐?" 하니 "해 보겠다"고 대답합니다.
100미터 선수가 400미터에 나서게 됩니다.

그런데 출발에서부터 100미터 뛰는 솜씨로 총알같이 뛰는 것입니다.
많은 사람들이 보고 "저 사람 200미터만 뛰고는 쓰러질 모양이다." 하고 걱정했는데 400미터를 그대로 주파했습니다. 그래서 세계 신기록을 세우면서 금메달을 땄습니다.

기자들이 그에게 물었습니다.
당신은 100미터 선수인데 어떻게 100미터 선수가 100미터 뛰는 솜씨로 400미터를 뛰었느냐고 이런 기적이 어디 있느냐고 물었더니
"200미터까지는 내 힘으로 뛰고 나머지 200미터는 하나님의 힘으로 뛰었습니다. 내가 100미터를 거부했습니다, 주일을 지키기 위해서. 이제 나머지를 뜁니다. 그리고 하나님 앞에 맡기고 뛰었는데 이렇게 결과를 얻었습니다."

그래서 하나님께 영광을 돌렸다는 이야기입니다.

강한 바람

식물학자의 말에 의하면, 겨울이 지난 후 3월의 강한 바람이 불어올 때 나뭇가지가 마구 바람에 흔들리는 모습이 보기에는 애처로울지언정, 그 강한 바람은 나무에 꼭 필요한 것이라고 합니다.

초봄의 강한 바람에 나무가 흔들리면서 새잎을 내는데 필요한 영양이 위로 잘 올라갈 수 있다고 합니다.
즉 뿌리로부터의 영양공급이 겨우내 활동 안 한 나무줄기를 통하여 새싹 부분까지 원활히 잘 올라가자면 바람에 흔들리는 운동 작용이 있어야 한다는 것입니다.

편한 생활만을 행복이라고 알고 지낸 사람의 일생에 인간으로서의 위대성이 있는 것을 본 일이 있겠습니까?
위대한 삶을 살아간 사람이라면 인생길에 거센 바람을 맞아 보지 않은 이 없을 것입니다.

문제는 당신의 신앙과 의지가 그 바람을 어떻게 해석하고 처리하는가입니다.
범사에 감사하라.
주님을 의지하며 강하고 담대히 거센 바람에 당면하라.

종말의 때

제정 러시아가 망하던 날은 참으로 참혹했습니다. (조지아, 아제르바이잔, 아르메니아) 코카서스의 기마병들이 모스크바를 향해 쳐들어올 때, 모스크바의 피난 대열에는 금은보화를 잔뜩 실은 마차와 처녀들과 사제들, 그리고 귀족과 같은 부자들이 100만 명 이상이나 있었다고 합니다.

그런데 먹을 것은 없고 날씨는 추워 영하 40도를 오르내려, 그 와중에 수 많은 사람들이 얼어 죽고 병들어 죽었습니다.
만삭이던 한 부인이 아기를 낳다가 아기와 함께 죽기도 했다고 합니다.

그렇게 처참한 제정 러시아 최후의 날은 왜 닥쳐왔습니까?
당시 러시아는 기독교가 사회 전반에 영향을 미치던 사회였는데도, 사제들은 축도를 할 때 손가락을 펴는 방법, 사제복의 색깔, 성당의 첨탑 위에 천사들이 몇 명이나 앉을 수 있을까 하는 것과 같은 아무짝에도 쓸데없는 일에만 관심을 가지고 논쟁을 하고 있었습니다.

제정 러시아 최후의 날은 가장 절망스럽게 빗나간 기독교가 빚어낸 결과였던 것입니다.

오늘 우리 한국교회의 교인들 중에 과연 소돔 성의 멸망을 유보했을 수도 있었던 의인 열 명이 있습니까?

과연 우리는 '여호와여 나의 의와 내게 있는 성실함을 따라 나를 판단하소서.' 라고 담담하게 고백할 수 있겠습니까?
자신을 돌아보고 종말의 때를 준비하시기 바랍니다.

부족함이 없는 삶

인생길이 힘들고 고난의 연속입니까?
여러 가지 문제 가운데 허덕이며 길을 찾고 있지만 우리의 의지만으로 길을 찾아가기에는 그 길은 고독하고 힘든 길입니다.

그런데 시편 기자는 하나님이 우리를 인도하신다고 고백합니다.
안내자를 믿을 수 있다면 그 여행길이 편안합니다.
그렇다면 하나님은 어떤 안내자입니까? 시편 121편을 보면 "졸지도 아니하시고 주무시지도, 않고 우리를 지키신다."고 했습니다.

시편 139편을 보면 "나의 앉고 일어섬을 아시며 멀리서도 나의 생각을 통촉하시며 나의 모든 행위를 통촉하신다,고 했습니다.

시편 27편을 보면 "주는 나의 빛이라"라고 했습니다.
우리의 길을 인도하시는 하나님이 어떤 분인가를 설명해주는 구절들입니다.

지키시고 인도하시는 하나님이 함께하고 있다는 믿음의 신앙을 포기하지 않는다면 결코 우리는 인생의 낙오자가 될 수 없습니다.

무디가 어느 날 글을 쓰고 있었습니다. 그때 다섯 살짜리 아들이 서재로 들어왔습니다. 무디가 자신의 글 쓰는 일이 방해될까 봐 물었습니다.
"왜 들어왔니. 뭘 원하니?"라고 묻자,

"아무것도 원하지 않아요. 그냥 아빠와 함께 있고 싶을 뿐이 예요,"라고 대답합니다. 그리고 그 아이는 아무 소리도 없이 아주 조용하게 아빠 서재에서 놀고 있었습니다. 무디는 자기 서재에서 조용히 놀고 있는 사랑하는 아들에게 "나가라"는 말을 하지 못했습니다. 그렇습니다.

주님과 함께 있는 사람, 충성을 다하고 주님과 교제하는 사람,
주님의 인도를 따르는 사람은 주님이 외면하거나 홀로 두지 않습니다.

"여호와는 나의 목자시니 내가 부족함이 없으리로다.
그가 나를 푸른 초장에 누이시며 쉴만한 물가로 인도하시는 도다."
목자 되시는 주님의 품에서 부족함이 없는 은혜의 삶을 살아가는 복되고 아름다운 믿음의 사람 되시기를 소망합니다.

세대를 분별하라.

노아 당시 세상은 오래 참으시는 하나님께서도 더 이상 참으실 수 없으실 정도로 죄악이 차고 넘쳤으며 그 마음의 생각의 모든 계획이 항상 악할 뿐이었습니다.
사람이 잘 먹고 잘사는 것이 소원하지만 바로 그때 신앙의 브레이크가 고장이 나면 걷잡을 수 없는 방탕과 타락의 길로 질주하게 되기 쉬운 때라는 것입니다.

예수님이 경계하신 말세의 모습이 (마24:38-39) 말씀입니다.
홍수전에 노아가 방주에 들어가던 날까지 사람들이 먹고 마시고 장가들고 시집가고 있으면서 홍수가 나서 저희를 다 멸하기까지 깨닫지 못하였으니 인자의 임함도 이와 같으리라는 말씀처럼 살게 된다고 하셨습니다.

그러므로 오늘 하나님을 믿는 우리 성도들은 (롬12:2)에서 말씀하신 "너희는 이 세대를 본받지 말고 오직 마음을 새롭게 함으로 변화를 받아 하나님의 선하시고 기뻐하시고 온전하신 뜻이 무엇인지 분별하도록 하라." 는 말씀처럼 믿음 없는 이 세대를 본받지 말아야 합니다.

이 시대는 불신자는 말할 것도 없고 하나님을 믿는 셋의 후손들과 같은 신자들마저 세속화되어 버림으로 노아처럼 진실하게 믿고자 하는 성도들이 외로워지는 시대가 되었습니다.

그러므로 지금이 바로, 노아 때와 같이 하나님의 심판을 자초하는 시대이기에 우리 성도들에게는 무엇보다 하나님의 은혜가 절실한 때입니다.
믿음에 굳게 서서 주님의 은혜 가운데 십자가의 길을 가는 복된 성도 되시기 바랍니다.
아무리 굳게, 다짐해도 자신의 힘만으로는 죄악 된 세상을 이길 수 없음을 깨닫고 하나님의 은혜만을 사모하며 성령의 충만함을 입고 하나님 보시기에 아름다운 믿음의 소유자들이 되어 믿음의 본을 보이며 세상에서 빛과 소금의 사명을 잘 감당하시기를 소망합니다.

감사하라

스웨덴의 레나 마리아 존슨이란 24세의 처녀가 있습니다.
그의 전기를 보게 되면, 그는 하나도 쓸모없는 존재였습니다.
두 팔이 없고, 한쪽 다리가 짧은 중증 장애인으로 태어났습니다.
성한 곳이라는 오른쪽 발 엄지발가락뿐이었습니다.

그런데, 놀라운 사실은, 수영, 십자수, 요리, 피아노, 운전, 성가대 지휘에 이르기까지 레나는 그녀의 하나밖에 없는 오른발로 못 하는게 없습니다. 또 마리아 존슨은 발가락을 가지고 뜨게질을 합니다.

또 3살 때부터 수영을 시작해서 스웨덴 대표로 세계 장애인으로 수영선수권대회에서 4개의 금메달을 따기도 했습니다. 1988년 서울 올림픽 장애인 올림픽 때도 참석하여 좋은 성적을 거두었습니다.

또 어렸을 때부터 교회 찬양대에서 활동했고, 고등학교에서 음악 전공을 시작하여 스톡홀름 음악대학 현대음악과를 졸업했습니다.

대학 졸업 후 본격적인 가스펠싱어로 음악 활동을 시작했습니다. "목표를 향해"라는 다큐멘터리를 통해서 스웨덴, 일본 등에 많은 영향을 끼치며, 일본에서 매해 그녀의 콘서트가 열리고 있습니다.

그는 지금도 복음성가를 부르면서
"항상 기뻐하라 쉬지 말고 기도하라 범사에 감사하라."고 말하고 다닙니다.
비록 육신은 불구이지만 그녀는 건강한 사람입니다.
우리를 부끄럽게 하리 만큼 온전한 건강을 가지고, 오히려 우리에게 치유를 받도록 권고하고 있습니다.

감사하는 동역자

한해를 되돌아보면서 감사하는 동역자가 되었으면 합니다.

우찌무라 간죠는 "감사하는 마음이 생기지 않는 매마른 마음을 가지게 되는 것은 저주다." 다시 말해서 아무리 은혜를 많이 입었어도 감사하지 않으면 그 마음 자체가 매마른 마음으로 저주라는 뜻입니다.

그런데 무슨 일을 해도 감사하는 마음이 충만한 사람은 은혜가 충만합니다.

은혜가 충만해지는 자체가 곧 축복입니다. 왜 그렇습니까?

사람은 감사하는 마음이 있을 때 더욱 행복해집니다.

헨리 포드가 자동차 왕으로 돈을 많이 벌어 한창 유명할 때의 일입니다.

시골의 한 여선생님이 학교에 피아노를 한 대 들여놓고 싶다며 피아노를 살 수 있도록 일 천불을 도와달라는 간곡한 편지를 보내왔습니다.

그런데 회사규정을 따라 헨리 포드의 이름으로 10센트를 보냈습니다.

이 여선생님은 비록 그녀가 원하는 천불은 아니었지만, 그 돈도 고맙게 생각하고 그 돈을 가지고 땅콩 씨를 사서 학생들과 함께 부지런히 농사를 지었습니다. 그리고 그해 땅콩을 수확하여 그 중에 한 봉지를 소포로 감사의 편지와 함께 헨리 포드에게 보냈습니다. 이 편지에 감동을 받은 헨리 포드는 이 학교가 요청한 일 천불이 아니라 그 열배인 일만 불의 돈을 보냈다고 합니다.

우리 하나님도 마찬가지인줄 믿습니다.

작은 것을 받고도 감사할 때 하나님께서 얼마나 기뻐하시겠습니까?

이스라엘 백성들이 광야에서 40년을 보낼 때, 굶어죽은 사람도 없었고, 발이 부르튼 사람도 없었습니다. 뿐만 아니라 옷이 낡아서 못 입었다거나 신발이 해어진 사람도 없었습니다. 참으로 신기한 일입니다.

이뿐만 아니라 하나님께서 만나와 메추라기로 배불리 먹이시고 불기둥과 구름기둥으로 인도해주셨습니다.

반석에서 생수가 나게 하셨고, 날마다 하나님이 함께 하여 주셨습니다.

이렇게 사랑받고 축복받았으면, 날마다 하나님께 감사하고 기뻐하고 찬양하며 하나님 앞에 영광을 돌려야 마땅하나 도리어 이스라엘 백성들은 원망불평만 했습니다. 도무지 감사를 모르는 목이 곧은 백성이 된 것입니다. 이는 하나님의 택함을 받은 선민의 도리가 아닙니다. 우리의 모습은 어떠합니까?

우리 모두 감사하는자가 됩시다.

간절히 기도하면 하나님께서 함께하실 줄 믿습니다.

죠지 뮬러는 그에게 다가온 위기를 하나님께 기도함으로써 실제로 많은 응답을 받았습니다.
뮬러는 삶 가운데 5만 번 기도 응답을 받았다고 했습니다.
그는 기도할 때마다 밀실에 들어가 홀로 기도하였습니다.
그리고 몇 번이고 힘을 얻기 위해 기도하였습니다. 나중에 뮬러가 고백하기를
자기 내부의 개혁이 없이는 부패되는 것을 막을 수 없다고 하였습니다.
자신의 문제에 대해서 늘 회개하는 기도가 없으면, 썩어져 가는 자신을 막을
수 있는 능력을 어디에서도 공급받을 수 없습니다.

예루살렘 교회가 스데반 박해 사건 이후에 최대의 위기를 맞게 되었습니다.
교회는 언제나 기도해야 합니다. 분명히 교회의 역사에는 곡선이 있습니다.
스데반의 순교로 예루살렘 교회는 엄청난 어려움을 겪었고, 성도들이 여러 곳
으로 흩어지는 아픔을 가졌습니다.
그러나 사울이라는 무섭고 위대한 인물이 '전격적이며 '강권적' 인 역사로 교회
의 중요한 인물로 세워지면서, 교회가 새 힘을 얻었습니다. 그러나 교회는 일할
만하면 여러 가지 시험을 만나게 되는 경우가 많습니다.

사도행전 11장 마지막에서 사울이 '일군'으로 사역을 시작할 때에, '그 때에' 교
회의 기둥인 '야고보 사도'가 순교했습니다.(행 12:1-2),
계속해서 교회의 최대 기둥으로 여기는 베드로 마저 순교의 위기를 맞게 되자,
교회기 기도하지 않을 수 없었습니다. 헤롯은 '야고보'를 죽이자 유대인이 기뻐
하는 것을 보고 또다시 베드로를 죽이려고 잡아들이고 수일 후에 죽이고자 했
습니다.

교회의 절대 절명의 위기 상황입니다.
왜냐하면 이미 야고보가 그 칼에 희생되었기 때문입니다. 그러므로 간절히 기
도할 수 밖에 없지 않습니까? 교회의 존재는 여기에 있습니다. 믿음의 사람은
이 어려운 시기에 하나님께 간절히 기도하는 신앙인이 되어야 합니다.

열매 맺는 삶

열매 맺는 삶을 살 수 있는 것은 하나님의 은혜입니다.
그리스도인들 자력으로는 열매 맺는 삶을 살수가 없습니다.
왜냐하면 선한 의지를 일으키는 힘은 오직 성령으로 말미암기 때문입니다.

그러므로 그리스도인들은 성령의 소욕이 육신의 소욕을 지배할 수 있도록
하나님의 은혜를 늘 간구해야 합니다.

예수 그리스도께서는 그의 제자들에게 십자가의 도와 섬김의 도를 가르치심으
로 자신의 인격과 삶을 본받으라 하셨으며 또한 저희들을 세상에 보내시면서
열매 맺는 삶을 살 것을 본부하셨습니다. 그리고 그들이 열매 맺는 삶을 살 때
비로소 자신의 참된 제자가 될 수 있음을 말씀하셨습니다.

그러므로 누구든지 그리스도의 인격과 삶을 본받아 하나님을 공경하고 이웃
을 사랑하는 삶을 삶으로써 성령의 열매, 빛의 열매, 의의 열매를 맺을 수 있으
며, 그는 그리스도의 참된 제자가 될 것입니다.

육신적인 그리스도인들은 축복의 조건을 정신적인 것과 물질적인 것에서만 찾
으려고 합니다. 즉 물질, 사회적 지위, 권세, 명예, 건강 등에 축복의 요소를 둡
니다.

그러나 영적인 그리스도인들은 이러한 축복의 요소들을 부수적인 조건들로 생
각합니다.

오직 성도들은 축복의 핵심적인 조건을 그리스도를 닮는 인격 형성과 그 인격
에서 나오는 선한 열매에 둡니다.
이에 오늘 우리 모두는 이와 같은 열매를 맺는 삶을 살아 하나님께 영광을 돌
리는 삶을 살아가시기를 축원합니다.

감사

소크라테스의 제자였던 플라톤은 28세에 스승의 죽음을 목격한 후 절망과 실의에 빠져 12년 동안 이집트, 시실리, 이탈리아를 돌며 방황했습니다.
그의 나이 40이 되어서야 아테네로 돌아와 철학 강의를 시작했습니다.
그는 입버릇처럼 네 가지를 감사했다고 합니다.
첫째는 헬라인으로 태어난 것, 둘째는 자유인으로 태어난 것,
셋째는 남자로 태어난 것
넷째는 소크라테스와 같은 시대에 태어난 것

감사와 불평은 똑같이 땅속에 묻혀 있습니다.
그런데 어떤 사람은 감사를 캐내고, 어떤 사람들은 불평을 캐냅니다.
그것은 마치 금광에서 하루 종일 금을 캐는 사람이 있고, 쓸모없는 돌맹이를 캐는 사람이 있는 것과 같습니다.
우리는 삶의 모습에서 감사라는 보화를 캐어 담읍시다.
그리하여 영적으로 정신적으로 부자가 됩시다.

듣지도 보지도 못했던 헬렌 켈러는 말했습니다.
　"나는 앞을 못 보는 사람이다.
눈이 멀지 않은 사람들에게 주고픈 말이 있다.
내일 갑자기 장님이 될지도 모른다고 생각하면 당신의 눈을 사랑하라.
귀가 먹고 벙어리가 된다고 생각하고 듣고 보고 접촉할 수 있음을 감사하라" 고 하였습니다.

시편 103편은 다윗이 읊었던 시중에 한편입니다. 그의 시는 "하나님을 송축하며 그 은혜를 잊지 말라"로 시작됩니다.
송축한다는 것은 하나님의 은혜를 노래하며 감사한다는 것입니다.
우리 모두 지나온 삶을 돌아보시고 하나님의 은혜에 감사하시기 바랍니다.

믿음의 삶

사람마다 새해를 어떻게 보낼까 생각들을 합니다. 우리 믿는 성도들에게 성경은 믿음으로 살아가라고 말씀합니다. 그렇다면 주님이 원하시는 믿음의 삶을 살아가고 있습니까?

새해에는 하나님의 말씀의 바탕위에서 믿음으로 살아갈 수 있기를 바랍니다. 우리 삶에서 가장 중요한 것이 <믿음>입니다.

가정에서도 가족들끼리 믿음이 없이 산다면 얼마나 불행하겠습니까?

이것은 이웃과의 관계에서도 마찬가지입니다.

오늘 우리 사회에 문제가 있다면 서로의 불신가운데 문제가 일어납니다.

서로 불신하는 사람들이 함께 하는 것은 고통일 뿐입니다. 그러므로 아브라함의 믿음을 본받아 새해에는 믿음으로 살아야 하겠습니다. 여호와 이레의 신앙을 가지고 세상 그 무엇보다 하나님과 함께 하시기 바랍니다. 아브라함은 하나님을 믿고 갈 바를 알지 못하면서도 순종하였습니다. 이것이 위대한 신앙입니다. 가는 길을 알고 가는 것은 믿음의 길이 아닙니다.

내일이 어떻게 될지 모르지만 하루하루를 말씀을 의지하고 살아가는 것, 그것이 위대한 믿음입니다. 하나님께 인정받는 믿음입니다. 우리가 이 새해를 살 때 너무 거창스럽게 기도할 것이 없습니다. 매일 하루하루를 말씀 따라 걸어가노라면 주님께서 인도해 가는 길을 걸어갈 것입니다.

아브라함은 '내가 너를 복 주리라' '너는 복의 근원이 될지라.'는 약속의 말씀을 믿고 그 말씀따라 한걸음씩 순종했습니다.

말씀을 따라 한걸음, 한걸음씩 걸어가노라면 나도 모르게 어느새 주님과 함께 동행함을 알게 될 것입니다. 처음부터 저는 목사의 길을 걸으려고 하지 않았습니다. 그러나, 하나님께 붙잡혀 목사가 된 후, 오늘까지 걸어온 길을 되돌아보면 지키시고 인도하신 하나님의 은혜에 참으로 감사하지 않을 수 없습니다.

인간적인 면에서 보면 흠이 많고 갈등하며 문제도 있었지만 주님과 함께 걸어온 길에서 보면 모두가 은혜요, 축복이었습니다.

이 한해를 어떻게 살아가려고 하십니까? 금년 한해를 우리 모두는 아브라함처럼 믿음으로 순종하면서 하루하루를 살아가야 하겠습니다.

그럴 때 아브라함의 복을 누리게 될 것입니다.

할렐루야!!

행복

지금까지 얻고자 했던 행복을 얻으셨습니까?

진정한 행복의 가치를 정립하시기 바랍니다.

얼마를 소유했느냐를 자랑으로 삼는 사람들이 있습니다.

또 얼마나 고가이고 유명한 제품을 갖고 있는지를 행복의 척도로 삼는 사람들도 있습니다. 하지만 그들은 그것들이 모두 없어져 버리면 불행해질 사람들입니다. 행복이란 현실의 삶에 만족하고 최선을 다해 사는 보람에 있습니다. 삶에서 성공이란 자기가 하고 싶은 일을 하고, 그 일에서 만족을 느끼며 사는 것을 말합니다.

마음을 닦는 사람은 스스로 비굴하지도 않고 또 스스로 뽐내지도 않습니다.

행복의 척도는 필요한 것을 얼마나 많이 갖고 있는가에 있지 않고, 불필요한 것으로부터 얼마나 벗어나 있는가에 있습니다. 행복은 감사하며 나를 극복하면서 주어지는 것이다.

믿음의 시험이 올 때

우리는 두 가지 선택 앞에 놓입니다.

눈앞에 보이는 세상의 방법을 택할 것인지 아니면 하나님의 방법을 믿고 신뢰하며 나아갈 것인지 고민하게 되는 것 입니다.

하지만 분명한 것은 믿는 자의 유일한 소망은 하나님 한분 뿐 이라는 사실입니다. 어떠한 상황 속에, 또 어떤 문제 앞에 서 있든지 하나님께 깊이 뿌리내리십시오. 당장의 이익을 쫓아 세상의 유혹에 흔들리지 말고 잠잠히 주의 도우심을 바라며 믿음의 길을 걸어가십시오.

선한 싸움에 승리하는 경험을 통해 살아계신 하나님이 이끄시는 은혜의 삶을 누리십시오.

오직 믿음으로 구하고 조금도 의심하지 말라. 의심하는 자는 마치 바람에 밀려 요동하는 바다 물결 같으니 이런 사람은 무엇이든지 주께 얻기를 생각하지 말라 두 마음을 품어 모든 일에 정함이 없는 자로다. (야고보서 1장 6~8절 말씀)

주님과 함께!

데일 카네기는 "자수성가한 사람이란 있을 수 없다" 고 말했습니다.
이는 현실에서는 한 사람의 노력만으로는 성공할 수 없다는 말입니다.
인간은 혼자서는 어떤 일도 할 수 없도록 창조된 불완전한 존재입니다.
서로 돕고 보완하면서 살아가도록 섭리하시고 만들어진 것입니다.

그러므로 우리가 세상을 살아가면서 지혜로운 사람과 파트너가 되는 일은 무엇보다 중요합니다. 아인슈타인은 "나는 하루에도 여러번씩 내 인생이 얼마나 많은 동료들의 노력으로 이루어졌는지를 생각한다." 고 말했습니다.
파트너는 삶의 성패를 결정짓는 중요한 요인입니다.

여기 인생최대의 파트너가 있습니다. 그분은 바로 예수님이십니다.
그분과 함께 가는 인생길은 기쁨과 소망이 가득합니다. 예수님은 삶에 지친 우리를 향해 이렇게 말씀하고 계십니다.
"수고하고 무거운 짐 진 자들아 다 내게로 오라 내가 너희를 쉬게 하리라."

아름다운 인생을 위한 지혜로운 글

벤저민 디즈레일리는
"사람이 인생에서 성공하는 비결은 기회가 다가올 때 그것을 받아들일 준비가 되어있는가, 그렇지 않은가에 달려있다." 라고 말했습니다. 우리가 살면서 쌓인 모든 것들은 인간 됨됨이의 바탕이 됩니다. 그러므로 사람은 자신의 인격과 능력을 개발하는데 많은 시간을 투자해야만 합니다.

자신이 원하는 것을 얻었다고 해서 인생이 성공하는 것이 아니라, 준비되지 않은 사람에게는 오히려 화가 되기도 하기 때문입니다.
복권에 당첨된 많은 사람들이 몇년 만에 재산을 다 날리고 인생을 파산으로 몰고 가는 이유가 소유에 걸맞은 사고방식을 개발하지 못했기 때문입니다.

전문직 중에 의사는 단돈 몇 천원 몇 만원을 받기 전에 이미 수 천 만원의 돈과 시간을 투자한 사람들입니다. 나이팅게일은 "사람이 5년동안 같은 주제에 대해 매일 1시간만 투자한다면
반드시 그 주제에 관한 전문가가 될 것이다." 라고 말했습니다.
그러므로 매일 매일 자기개발에 힘쓰는 자만이 성공을 누릴 수 있을 것입니다.
아무 일에든지 다툼이나 허영으로 하지말고 오직 겸손한 마음으로 각각 자기보다 남을 낫게 여기고(빌2:3절 말씀)

인간관계

근세 유명한 철학자인 마르틴 부버는 [나와 너] 라는 책에서 현대인의 인간관계를 세 가지로 진단했습니다. 하나는 '그것과 그것의 관계'입니다.
오늘날 사람들은 마치 물건처럼 서로가 서로를 이용하고 차버립니다.
남편과 아내의 관계도 마찬가지입니다. 생명이 없는 무인격의 관계로 전락하고 있습니다. 이 위대한 유대인 철학자 부버는 또 하나의 관계로 '나와 그것의 관계'라고 이야기했습니다.
상대방이 나를 물건처럼 이용해도 나는 상대방을 끝까지 인격으로 대할 때 그 때 '나와 그것의 관계'가 성립된다고 합니다.

그러나 이러한 인간관계는 '나와 너의 관계' 로 발전하지 않으면 안된다고 말했습니다. 나는 너를 인격으로 그리고 당신도 나를 인격으로 대해야 한다는 말입니다. 여기서 끝나면 부버는 그렇게 위대하지 않습니다. 그는 또 이렇게 말합니다. "내가 당신을 인격으로 믿어주고 당신이 나를 인격으로 믿어 주어도 우리들 사이에는 언제나 그 인격적인 관계가 깨질 수 있는 긴장이 있다.
이것이 인간성의 연약함이다. 그렇기 때문에 나와 너 사이에는 언제나 이 인간관계를 중매하는 하나의 촉매자가 필요하다." 부버는 그 촉매자를 '영원한 너'라고 이야기했습니다.

그리스도인들에게 있어서 '영원한 너'는 바로 예수 그리스도입니다.
남편과 아내의 관계도 마찬가지입니다. 우리가 인간과 인간으로 부딪칠 때, 우리는 상대방에게서 얼마나 많은 단점을 발견합니까? 그러나 그리스도를 통해서 바라본 내 아내와 내 남편은 어떻습니까? 또 그리스도를 통해서 바라본 우리의 이웃과 동역자는 어떻습니까?
그리스도를 통해서 우리가 함께 만날 때,
그리스도 안에서 함께 무릎을 꿇을 때에 비로소 우리는 서로 용서하고 사랑하는 놀라운 관계가 가능할 수 있습니다.
할렐루야!

내 삶의 존재 목적

분명히 우리 인생은 삶의 존재 목적이 있습니다.
"나는 왜 이 세상에 태어났는가, 나는 무엇 때문에 지금 존재하는가, 나의 사는 목적이 무엇이며 나의 인생의 목표는 무엇인가" 라는 질문을 하지만 거기에 대한 분명한 해답을 찾지 못하며 살아가는 사람들이 많습니다.

하나님께서 사람을 지으실 때 분명한 목적과 이유가 있어서 우리 생명을 태어나게 하셨습니다. 하나님의 형상을 따라 만드셨으며, 또한 타락했을 때 그 가운데서 구속해 내셔서 당신의 자녀로 삼으셨다는 것이 성경의 근본적인 뜻입니다. 실로 우리는 하나님께 지음받아 세상에 태어났고 오늘의 내가 존재하여 괴롭건 즐겁건 살아가고 있습니다.

이렇게 분명히 창조주 하나님이 계시고 그가 지으신 내가 이 땅에 존재하고 있는 한 거기에는 분명한 의미가 있고 목적이 있는 것이 사실입니다.

우리는 하나님의 영광을 위하여 존재합니다. 성경(고전10:31)에 "너희가 먹든지 마시든지 무엇을 하든지 다 하나님의 영광을 위하여 하라,"고 하였으며 (고전 6:21)에는 "너희는 값으로 산 것이 되었으니 그런즉 너희 몸으로 하나님께 영광을 돌리라" 고 하였습니다.
우리가 이 세상에 존재하는 목적은 하나님은 오직 참되시며 영광스러운 분이심을 알고 나의 삶을 통하여 그의 영광을 드러내는 일임을 성경은 말씀하고 있습니다.

이 때 우리는 최고의 기쁨과 평안과 만족을 경험하게 되며 다른 사람들은 하나님의 이름을 높이며 그에게 영광을 돌리게 됩니다.
이것이 우리 인생의 목적이며 택함 받은 자의 소명인 것입니다.
우리의 존재 목적은 오직 한 분, 참되신 하나님을 나의 인생을 통하여 그의 영원하신 은혜와 영광을 나타내는 것입니다.

오직 인생의 목적은 사랑과 의와 선의 하나님을 아는 일이요, 그의 나라를 소유하는 일이요, 그의 영생을 체험하는 일입니다.
그러므로 길과 진리요, 생명이신 하나님을 알고 믿고 경험하는 일이
"너희가 나의 증인, 나의 종으로 택함을 입은 것은 나를 알고 믿어 내가 여호와 하나님인 줄 깨닫게 하려 함이라" 하신 말씀을 인생의 목적으로 삼고 승리의 삶을 살아가시기를 축복합니다.

약속

약속이란 원활하고 질서정연한 인간사회를 만들기 위하여 사람들은 서로 간에 필요한 약속을 합니다.

살다 보면 지킬 수 있는데도 게으름이나 무책임하여 약속을 외면하는 사람들이 많습니다. 급해서, 잊어서, 바빠서 못지켰다며 여러 가지 이유를 댑니다. 약속은 급하기 때문에 지켜야 하고 바쁘기 때문에 지켜야 합니다. 그리고 지키지 못할 약속은 하지 않아야 합니다. 약속을 지키지 못하면 상대방에게 상처를 주고 자신은 신뢰를 잃습니다.

신뢰를 얻는 데는 많은 시간이 걸리지만 잃는 데는 순간적입니다. 그러므로 사람에게 약속만큼 중요한 것은 없습니다. 그러나 사람이기에 약속을 지키지 못할 때가 많습니다. 그래서 약속은 신중하게 해야 합니다.

어떤사람은 성공비결을 이렇게 말했습니다. 약속은 꼭 지켜라, 그러나 최대한 약속하지 말라. 이 말과 같이 약속은 신중히 하십시오. 자칫 잘못하면 거짓말쟁이가 될 수 있습니다.

미국의 한 부자 사업가가 있었습니다.

그가 병으로 죽기 직전에 목사님이 방문해서 그를 위해 간절히 기도해주었습니다. 기도 후에 그가 말했습니다. "목사님! 만약 하나님이 이번에 저를 치료해주시면 백만 달러를 헌금하겠습니다." 그때부터 신기하게 호전되었습니다.

그리고 몇 주 만에 퇴원했습니다.

몇 달 후 목사님이 길가에서 그를 우연히 만나 말했습니다.

"성도님! 그때 병원에서 한 약속을 기억합니까?

치료되면 백만 달러를 헌금하기로 약속했지요?" 그때 그가 말했습니다.

"목사님! 제가 그런 약속을 했나요? 그때는 정말 정신없이 아팠었나 봐요."

참으로 측은한 인생입니다. 약속을 지킬 때 인격이 세워집니다.

미국 대선에서는 TV토론 후 여론조사를 합니다. 그러면 가끔 토론을 잘한 후보보다 토론을 못한 후보의 지지도가 더 오를 때가 많습니다. 토론을 못한 사람이 말은 못했어도 약속을 더 지킬 것 같은 느낌을 주기 때문입니다.

그처럼 화려한 말로 크고 많은 약속을 하는것 보다 작은 약속도 최선을 다할 때, 신앙적으로 신비한 은혜를 체험할 것입니다.

약속은 인격적인 사건입니다. 약속했으면 반드시 지켜야 합니다.

약속한 것은 지키는 아름다운 믿음의 사람되시기를 소망합니다.

사순절의 기도

우리를 위하여 십자가의 고난을 받으신 주님!
너희가 환난을 당하나 담애 하라 내가 세상을 이기었노라 하셨지만 허물과 죄로 부족하고 상처뿐인 저희들의 모습입니다.
이 시간은 우리의 죄를 회개하오니 긍휼과 자비로 용서하시고 회복시켜 주옵소서. 우리의 죄를 대신 지시고 슬픔을 당하신 그 역사를 기억하게 하시어 이번 사순절기간 동안 주님의 십자가를 생각할 때마다 새로운 감동과 믿음으로 주님을 본받아 고난도 기쁨으로 여기며 생활하게 하시고 낮아지고 겸손하게 주님의 뜻을 본받을 수 있게 하옵소서.

예루살렘을 보시며 통곡하시던 주님!
죄악의 상처로 말미암아 몸부림치는 이 나라 이 민족을 보며 가슴 아파하여 기도할 수 있게 하시어 영혼을 사랑하사 죽기까지 사랑하신 주님의 사랑을 본받아 작은 사랑이라도 실천할 수 있는 사순절기가 되게 하시옵소서.
연약한 저희들의 힘과 능력을 의지하면 아무것도 할 수 없사오니 혼돈된 이 시대의 아픔을 주의 권능으로 다스려 주옵시고 무지함에 고통당하며 가난 속에서 마음 아파하며 눈물흘리는 자들에게 용기와 힘을 잃지 않게 긍휼과 자비를 베풀어 주옵소서.

주님께서 우리를 위해 고난의 십자가를 지심으로 저희에게 치유와 회복이 있게 되었음을 믿습니다.
주님의 은혜가운데 믿음의 동역자 들이 맡은 사명 잘 감당하여 주님의 뜻을 이루고 승리의 삶을 살아가도록 인도하여 주옵소서.
선교후원자와 봉사자의 아름다운 손길을 축복하여 주시고 주님의 은혜가운데 섬김과 나눔을 실천하며 복음을 선포하게 하옵소서.
우리를 위해 대속의 피를 흘리신 우리 구주 예수그리스도의 이름으로 기도드리옵나이다. 아멘

생명의 부활

로마에는 카타콤이라는 지하묘소가 있습니다.
기독교인들을 박해하자 폭1m 높이 3m 가량의 지하땅굴 미로를 만들고 그곳에서 숨어 믿음을 지켜왔습니다.
현재 이탈리아에 산재해 있는 카타콤을 합치면 그 전체 길이는 880km 에 달하고, 벽에는 약 700만 명에 이르는 기독교 신자들의 시체가 매장되어 있다고 합니다.

그들은 250년 동안이나 심한 박해와 순교를 두려워하지 않고 믿음을 지켰습니다. 무덤 같은 땅속에서 재산과 명예와 자신의 목숨까지 버릴 수 있었던 힘은 어디에서 나온 것일까요?

그것은 바로 부활의 주를 믿었기 때문입니다.
오늘 우리들에게 어떠한 죽음의 골짜기 같은 극한 환난을 만난다 할지라도 당당히 승리 할 수 있는 비결은 오직 한 가지, 부활의 주를 믿는 신앙뿐입니다.

요한복음 11장25-26절 말씀에,
"예수께서 가라사대 나는 부활이요 생명이니 나를 믿는 자는 죽어도 살겠고 무릇 살아서 나를 믿는 자는 영원히 죽지 아니하리니 이것을 네가 믿느냐?"
믿으시면 기적의 역사가 일어납니다. 승리의 삶을 살아갑니다.

부활의 주를 믿는 자는 죽음도 시련도 어떤 극한 환난도 다 이길 수가 있습니다. 그러나 나는 여기서 죽는구나하는 사람은 소망도 희망도 아무것도 할 수 없는 사람입니다.

많은 사람들은 '믿기만 하면 참 좋을 텐데,'하고 시작을 못하는 이가 많습니다. '시작이 반이다'라고 했습니다. 아무리 위대한 계획이나 결심도 시작이 없으면 아무런 일도 일어날 수 없습니다. 믿음은 결단이 필요합니다.
시작이 있어야 위대한 결심도 위대한 일로 나타날 수 있는 것입니다.

우리 모두 부활의 신앙으로 회복하여 가정과 직장과 사업이 형통하고
육체의 질고 까지 치유되는 부활 생명의 역사가 일어나시길 축원합니다.

용서

아무리 큰 죄를 저질러도 하나님 앞에 진심으로 돌아오면 하나님은 언제나 맞아 주실 준비가 되어 있습니다. 이 사실이 얼마나 힘과 용기가 됩니까?

가장 야단을 많이 받는 라오디게아 교회도 하나님이 놀라운 축복의 기회와 가능성의 문을 열어 두셨다면 우리에게도 그런 축복의 기회와 가능성은 여전히 많습니다.
살다 보면 가끔 자신에 대해 실망할 때가 있습니다. 그때마다 라오디게아 교회를 향한 주님의 사랑과 기대를 생각하며 실망을 희망으로 만들어 가십시오.

하나님은 용서의 하나님입니다. 하나님은 이미 용서해놓고 우리가 돌아서기만 기다리십니다. 가인은 하나님이 사랑하던 아벨을 질투해서 쳐 죽였지만 하나님은 가인을 용서했고 용서의 표를 주어 죽임을 면케 했습니다.
인간의 폭력에 하나님은 비폭력으로 대응하신 것입니다. 그처럼 용서의 하나님께 예배드리는 기독교는 한 마디로 용서의 종교입니다. 즉 하나님의 용서를 확신하고 누군가를 용서하는 것은 기독교인임을 나타내는 핵심 요소입니다.

행복의 원천은 하나님의 사랑을 받고 하나님의 사랑을 알고 그 사랑을 서로 나누는 것에 있습니다. 이 험한 세상을 행복하게 만들고 새롭게 만드는 길은 하나님의 사랑을 받아들이고 하나님의 사랑에 감사하며 그 사랑을 나눈 때만 가능합니다.

오늘날 많은 사람들이 불행하게 사는 이유는 결국 하나님의 사랑이 없기 때문입니다.
사랑을 한다고 말하고 사랑을 안다고 말하지만 하나님의 사랑이 섞이지 않는 인간적인 사랑은 사람의 마음에 차원 높은 기쁨과 행복을 주지 못합니다.
그 크신 하나님의 사랑가운데 용서하고 포용하는 아름다운 믿음의 삶을 살아가는 우리 모두가 되시기를 축복합니다.

세월을 아끼라

"세월을 아끼라 때가 악하니라." (엡 5:16)고 한 말씀 중에서 "세월을 아끼라" 는 말은 "기회를 사라" 는 의미입니다. 이것은 과거를 돌아보거나 미래의 꿈만 가지라는 것이 아니라 현재를 최대한으로 살아가라는 것입니다. 아무도 시간을 멈출 수 없고 훗날을 위해 보관해둘 수도 없으며 자기가 원하는 만큼 늘릴 수도 없습니다. 이것이 인간의 한계입니다.

어느 책에 독수리 한 마리가 나이아가라 폭포 쪽으로 떠내려가는 얼음덩이 위에 앉아 죽은 물고기를 건져먹고 있었습니다. 얼음덩이가 폭포에 가까워 거의 떨어지려 할 때 독수리는 훌쩍 날으려고 했는데 발이 떨어지지 않았습니다. 어느새 발이 얼음에 얼어붙어 떨어지지 않고, 결국 폭포 아래에 빠져 익사하고 말았습니다. 너무 늦은 것입니다.

전도서 3장1절 말씀에 범사에 때가 있다고 했습니다.
기회가 있을 때에 예수 그리스도를 주님으로 영접하시기 바랍니다. 영접했다면 잘 믿어야 합니다. 아직 복음이 전하고 전도자가 외치며 성령의 역사가 있을 이 때에 주님을 만나야 합니다.

기회가 있을 때에 예수그리스도를 섬기시고, 젊음과 정열과 총명이 있고 건강이 있을 때에 주님을 섬기시기 바랍니다. 기회가 있을 때에 예수그리스도를 전하시기 바랍니다. 기회만 보다가는 언제나 한마디 말도 못하는 경우가 많이 있습니다.
그러나 복음을 향해 많은 사람들의 마음이 열려 있고 순수한 그리스도인들이 많은 때 최선을 다해 예수그리스도를 전하고, 때가 악할수록 세월을 아끼고 더욱 기도해야 합니다.
에레미야 33:3 말씀입니다. "너는 내게 부르짖으라. 내가 네게 응답하겠고 네가 알지 못하는 크고 비밀한 일을 네게 보이리라."
믿음의 동역자 여러분!
하나님 안에서 위대한 일을 결심하고 믿음으로 시작하여 열매 맺어 하나님께 영광 돌리는 아름다운 믿음의 사람 되시기를 소망합니다.

하나님의 능력으로 일하는 공동체

동역자 여러분! 지금까지 어떠한 삶을 살아오셨으며 앞으로 남은 생에 어떠한 삶을 살길 원하십니까? 하나님의 사람으로 하나님의 뜻을 이루시기를 원하신다면 하나님이 주시는 능력으로 섬김과 나눔을 실천하고 복음을 선포하며 감사가 넘치는 아름다운 삶을 사시기 바랍니다.

좋은 환경에서 , 좋은조건, 좋은 머리, 좋은 외모를 가지고 있음에도 인생을 최악의 실패로 가져가는 사람들이 있습니다.

반면에 좋지 못한 환경, 외모, 건강, 아무런 배경이 없음에도 성공적으로 살았던 사람들도 있습니다. 그것은 의식의 차이입니다.

인생을 살아가면서 '나는 할 수 없다' 의 부정적인 사고주의자가 아니라, '나는 할 수 있다.' 의 긍정적인 사고주의자가 되어야 합니다.

이것이 신앙인의 본래 모습이기 때문입니다.

바울처럼 "내게 능력주시는 자안에서 내가 모든 것을 할 수 있다" 는 분명한 신앙의식을 가지고 살아야 합니다. 자신의 능력이나 힘으로 일하는 것이 아니라 능력주시는 하나님 안에서 일해야 되는 것입니다.

그러므로 하나님의 능력으로 일하는 동역자가 되기를 간절히 소원합니다.

자신의 힘으로 하면 오래가지 못하고 인간의 한계를 느끼고 오히려 인정해주지 않는다고 실족하게 됩니다. 그러므로 하나님의 능력으로 일하는 동역자들이 되시길 소망합니다. 그러기 위해서 말씀의 능력, 기도의 능력, 그리고 성령의 능력으로 일하시기 바랍니다.

우리 모두 분명한 비전과 확신을 가지고 하나님이 주시는 능력으로 자신의 자리에서 최선을 다하여 승리하는 주인공이 되시기 축복합니다.

행복한 나

"전에 나는 왜 날 이렇게 만들었냐고 하나님께 원망했던 사람이다.
그런데 그분이 왜 나를 이렇게 만드셨는지 깨닫고 나서부터 감사를 하게 되었다. 인생이 얼마나 장수 하는가 얼마나 가지고 누리는가에 참된 가치가 있지 않고 어떻게 사느냐에 달린 이상 나의 장애가 결코 감사 못할 선물이 아님을 알았다." −송명희(시인)−

남들이 부러워할 만한 많은 것을 가지고도 정작 자신은 불행하다고 말하는 이들이 있습니다. 반면 가진 것을 모두 잃어버리고도 아직 남아 있는 것에 감사하며 희망을 잃지 않고 살아가는 사람들이 있습니다.
행복은 결코 조건에 있지 않습니다. 행복은 '나'의 참된 가치를 발견하는 것에서 시작됩니다. 나를 향한 하나님의 사랑을 깨닫고 나를 향한 그분의 놀라운 계획을 구하며 이루어가는 일, 내게 주어지는 모든 것이 결국 협력하여 선을 이루고 많은 이들에게 유익이 되리라는 소망과 믿음, 그것을 위해 기도하고 늘 감사하십시오.

하나님께 귀 기우려라.

어느 목수가 전기톱으로 나무를 자르고 있었습니다. 그 때 목수의 아들이 시계를 갖고 놀다가 그만 톱밥 속에 떨어뜨렸습니다. 아들은 어지럽게 널린 톱밥더미를 뒤지기 시작했습니다. 그러나 바닥만 어지럽힐 뿐 좀처럼 시계를 찾을 수 없었습니다. 목수는 아들의 행동을 주시하다가 아들 곁으로 다가가 말했습니다. "아들아, 급한 때일수록 당황하지 말고 마음을 차분하게 가라앉히렴. 그러면 해답이 떠오른단다. 자, 이제 나를 따라서 해 보거라." 목수는 전기톱을 끄고 무릎을 꿇은 채 적막한 목재소 마룻바닥에 귀를 기울였습니다.
아들도 아버지를 따라 했습니다. 그러자 아주 가까운 톱밥 속에서 소리가 들려왔습니다. "똑딱똑딱" 그것은 시계 음이었습니다. 아들은 잃어버린 시계를 쉽게 찾을 수 있었습니다.
삶의 모습에서 시련에 부닥쳤을 때 세상 소리를 끊고 하나님께 귀를 기울이시기 바랍니다. 그러면 '똑딱똑딱' 하는 해결의 음성이 선하게 들립니다.
"의인의 길은 정직함이여 정직하신 주께서 의인의 첩경을 평탄하게 하시도다."

이사야 26:7절 말씀

내 것이 아니라는 신앙

1970년대 중반 에드 로버츠라는 사람이 세계 최초로 우리가 지금 사용하고 있는 개인용 컴퓨터를 고안했는데 빌 게이츠라는 당시 19세의 학생을 고용해서 소프트웨어를 만든 것입니다.

로버츠는 1977년 컴퓨터 사업을 게이츠에게 팔고 농장을 샀습니다.
7년후 그는 41세의 나이로 의과대학에 입학합니다. 그리고 지금 로버츠는 조지아 주 조그마한 마을의 의사로 일하며 행복한 인생을 살고 있습니다.
현재 빌 게이츠는 세계에서 제일 큰 소프트웨어회사의 사장이 됐고 세계에서 가장 돈 많은 부자가 되었습니다.

에드 로버츠는 말합니다.
"개인용 컴퓨터를 만든 것이 제가 한 일 중 가장 중요한 것이지만 그 일 못지않게 중요한 일들을 여기서 매일 제 환자들과 함께 하고 있습니다."
자신에게 맞는 일을 일찍 발견하는 것이 행복한 인생을 사는 길입니다.
남이 행복하게 여기는 것이 내게도 행복한 것은 아닙니다.

오늘 날에는 돈을 잘 벌수 있는 길, 높은 자리로 올라갈수 있는 길을 성공의 길이라 가장 우선시 하지만 그것이 인간이 바라는 온전한 행복을 주기보다 파멸과 부패의 진원이 될 수도 있음을 기억하시기 바랍니다.
고후3:5말씀에 "우리가 무슨 일이든지 우리에게서 난 것 같이 생각하여 스스로 만족할 것이 아니니 우리의 만족은 오직 하나님께 로서 나느니라."

우리의 신앙이 어릴 때는 무엇이나 '내 것' 인 줄 알았는데 차츰 영적으로 신앙이 성숙하여 질수록 전에는 '내 것' 이라 생각하던 것이 이제는 '내 것이 아니라,' 는 자각으로 점점 더 변해 간다는 것입니다.

하나님의 은혜와 축복을 더욱 많이 받을수록 그것을 모두가 '내 것이 아니라' '하나님의 것이요, 하나님께로부터 온 것' 임을 깨닫고 먼저 그의 나라와 그의 의를 구하는 복된 동역 자 되시기 기원합니다.

행 복

"행복하기 위해 어떻게 하면 돈을 더 벌 수 있을까 고민하지 말고 그냥 더 행복해질 수 있을까를 고민해야 합니다."
'긍정심리학'의 대가인 마틴 셀리그먼 박사가 연세대 백주년기념관 특별강연에서 한 말입니다.
긍정심리학이란 불안이나 우울, 스트레스와 같은 부정적 감정보다 개인의 강점과 미덕 등 긍정적 감정에 초점을 맞춘 심리학의 새로운 연구동향이며 셀리그먼 박사는 이 분야의 창시자로 꼽힌다.
셀리그먼 박사는 기자들과 만난 자리에서 "50년 전과 비교했을 때 현대인들의 환경은 훨씬 풍요롭지만 행복지수는 그때보다 나아지지 않았다"고 강조했습니다.

그는 "한국 역시 전쟁과 가난을 벗어나 이제는 세계 10위권의 경제대국이 됐지만 우울증이나 자살 같은 것은 계속 늘고 있다고 들었다"며 "이는 우리가 '부(富)'를 잘못된 곳에 쓰고 있다는 증거"라고 지적하고, 셀리그먼 박사는 "아이스크림의 첫 맛은 아주 달콤하지만 계속 먹으면 무뎌지듯이 '부'라는 것도 마찬가지"라며 "일시적 쾌락이 아니라 남을 위한 봉사나 의미 있는 삶의 목적을 위해 우리의 물질을 써야 한다"고 충고했습니다.

이어 그는 "진정한 행복은 물질적 풍요가 아니라 긍정적 사고에서 나오는 것"이라며 긍정심리학의 훈련 방법을 2가지 소개 했습니다.

첫째, 매일 밤 잠들기 전 종이 위에 그날 가장 좋았던 일
　　　3가지를 이유와 함께 적어 보세요, 6개월 정도 계속하다 보면
　　　어느새 전보다 훨씬 행복해져 있다는 걸 실감하게 될 겁니다.

둘째, 자신만의 강점을 찾아내세요, 그리고
　　　강점을 활용할 수 있는 목표를 설정하면 훨씬 행복해집니다.
　　　셀리그먼 박사는 자신이 좋아하는 일에 푹 빠져
　　　항상 긍정적 사고를 가지고 나보다는 남을 위해 사는 삶이
　　　진정 행복한 삶이라고 하였습니다.

마음이 청결한자

미국의 우주 비행사 에드윈 올드린(Edwin Aldrin) 대령이 헝가리의 한 대학을 방문하여 이런 이야기를 했습니다.

"달나라에 첫 발을 디디었을 때, 나는 나도 모르게 '할렐루야'를 외쳤습니다." 하나님이 정말로 가까이 느껴지더라고 했습니다.

강연을 듣고 있던 어느 대학생이 그에게 질문을 했다.
"소련의 가가린은 우주에 가서도 하나님을 못 보았다고 했는데, 당신은 어떻게 하나님을 보았다고 하십니까?"

"마음이 청결한 자만이 하나님을 볼 수 있습니다." 마음의 눈으로, 영의 시각으로 하나님을 볼 수 있는 것입니다.

=올바른 가치관=

오늘날 가장 심각한 문제는 가치관의 상실입니다.
올바른 가치관이 정립되려면

무엇을 하느냐 보다 무엇이 되느냐가 더 중요함을 알아야 합니다.
좋은 나무가 먼저 되면 좋은 열매는 자연히 따라오게 됩니다.

얼마나 소유했느냐 보다 어떻게 쓰느냐가 중요한 것입니다.
쓰는 법을 바로 알지 못하면 소유가 클수록 더 불행 합니다.
하나님은 얼마나 소유했느냐 보다 어떻게 썼느냐를 계산하십니다.

섬김을 받는 것 보다 섬기는 생활이 더 값진 것입니다.
예수님은 섬기려 왔고 생명까지 주려고 세상에 왔다고 했습니다.

육신보다 영혼이 잘 되는 것이 더 중요합니다.
육신은 잠깐이요 영혼은 영원합니다.

믿음

위대한 믿음의 선진들은 모두 고난을 통해 하나님을 붙잡고 꿈과 비전을 이뤄 냈습니다.

뉴욕의 할렘에서 태어난 흑인으로서 미국의 국무장관까지 된 콜린 파월은 이렇게 말했습니다.

"세상에서 가장 나쁜 가난은 경제적인 가난이 아니라 생각의 가난입니다. 저는 백인 사회에서 흑인으로 사는 것을 영원히 극복 못할 장애물로 보지 않았습니다. 저의 검은 피부는 오히려 영감의 원천이 되었습니다.
누구든지 땀을 흘리면 성공할 수 있습니다. 무엇보다 저는 저를 이 땅에 보내신 하나님의 선한 섭리를 믿습니다." 사람은 고난을 극복할 때 가장 복된 사람이 됩니다.

축복도 고난을 극복하며 주어진 축복이 진짜 축복입니다.
무엇보다 부족한 자신을 하나님이 자녀 삼아주시고 지금도 가장 선한 길로 인도하고 계심을 믿으십시오.

고난 중에도 결코 희망과 자신감을 잃지 마십시오, 세상을 살아가면서 우리의 삶이 힘들고 지쳐 쓰러진다 할지라도 하나님이 합력하여 선을 이루신다는 믿음을 가지고 어떤 일이 있어도 희망을 잃지 마십시오.

그 하나님의 사랑과 최종승리를 생각하고 나아가시기 바랍니다.
자기 앞날을 하나님께 온전히 맡기며 어떤 상황에서도 "아멘!" 하며 내일에 대한 찬란한 꿈과 비전을 품고 살아가는 우리 모두가 됩시다.

복된 기도의 원리

기도 응답을 믿고 하나님이 침묵하시는 순간을 만나도 낙심하지 마십시오. 하나님의 침묵은 성도의 인내와 기다림을 시험하는 축복의 준비과정입니다.
하나님이 침묵하실 때 자신도 침묵하는 법을 배우면 오히려 그 때 신비한 은혜가 임합니다.

성도의 기도는 하나님 앞에 반드시 상달되어 선에 대해서는 은혜의 단비로 변해 내려지고 악에 대해서는 심판의 불로 내려질 것입니다.
힘들면 더 기도하십시오.
하나님은 억울하게 고난 받는 성도의 기도를 특별히 들어주십니다. 그러므로 억울한 일을 당했을 때에는 기도응답의 절호의 기회입니다.
그 기회를 놓치지 마십시오.

기도하면 역사도 바뀌고 상황과 환경도 바뀝니다.
특히 고통받는 자의 기도는 하나님이 더욱 귀를 기울이시고 그 기도가 하나님의 심판을 좌우합니다.
사단이 기도를 방해하는 것은 기도의 놀라운 능력을 알기 때문입니다.
비전을 위해 기도하십시오.

기도가 하나님의 은혜의 손길을 움직이고 하나님의 심판을 좌우할 능력을 믿는다면 기도할 때 큰 비전을 가지고 기도하십시오.
시편 2편8절 말씀입니다.
"내게 구하라 내가 열방을 유업으로 주리니 네 소유가 땅 끝까지 이르리로다."

하나님은 이미 크게 주시려고 준비하고 계십니다. 그러므로 마음속에 품은 아직 출산되지 않은 큰 비전을 위해 계속 기도하십시오. 그러면 마침내 그 꿈이 이뤄지는 하나님의 역사가 나타날 것입니다. 할렐루야!

사랑과 용서

1968년 조용한 사건이지만은 위대한 일이 있었습니다.

세계 제 2차 대전 당시에 나치 독일이 유대인 600만을 죽였는데 이 학살에 원흉이었던 아이히만 이라는 사람이 체포되어 재판에서 사형선고를 받고 이제 사형집행을 조용히 기다리고 있는 바로 그 시점에서 유대사람 중에 꼴 란즈 라고 하는 사람은 아이히만을 석방해 달라고 대대적으로 데모를 하여 석방 운동을 합니다.

있을 수 있는 일입니까?

그런데 그는 상당한 이유를 가지고 있습니다.

첫째, 아이히만을 죽인다고 해서 죽은 유대사람이 살아나는 것이 아니지
       않느냐
둘째, 사형하지 않고 내버려두어도 인생은 다 죽듯이 저 사람도 곧 죽을텐데
       뭐 미리 죽일 거 없지 않느냐
셋째, 하나님은 그의 영혼을 이미 심판 하셨으니 우리가 심판할 것 없지 않느냐
넷째, 동생을 죽인 가인도 하나님은 용서하셨는데
       우리가 누구를 정죄한다면 그것이 옳단 말이냐

마지막 다섯째가 너무나 가슴을 뜨겁게 합니다.

사랑이 식어지는 세상에 이제 부터라도 참 사랑을 심어 가야하지 않겠느냐고 하였습니다.

세월호의 시끄러운 정국을 보면서 우리 모두에게 시사 하는 바가 있습니다.

나에게 악한 것으로 해를 입힌 자는 참으로 용서가 되지 않습니다.

그러나 성령께 자신의 마음에 입은 상처를 치유해 달라고 기도하시면 그리스도의 사랑으로 용서의 마음이 주어질 줄 믿습니다.

잠 19 : 11

노하기를 더디하는 것이 사람의 슬기요 허물을 용서하는 것이 자기의 영광이니라.

내면의 중요성

어느 정원사가 잔디가 시들시들하고 일부는 죽어있는 것을 발견합니다.
기후 탓인가 하고 옆집 잔디를 보았더니 그곳 잔디는 싱싱하고 파릇파릇 합니다. 문제가 무엇일까 하고 시간을 두고 관찰했더니 문제는 스프링클러 였습니다. 노즐의 수압이 너무 강하게 조정돼 물이 힘껏 솟구쳐 멀리 떨어졌던 것입니다.

그래서 스프링클러로부터 먼 잔디는 싱싱한 반면 바로 옆의 잔디는 물을 받지 못해 시들어가고 있었던 것입니다. 등잔 밑이 어둡다는 속담 그대로였습니다. 물을 가까이 두고 죽어가다니. 멀리 있는 잔디에 초점을 맞춘 결과 가까운 잔디가 죽은 것입니다.
이는 우리 모두의 삶에 적용해 봅시다. 인간은 내면적인 삶보다는 외면적인 삶에 집중합니다. 그러다보니 정작 가까운 내면은 황폐화될 때가 많이 있습니다.

벅 민스터 풀러의 "당신의 존재99%는 눈에 보이지 않고 만져지지도 않는다." 라는 말처럼 내면의 중요성을 잊어버리고 살아갑니다.

내면이 훨씬 중요하다는 말입니다.
내면을 위해 노즐의 수압을 낮추어야 합니다.
현대인들은 육신의 건강과 외적인 외모에 지나치게 신경을 쓰고 투자를 합니다. 우리는 외적인 것과 내적인 면 중 어디 것을 우선합니까?

"육체의 연단은 약간의 유익이 있으나 경건은 범사에 유익하니 금생과 내생에 약속이 있느니라." (딤전 4장8절 말씀)

제 3 부
2016년 – 2024년

증인된 삶

증인 된 삶

증인이란 말은 헬라 원어로 증거한다. 순교한다는 뜻이 있습니다.
순교의 각오로 증거 하는 자를 증인이라고 합니다. 그러므로 우리가 그리스도
의 증인이란 말은 그리스도를 증거하는 사람이라는 것입니다.
우리가 그리스도의 증인이 되기 위해서 꼭 필요한 조건이 있습니다.

그리스도의 증인은 지성을 갖추어야 합니다.
증인은 성경을 잘 알아야 하고 복음의 내용과 교리와 신학 그리고 일반적인 지
식과 상식이 풍부해야 합니다. 다시 말하면 그리스도에 관한 지식이 풍부해야
하고 그것을 설명할 수 있는 지식을 갖추어야 한다는 것입니다.

또한 그리스도의 증인은 영성을 갖추어야 하는데 그리스도를 체험해야 합니
다. 순교를 각오하고 옥에 갇히거나 고초를 당해도 증인은 사명을 다하는 것입
니다. 스데반, 베드로, 바울, 야고보, 주기철 목사님 같은 분들이 그러한 사람들
입니다. 그러므로 참된 증인은 피 흘리기까지 복음을 증거하는 믿음의 사람입
니다.

그리고 그리스도의 증인은 덕성을 갖추어야 합니다.
세상의 법정에서도 윤리적으로나 도덕적으로 인정받지 못하는 사람을 증인으
로 채택하지 않고 윤리적으로 품행이 단정하고 인정받는 사람들의 증거를 채택
하고 있습니다.

그리스도의 증인이 기술적인 면이 아무리 훌륭하다 하더라도 윤리적인 면이 결
여될 때 그 증거는 허공을 치는 격이 되고 맙니다.

그러므로 우리 모두는 경건의 삶으로 하나님 앞에 영광 돌리며 참 그리스도의
증인이 되기 위해 늘 깨어 기도하며 말씀으로 무장하는 자들이 되기를 주님의
이름으로 축원합니다.

자기 자랑

자기 자랑을 하는 사람을 푼수라고 합니다.
그런데 요즘은 자기 PR 시대라서 그런지 예상외로 많은 사람들이 푼수 행동을 하고 있습니다. 성경을 보면 예수님께서는 공개적으로 비뚤어진 자기 자랑을 경계하셨습니다.

먼저 사회적 과시를 삼가야 합니다. 권위와 명예를 삼가야 합니다.
사람의 위대함은 의도적으로 자신을 사람들에게 과시하여 알릴 때보다 알게 모르게 사람들에 의해서 인정될 때 더 돋보이는 것입니다.
"이 세상이나 세상에 있는 것들을 사랑치 말라 누구든지 세상을 사랑하면 아버지의 사랑
이 그 속에 있지 아니하니", (요일2:15)

또한 종교적 과시를 삼가야 합니다.
예수님께서 서기관들에 대해서 지적하신 사항은 사회적 과시와 종교적인 과시였습니다. 그들이 길게 기도한 것은 좋은 것입니다. 문제는 그것이 "외식"에 의한 것이라는 데 있습니다.

다른 어떤 것보다도 가장 진실해야 할 영역이 신앙의 영역입니다. 그런데 그들은 이 영역에서도 자기 과시의 유혹에 빠져서 진실하지 못했습니다. 기도는 하나님께 올려드리는 것인데 그들은 사람에게 보이려고 했습니다. 이런 기도는 의미가 없을 뿐만 아니라 하나님의 응답을 받지 못합니다. 성경 공부나 전도 헌금 구제 봉사하는 것 등도 이와 같은 자세로 해야 합니다.

그리고 자랑하고 싶다면 자신을 자랑하는 대신 예수 그리스도를 자랑하시기 바랍니다. 나에게 있는 것을 과시하지 말고 자랑하지 말고 낮아지고 겸손하게 주의 길을 가는 복되고 아름다운 믿음의 동역자님들이 되시기를 소망합니다.

"그러나 내게는 우리 주 예수 그리스도의 십자가 외에 결코 자랑할 것이 없으니 그리스도
로 말미암아 세상이 나를 대하여 십자가에 못 박히고 내가 또한 세상을 대하여 그러하니
라." (갈6:14) 아멘!

경건한 영혼

경건한 영혼이란 하나님이 그리스도 예수 안에서 약속하신 저 천국의 영생을 확신하고 그것을 소망하는 영혼입니다. 성경 고후4장18절 말씀에 '보이는 것은 잠깐이요, 보이지 않는 것은 영원하다.'고 했습니다.
우리 눈에 보이는 것이 영원할 수도 없고 아름다움이라 할 수도 없습니다.
그러므로 우리는 우리의 내면에 충실함에 보다 신경을 써야 합니다.

빈수래가 요란하다는 말처럼 겉모습만 그럴싸 한 사람이나 치장하는 사람은 대부분 내면에 부실함을 알수 있습니다. 그러므로 우리는 무엇보다도 내면에 충실하도록 노력해야 합니다. 잠언4장23절에 이런 말씀이 있습니다. 무릇 지킬 만한 것보다 더욱 네 마음을 지키라. 생명의 근원이 이에서 남이니라. 했습니다.

이는 외적인 것보다는 내적인 것을 중시함을 일컫는 말씀입니다.
그러므로 무엇보다도 우리는 우리의 마음에 풍부한 양식을 주어 내적으로 충실히 하도록 해야합니다. 겉보다도 속이 아름다운 사람. 이러한 사람이 참 아름다운 사람임을 깨닫고 속을 꽉 채우기 위해서 부단히 노력하는 우리들이 되었으면 합니다.

딤전 4장5절에서 하나님의 말씀과 기도로 거룩하여짐이니라. 말씀합니다.
괴테는 '생명은 정신이다'라고 했고, 철학자 키에르 케고르는 '정신이란 곧 사람이요 자기다'라고 했습니다.

정신, 그 영혼의 상태에 따라 그 사람의 삶과 운명이 결정됨을 뭇 사람들은 인정하는 것입니다. 건강한 삶도 결국은 건강한 영혼의 소유자만이 누릴 수 있는 특권입니다. 그래서 잠18장14절 말씀에 "사람의 심령은 그 병을 능히 이기려니와 심령이 상하면 누가 일으키겠느냐"고 했습니다.
우리 모두 경건한 영혼으로 건강한 삶을 누릴 수 있기를 소망합니다.

말씀의 능력

우주 만물이 말씀으로 창조되었습니다.
인간의 불순종으로 부패 타락하여 죽음과 슬픔과 절망밖에 없었던 이 세상에 말씀되신 그리스도께서 사랑으로 친히 찾아 오신 것입니다.
그리스도의 말씀으로 말미암아 소망 없는 죄인들이 죄용서 받고 새롭게 거듭남으로 새 하늘과 새 땅에서 영원히 살아갈 소망을 갖게 된 것입니다.
이모든 역사가 말씀에 의한 것입니다. 그러므로 기독교는 말씀의 종교라고도 합니다. 모든 창조와 변화와 축복의 역사가 살아 계신 말씀으로 이루어지는 것입니다.

창세기 1장에 창조기사가 나옵니다. 창세기 1장을 주의 깊게 읽어보면 매번 창조 때마다 '하나님이 가라사대' 라는 말이 먼저 기록되어 있음을 발견 할 수 있습니다. 이 말은 창세기 1장에서 10번 사용되고 있는데 성경에서 10이란 숫자는 '완전'과 '충족'을 의미합니다. 그러므로 하나님의 우주 만물 창조는 말씀에서 나온 것임을 알 수 있습니다.

하나님께서 하시는 말씀은 절대로 공허하지 않습니다.
사55장11절에 "내 입에서 나가는 말도 헛되이 내게로 돌아오지 아니하고 나의 뜻을 이루며 나의 명하여 보낸 일에 형통하리라" 는 말씀처럼 하나님의 말씀은 그대로 이루어집니다.
그래서 하나님의 말씀은 곧 하나님의 능력이요, 행동이십니다.
그러기에 우주 만물 속에는 하나님의 숨결과 계시가 깊숙이 베어 있습니다.

이같은 사실을 일찍이 알았던 시편기자는 (시19:1-4)에서
"하늘이 하나님의 영광을 선포하고...날은 날에게 밤은 밤에게 지식을 전하니 그 말씀이 세계 끝까지 이르도다." 라고 찬송했던 것입니다.

우리 모두 자연 속에 깃들어 있는 하나님의 자연계시의 말씀에 귀를 기울여 보십시다. 그러면 풀 한 포기로 부터 시작하여 뭇 별들에 이르기까지 하나님의 세미한 말씀과 음성을 듣고 감사하며, 찬송하게 될 것입니다.

지혜로운 삶

인생의 여정에서 보다 값진 것을 위해 희생하는 지혜로운 삶을 살아가시기 바랍니다.

마태복음 13장 44절 말씀에 "천국은 마치 밭에 감추인 보화와 같으니 사람이 이를 발견한 후 숨겨 두고 기뻐하여 돌아가서 자기의 소유를 다 팔아 그 밭을 샀느니라" 영적인 축복을 위해서 육신의 쾌락이나 안일을 포기하는 것과 영원한 천국의 복락을 위해서 잠깐 있다가 없어지는 세상 것을 희생하는 것, 그리고 금보다 귀한 신앙을 위해서 세상의 물질적인 것을 버리는 것 등, 이 모든 것이 지혜로운 삶의 모습입니다.

밭에 감추인 보화를 발견한 사람이 그 밭을 사기 위해 자기의 모든 소유를 팔아 버린 것과 같이, 영적인 사람은 지극히 값진 것을 위하여 세상의 일시적인 것을 희생할 줄 아는 사람입니다.

영원한 천국을 발견한 성도는 풀의 이슬같이 세상의 것을 뒤로한 채 먼저 그의 나라와 그의 의를 구하는 사람이 되어야 합니다.

마리아가 예수님께 비싼 나드 향유 한 옥합을 깨뜨려 부어드릴 때, 예수님은 마리아를 모든 사람 앞에서 극구 칭찬하고 축복하셨습니다. 그 후 복음이 전파되는 곳마다 마리아의 행적이 전파되었습니다.

베드로는 예수님의 말씀을 듣고 배와 그물을 던져 버리고 예수님의 제자가 되었더니 많은 영혼을 구원하는 사람낚는 어부가 되었습니다. 이들은 세상의 귀한 것을 희생하고 하늘의 영원한 것을 받은 사람입니다.

욥 22:24-25에 "네 보배를 진토에 버리고 오빌의 금을 강가의 돌에 버리라 그리하면 전능자가 네 보배가 되시며 네게 귀한 은이 되시리니"라고 하셨습니다.

이처럼 주님을 위해서 나의 소중한 보화를 희생한다면 주님께서 친히 더 좋은 보배가 되어 주시겠다는 말씀입니다.

예수께서 십자가에서 고귀한 피를 흘려 우리 죄를 위한 대가를 지불하시어 잃어버린 많은 영혼을 구원해 내셨습니다. 참으로 귀한 값을 치르고 누구든지 예수님을 믿고 영접하는 자마다 구원의 길로 인도하심을 기억하고 우리 모두 지혜로운 믿음의 삶으로 이 험하고 악한 세상을 이기고 승리하는 믿음의 동역자님들이 되시기를 축복합니다.

주님과 함께!

히10:38에 "나의 의인은 믿음으로 말미암아 살리라 또한 뒤로 물러가면 내 마음이 그를 기뻐하지 아니하리라" 하셨습니다.

예수 안에서 주신 신분을 기억하시기를 바랍니다.

성도는 예수 안에서 타고난 권세가 있습니다. 그것은 먼저, 하나님의 자녀입니다. 요1:12에 영접하는 자 곧 그 이름을 믿는 자들에게는 하나님의 자녀가 되는 권세를 주셨다 고 하셨습니다.

우리는 하나님의 자녀라는 믿음만 가지고 살아도 그 결과는 어마어마합니다. 바람과 바다도 그 앞에 순종할 수밖에 없습니다. 하나님 자녀의 권세는 하늘과 땅의 모든 특권을 다 누릴 수 있는 막강한 것입니다.

문제는 그런 자부심이 있느냐입니다.

어느 열등의식에 빠진 호랑이가 개울가를 지나가다 물에 비친 자기의 모습을 보고는 깜짝 놀랐습니다. 너무나 위엄 있고 힘이 있으니 지나가니 많은 짐승들이 자기를 두려워하는 것입니다. 호랑이의 자기발견입니다.

이처럼 성도는 대단한 존재입니다. 성도는 하나님의 자녀요, 예수 안에서 하늘의 승리자요, 영화로운 하나님의 백성입니다.

요일5:18에 "하나님께로부터 나신 자가 그를 지키시매 악한 자가 그를 만지지도 못하느니라" 했습니다. 아무도 손댈 수 없는 사람입니다. 그래서 마7:11에 "너희가 악한 자라도 좋은 것으로 자식에게 줄 줄 알거든 하물며 하늘에 계신 너희 아버지께서 구하는 자에게 좋은 것으로 주지 않겠느냐" 하셨듯 우리는 대단한 특권을 가진 자들입니다.

하나님의 자녀라는 자부심을 가지고 세상을 이기고 승리하시기 바랍니다.

고전15:10에 바울도 "그러나 내가 나 된 것은 하나님의 은혜로 된 것이니 내게 주신 그의 은혜가 헛되지 아니하여 내가 모든 사도보다 더 많이 수고하였으나 내가 한 것이 아니요 오직 나와 함께 하신 하나님의 은혜로라" 했습니다.

주님이 함께하심이 최고의 은혜입니다.

나 홀로 있는 느낌처럼 비참한 것은 없습니다.

나의 마음에서 주님이 떠나신 것 같다면 진실로 회개하시고

늘 주님을 가까이하시기를 바랍니다.

가까이하면 나도 너희를 가까이하시겠다고 말씀셨습니다.

우리 모두 주님과 함께 동행하는 믿음의 승리자들이 되시기를 소망합니다.

아름다운 나눔

사람들은 주는 것 보다 받는 것을 더 좋아합니다.
받은 만큼 주고, 먼저 주기보다는 먼저 받으려고만 합니다. 그러나 내가 먼저 주고 내가 먼저 나눌수록 더 많아지고 더 커지는 것은 무엇일까요?
바로 사랑과 축복입니다.
사랑과 축복은 줄수록 더 커지고 나눌수록 더 많아집니다.

사랑은 사랑함으로 더 뜨거워지고 더 커집니다. 내 속의 예수님의 사랑도 나눌수록 커집니다. 그 사랑의 복음을 만 백성에게 전파하시기 바랍니다.

기도도 남을 위해 중보 할수록 더 커집니다.
내가 받은 은혜와 축복을 많은 사람에게 간증할 때 그것은 만인의 공유가 되고 놀라운 은혜와 기적이 일어납니다.

사랑이란 주는 것입니다. 사랑은 말과 마음만으로는 되지 않습니다.
주머니 속의 내 돈이 없어져야 하고 바쁜 내 시간을 희생해야 사랑이 됩니다.
예수님을 삶의 주인으로 모시고 사는 크리스천은 소망을 하나님의 나라에 두며 나만을 위한 삶이 아니라 주님이 주신 모든 것, 즉 달란트, 물질, 능력, 시간, 건강 등을 하나님의 나라를 위해 이웃과 함께 사용해야 합니다.

하나님께서 우리에게 주신 권력이나 돈 지위를 잘 사용하면 우리는 세상에서 참된 크리스천의 삶을 살 수 있습니다.

크리스천이 자신에게 주어진 것을 나누기 시작할 때 세상은 변화될 것입니다.
그리고 이러한 축복된 삶은 하나님께 영광이 될 것입니다.
동역자 여러분! 아름다운 섬김과 나눔으로 그리스도의 사랑을 실천하고 복음을 선포하는 믿음의 자녀들이 되시기를 소망합니다.

약속과 믿음

여러분, 약속을 지키는 것이 더 어려울까요?

약속을 믿는 것이 더 어려울까요?

19세기 미국의 강철왕 앤드루 카네기가 이런 말을 했다고 합니다.

"아무리 보잘것없는 것이라 하더라도 한 번 약속한 일은 상대방이 감탄할 정도로 지켜야 한다. 신용도 체면도 중요하지만 약속을 어기면 서로의 믿음이 약해진다." 그랬기에 그가 위대한 사업가로 성공했습니다. 사업은 신용이 생명이기 때문입니다.

여기서 지키는 것이 더 어려울 것 같지만, 믿는 것도 쉽지 않습니다. 성경에 나오는 소경 바디메오가 그랬습니다. 그는 성경의 약속을 믿었습니다. 장차 메시야가 오시면 소경을 고쳐주실 것이라는 그 믿음입니다. 그는 앞을 못 보는 소경으로 살면서도 이 말씀을 믿었습니다.

어느 정도 믿었을까요? 그 말씀에 자기 인생을 걸 만큼 믿었습니다. 그래서 그는 소경이지만 예수를 만나기 위해서 구걸을 하며 길거리를 떠돌다 예수를 만나 치유받고 회복되었습니다.

성경에는 3만 2천 5백 가지의 약속이 있고 그중에 7천가지의 복의 약속이 있습니다. 다 받으면 좋겠지만 꼭 필요한 말씀이 있다면 붙들어야 합니다.

히6:14의 아브라함처럼 "내가 반드시 너에게 복 주고 복 주며 너를 번성하게 하고 번성하게 하리라" 하신 말씀을 붙잡든지, 출15:26에 "나는 너희를 치료하는 여호와임이라" 라는 말씀을 붙드시든지, 말씀을 믿고 나의 말씀으로 붙드시기를 바랍니다.

우리 모두 바디메오같은 믿음으로 약속의 말씀을 붙잡아 치료받고 번성함의 복으로 승리하시기를 축복합니다.

뜻을 정하라

심령이 불안정한 사람이나 정함이 없는 사람은 매사가 불안하고, 항상 초조하며 조급한 것을 보게 됩니다.

그러므로 어설픈 '맹세'보다 야무진 '결심'이 필요한 시대입니다. 비록 다 이루지는 못한다 할지라도 성취할 구체적인 목표를 가진 사람의 행동은 목적없는 자와는 분명 다를 것입니다. 그런 측면에서 우리는 천성을 향해 가는 성도들로서 마음을 살피고, 계획과 목표를 분명히 하고 뜻을 정해야 합니다.

허탄한 생각을 버리고 오직 마음을 주께로 향하시기 바랍니다.

우리는 육신을 가진 존재인지라 물질적인 요구를 무시할 수는 없습니다. 그리고 우리의 발은 이 땅에 머물러 있기에 세상과는 단절하고 살아갈 수도 없습니다. 하지만 그렇다고 해서 우리가 물질만으로, 세상의 것들로 살아갈 수는 없습니다.

우리는 세상의 모든 것들을 잃어버린다 할지라도 사도바울처럼(빌3:7-9)

"그러나 무엇이든지 내게 유익하던 것을 내가 그리스도를 위하여 다 해로 여길뿐더러 또한 모든 것을 해로 여김은 내 주 그리스도 예수를 아는 지식이 가장 고상함을 인함이라 내가 그를 위하여 모든 것을 잃어버리고 배설물로 여김은 그리스도를 얻고 그 안에서 발견되려 함이니" 라는 빛나는 신앙 고백을 할 수 있어야 하겠습니다.

새로운 일, 새로운 사람, 새로운 시간을 만날 때마다 우리는 웬지 안정되지 못하고 긴장하고 초조해 할 때가 많습니다.

그러나 그리스도 예수를 주님으로 영접한 우리는 주님께서 우리와 늘 동행하시며, 우리 인생을 책임져 주신다는 사실을 굳게 믿고 뜻을 정하여 전진하는 동역자 여러분이 되시기를 소망합니다.

믿음의 경주

생존 경쟁이란 참으로 치열한 경주입니다.
사람들은 누구나를 막론하고 유익을 위해 경주하고 있습니다.
믿음의 경주에도 유익을 위해 경주하여야 합니다.

믿음의 경주에는 산업 경쟁에서는 비교될 수 없는 고귀한 유익을 위해 경주를
하는 것입니다.
그러므로 우리는 무거운 것과 얽매이기 쉬운 죄를 벗어버리고 인내로써 경주장
에 나아가 믿음의 주요 온전케 하시는 예수를 바라보고 경주해야 합니다.

베드로가 예수님을 바라보지 않고 세상의 파도만 바라보았을 때는 물속에 빠
졌으나 주님을 바라보았을 때는 물 위를 걷게 되었습니다.

신앙생활에는 방해물이 늘 따릅니다. 무엇이 방해합니까? 그것은 자기 자신입
니다. 육체의 정욕과 이생의 자랑입니다.

우리는 잠시 평안하면 방심하고, 조금 괴로우면 낙심하고, 자기가 잘되면 교만
에 빠지고, 남이 잘되면 시기하고 질투합니다.
그러기 때문에 「나」라는 자신을 바울처럼 늘 쳐서 복종시켜야 합니다.

그러려면 먼저 나 자신에게 있는 죄를 스스로 생각해서 회개하고 벗어버려야
믿음의 경주에서 승리할수 있습니다.

지금이 구원의 때요, 지금이 은혜의 때입니다.
우리 모두 십자가상에 달리신 예수, 하나님 우편에 앉아 계신 예수, 신랑으로
오실 예수 그리스도를 바라보고 혼돈된 세상에서 승리하는 믿음의 백성들이
되시기를 주님의 이름으로 축복합니다.

선택의 중요성

마르다와 마리아는 한 지붕 밑에 사는 자매들입니다.

마르다는 정성 드려 음식을 준비하고 마리아는 주님 발 앞에 앉아 말씀을 듣고 있었는데 예수님께서는 마리아가 더 좋은 편을 택했으니 결코 빼앗기지 아니하리라고 하시면서 마리아를 칭찬하셨습니다.

하나님께서는 우리가 봉사를 하되 먼저 말씀을 듣고 그 다음 봉사하기를 원하십니다.

마리아는 값진 향유를 주님의 발에 붓고 자기 머리털로 주님의 발을 씻었습니다. 정말 그는 최선의 것을 분별하여 택하였기에 주님께서 말씀하시기를 "온 천하에 복음이 전파되는 곳에는 이 여자의 행한 일도 말하여 저를 기념하리라" 칭찬을 받았습니다.

우리가 최선의 신앙인이 되기 위해서는 주님의 뜻을 분별하는 생활을 해야합니다. 예수님께서는 마르다보다 마리아가 더 좋은 편을 택했다고 말씀하셨는데, 마르다의 마음이 주님의 뜻에 합당하지 못하다는 것이 아니라 그녀가 택한 일은 세속적인 일이므로 유혹에 빠져 타락하기 쉽다는 것입니다.

반면에 마리아가 택한 일은 성스러운 일이므로 악에 물들어 타락하지 않을 것이라는 뜻입니다.

우리는 자칫하면 죄의 길로 접어들기 쉬운데, 우리가 죄의 길에 있게되면 주님을 올바르게 섬길 수가 없습니다.

우리는 세상의 여러 다른 일들을 일관성 있게 완수해 가는 반면에 진실로 말씀과 기도와 찬양으로써 꾸준히 변함 없이 하나님을 섬기는 일은 우리에게 실제로 필요한 유일한 것임을 기억해야 합니다.

우리는 마리아처럼 더 좋은 것을 택하는 최선의 신앙인으로 살아가야 합니다.

여러분 각자에게 향하신 주님의 최선은 무엇인가 그것을 분별하여 실천하는 자만이 하나님이 기뻐하시는 신앙인이 되는 것입니다.

그러므로 이 시간 이후부터 우리 모두는 마리아처럼 "가장 필요하고 좋은 것을 택하여 이 지구상에서 최상의 것을 선택하였노라"고 인정받으며 생활하는 믿음의 동역자님들이 되시기를 주님의 이름으로 축원합니다.

부모 섬김

웨스트민스터 요리문답 124문에 부모란 친부모 뿐 아니라연령에 있어서(딤전 5:1, 2), 은사에 있어서 윗사람(창4:20-21, 45:8) 하나님의 법령에 의하여 가족 된 자들(왕하5:13) 교회 또는 나라에서 권위로 있는 자들(갈4:19, 왕하2:12) 이 라고 기록하고 있습니다. 그리고 하이델베르그 문답해석에서는 가르치는 교사 도 포함된다고 했습니다.

그러니까 부모란 육신의 부모, 연령의 연장자, 국가의 통치자 교회의 성직자, 사회에서 윗사람, 학교에서 스승들로 분류할 수 있습니다. 그래서 가톨릭에서 는 교역자를 신부라고 부르는 것입니다. 그러므로 낳아주지 않은 분들도 내 부 모와 같이 여겨야 합니다. 그래서 바울은 디모데에게 "늙은이를 꾸짖지 말고 권하 되 아비에게 하듯"(딤전5:1) 하면서 또 "늙은 여자를 어미에게 하듯" (딤전5:2) 하라 고 했습니다.

성경에 보면 신앙의 위인들은 모두 순종하는 효자였습니다.
이삭도 아브라함을 죽기까지 순종했습니다. 요셉도 아버지의 분부 받들었고 자 기를 미워하는 형들에게 가기를 거역하지 않았습니다.

다윗도 전쟁터에까지 아버지 심부름에 순종했습니다.
대표적으로 우리 주님은 아버지의 뜻을 따라 이 죄악 된 세상에서 죽기까지 순 종하셨습니다. 그래서 기독교는 효의 종교입니다.

엡6:1에도 골3:20에도 "부모에게 순종하라"고 했습니다.
"너 낳은 아비에게 청종하고 네 늙은 어미를 경히 여기지 말지니라. " (잠23:22)
부모 섬김의 효를 다하는 믿음의 자녀들이 되시기를 축원합니다.

유대인의 가정

이 지구상에서 가장 건강한 가정은 유대인 가정입니다.

유대인들의 가정은 히틀러도 파괴하지 못하였고 원자탄도 폭파하지 못 한다는 말이 있습니다. 이들은 2000년 동안 유랑생활을 하면서도 가정을 건강하게 지켜 왔습니다.

그들이 가정을 건강하게 지키는 비결은 바로 안식일입니다.

유대인들은 안식일을 지키고 그 날 저녁이면 가정 식구들이 모여 합달라 예식을 거행합니다 상에 둘러섭니다. 가족 전체가 가정 예배에 참석해야 합니다. 만일 아들이 군대에 갔거나 불가피한 일로 누가 참석하지 못 하면 그 자리에 음식을 차려놓고 빈자리로 둡니다. 그리고 온 식구들이 그를 위하여 간절히 기도합니다.

음식을 먹으며 가장은 온 식구들과 찬송하며 기도하고 성경을 읽으며 가정교육을 시작합니다. 결코 부정적인 이야기는 하지 않습니다. 단점을 없애려고 하지 않고 장점을 길러주는 교육만 시킵니다. 하나님이 우리 가정을 지켜 주신다는 확신을 줍니다.

그리고 시편 128편을 같이 낭독합니다.

" 여호와를 경외하며 그의 길을 걷는 자마다 복이 있도다 네가 네 손이 수고한 대로 먹을 것이라 네가 복되고 형통하리로다 네 집 안방에 있는 네 아내는 결실한 포도나무 같으며 네 식탁에 둘러 앉은 자식들은 어린 감람나무 같으리로다 여호와를 경외하는 자는 이같이 복을 얻으리로다 여호와께서 시온에서 네게 복을 주실지어다 너는 평생에 예루살렘의 번영을 보며 네 자식의 자식을 볼지어다 이스라엘에게 평강이 있을지로다" 아멘!

가정의 달 5월에 아름다운 믿음의 가정으로 회복하시기를 축복합니다.

감사

우리는 살아가면서 "감사"라는 말을 많이 사용합니다.
그렇습니다. 감사란 단어는 참으로 좋은 말입니다. 왜냐하면 감사란 우리의 삶을 풍요롭게 만들고 행복하게 만들어주는 언어이기 때문입니다.

스펄전 목사는 말하기를 "별빛을 보고 감사하는 사람에게는 달빛을 주시고, 달빛을 보고 감사하는 사람에게는 햇빛을 주시고, 햇빛을 보고 감사하는 사람에게는 해와 달이 필요 없는 영원한 빛을 주신다,"고 했습니다.
다시 말해서 감사하는 사람에게는 하나님께서는 그보다 더 좋은 감사의 조건을 점점 더 부여하신다는 뜻입니다.

사람은 초라했든지 화려했든지 누구나 다 과거를 가지고 있습니다.
그리고 그 과거를 생각합니다. 그런데 문제는 그 과거에 대하여 어떤 생각을 하느냐가 중요한 것입니다. 사람들은 대부분 지난날의 삶 가운데 뼈아팠던 일, 억울했던 일, 서운했던 일, 그리고 배은망덕했던 사람을 생각합니다.

그래서 어느 심리학자는 "사람은 지난날 행복했던 일, 기뻤던 일들이 더 많이 있었음에도 불구하고 사람들은 각자 자신의 뼈아픈 일들만 생각하고 원망과 불행했던 일들만 기억하는 습성이 있다,"고 말했습니다. 그렇습니다. 그런 습성 때문에 과거를 잊지 못하고 매여 사는 사람들이 많습니다.

그러나 감사는 지난날 하나님의 넘치는 은혜를 생각하며 느낄 수 있는 축복의 마음입니다. 그러기에 우리의 삶이 어렵고 힘든 세파의 소용돌이 속에서도 지키시고 인도하신 하나님의 은혜를 기억하고 감사하는 것입니다.

현재 우리가 누리는 가장 큰 축복의 삶은 "그리스도 안에서 구원받은 삶"입니다. 이보다 더 큰 축복이 어디 있습니까? 그렇습니다.
오늘 "내가 지금 주안에서 살고 있다,"는 이것이 가장 큰 축복입니다.
우리의 지난날을 여기까지 인도하셨듯이, 장차 우리의 미래도 하나님은 그렇게 인도하실 것이라는 믿음입니다.
그 믿음으로 감사하며 저 높은 곳을 향하여 나아가시기를 축원합니다.

꿈

꿈을 가졌다는 것은 비전이 있고 희망이 있다는 것입니다.
하나님께서 위대한 일을 이루시기 위하여 성령으로 꿈을 주십니다.

꿈을 가지면 젊어집니다. 꿈이 있다는 것은 천국의 소망이 있기에 봉사하고 헌신하며 젊게 사는 것입니다.

노인들은 장래 일은 해당 사항이 없다고 생각하고 현실이나 옛날이야기가 더 익숙합니다. 장래 일을 말하면 주변 사람들이 나이가 몇 살이냐고 공박합니다. 그들의 마음이 늙었다는 것입니다. 그러나 우리 모두 젊게 살아갑시다. 주님이 부르시는 그날까지 사명과 꿈에 불타서 살아가시기를 바랍니다.

꿈을 가지면 위대해집니다.
위대한 사람이란 위대한 꿈을 가진 사람입니다. 요셉도 꿈이 있었습니다.
그랬기에 애굽의 총리가 되고 만민의 구원자가 될 수 있었습니다. 성경을 보면 노인들의 행진입니다. 아브라함은 75세에 고향을 떠났습니다.
모세도 80세에 부름을 받았습니다. 노아도 600세에 생애 최고의 일. 방주를 시작하였습니다.
이렇게 꿈을 가지면 강해집니다. 정신분석학자 빅톨 플랭클은 '사람은 무엇으로 사는가?'라는 책에서 나치 치하에서 끝까지 견뎌냈던 사람은 마음에 분명한 희망이 있는 사람, 분명한 기다림이 있는 사람, 사랑하는 애인이나 아내, 가족이 기다리고 있는 사람, 돌아가서 자신이 꼭 이룩해야 할 일이 남아있는 사람들이었다고 합니다.

그러므로 우리 모두 천국의 소망 가운데 살아가시기를 축원합니다.
가로막힌 문제만 바라보지 말고 문제 넘어 예비 된 축복을 바라보라는 것입니다. 꿈을 가지면 희망이 넘칩니다. 어떻게 꿈을 가진 사람이 될 수 있을까요?
성령을 받으면 됩니다. 그것이 은사요 능력이요 꿈입니다.
그래서 하나님이 주시는 아름다운 꿈을 가지고 그 꿈을 성취하며 가장 보람 있게 살아가는 복되고 아름다운 믿음의 동역자들이 되시기를 축복합니다.

치유의 기도

한해를 마무리하며 지키시고 인도하신 주님의 은혜에 감사하는 동역자님 되시기 바랍니다. 고후9:8말씀에 '하나님이 능히 모든 은혜를 너희에게 넘치게 하시나니 이는 너희로 모든 일에 항상 모든 것이 넉넉하여 모든 착한 일을 넘치게 하게하려 하심이라' 하셨습니다.

하나님은 믿는 자에게 영적인 은혜만 주실뿐 아니라 물질적 은혜도 넘치게 부어 주십니다. 그것은 우리의 생활에 구애됨이 없이 모든 착한 일을 많이 하도록 하시기 위함입니다. 재물이란 우리가 독점해서 소유하고 자기만 누리고 살라고 주신것이 아니라, 선한 일을 하라고 하나님께서 우리를 청지기로 세워 맡기신 것임을 알아야합니다.

많은 사람들이 마땅히 감사해야 하는데 감사할 줄 모르고 지날 때가 많습니다. 예수께서 열명의 문둥이를 다 고쳐주셨는데 찾아와 감사한 사람은 한 사람밖에 없었습니다. 제대로 감사할 줄 아는 사람은 열 명에 한 명 꼴도 안되는게 인생입니다. 그래서 사도바울은 골4:2에 "기도를 항상 힘쓰고 기도에 감사함으로 깨어 있으라"고 말씀하셨습니다. 기도 쉬는 죄를 범하지 않도록 기도에 깨어 있어야 하는 것처럼 감사하지 않는 죄를 짓지 않도록 늘 감사에 깨어 있으시기 바랍니다.

사람에게 고맙다고 인사를 해도 마지못해서 겉치례로 인사하는 사람이 있고 진정한 마으으로 감사를 표하는 사람도 있습니다. 우리 믿음의 사람들은 이해 타산을 초월하여 감사를 드려야 합니다. 인간적인 득실을 계산해서 드리는 감사는 주님을 기쁘시게 할 수 없습니다.
그러므로 우리는 받은 사랑에 감사하며 감사를 아는 겸손한 믿음의 사람되시기 바랍니다. 많든 적든 겸손한 마음으로 사랑과 정성으로 최선을 다하면 하나님께서 기뻐하시고 하늘의 축복과 은혜를 내려주십니다.

우리 모두 지난 한 해를 지키시고 인도하신 그 크신 하나님의 은혜에 감격하여 이해 타산을 초월한 사랑과 겸손한 마음으로 최선을 다하여 감사하는 믿음의 자녀들이 되시기를 주님의 이름으로 축복합니다.

멸망에서 생명으로

한해를 되돌아 보니 어떠한 열매를 맺었습니까?
역사의 한 페이지를 장식한 모든 위대했던 하나님의 사람들을 살펴보면 그들이 살았던 그 당대에는 조롱과 비방을 당했습니다.

그런 사람 중의 한 사람이 요한 웨슬리입니다.
그와 그의 동생 찰스, 그리고 조지 휫 필드는 영국에서의 피비린내 나는 혁명을 막은 사람들로 현대 역사학자들에 의해 평가되고 있습니다.

웨슬리의 설교는 영국의 거리와 뒷골목의 압제를 받으며 살고 있던 사람들에게 소망을 가져다주었습니다. 그렇지만 그 당시의 성직자들은 그를 이단이라 불렀고 때로는 교회 밖으로 내쫓기도 했습니다.
그에 대한 나쁜 소문이 나도는가 하면 그는 온갖 죄목이 붙여진 고소를 당하기도 했습니다. 또한 그는 수십 번이나 그를 반대해서 일어난 폭도들에 의해서 죽을 뻔하였습니다.
그러나 웨슬리는 이와 같은 것을 지극히 정상적인 것으로.
즉 자신이 그 사역 안에서 하나님께 순종하고 있는 증거로 받아들였습니다.

우리는 혼돈된 세상가운데 그리스도를 올바르게 따르고 있다고 확신할 수 있습니까? 생명이 있는 물고기는 강물을 거슬러 올라갑니다. 동역자 여러분은 어떠합니까?
성경은 세상의 열매를 불신앙과 온갖 더럽고 악한 죄라고 정죄합니다.
하나님을 등지고 대적하는 세상의 문화와 역사의 결과는 하나님의 심판으로 멸망 받을 열매들이라는 것입니다.

창조주 하나님께서 친히 심고 가꾼 피조물들이 그 기대에 어긋나는 쓸모없는 열매를 산출한다면 결국 멸절될 수밖에 없을 것입니다.
그러므로 우리 모두는 한해가 저물어가는 이 시점에서 세상은 험하고 악할지라도 멸망 받을 열매가 아니라 영원한 생명의 열매를 맺을수 있기 바랍니다.
우리는 하나님의 은혜로 얻은 생명이기에 더 값지게 선용하고 유용하여 우리 주님께 영광이되고 기쁨이 되는 은혜의 삶이 되시기를 소망합니다.

좋은열매

새해! 좋은열매를 맺는 동역자님들이 되시기를 축복합니다.
좋은 열매를 얻는 방법 중에 열등한 나무를 베어 우수한 나무에 접붙이는 방법이 있습니다. 우리가 멸망으로 가는 세상의 열매를 피하는 근원적인 방법은 오직 하나님의 구원 복음을 받아들이고 회개하여 그리스도를 나의 구주로 섬기는 길밖에 없습니다. 하나님께서는 우리를 지명하여 부르시고 구별하여 선택하사 세상의 죄악 나무에서 베어내어 그리스도에게 접붙이신 것입니다

(롬7:4)에 "그러므로 …너희도 그리스도의 몸으로 말미암아 …우리로 하나님을 위하여 열매를 맺게" 해야 한다고 성경은 해결책을 제시합니다. 이제 우리들은 참 감람나무와 참 포도나무의 줄기 되신 그리스도와 연합되었으므로 영생에 이르는 열매를 얻게 된 것입니다.

어지러운 세상! 혼돈 된 세상의 역사나 문화는 인간들이 만들어 낸 것입니다. '육으로 나는 것은 육'입니다. 인간의 노력으로는 하나님이 인정하시는 열매를 맺을 수 없습니다. 오직 그리스도와 연합된 삶이 되어야 합니다.
하나님의 은혜로 그리스도께 접붙임을 입은 성도들은 그에 합당한 열매를 맺도록 노력해야 합니다.

만일 그 은혜를 경시하고 다시 불신앙적인 교만과 무지의 생활을 하면 이스라엘 사람들이 그리스도의 은총에서 단절되었듯이 "너도 찍히는 바 되리라", (롬11:22)고 경고했습니다. 그러므로 우리는 새해를 맞이하여 더 알차고 실한 천국 백성이 되기를 노력해야 합니다.

먼저 주님의 백성으로서 합당한 사람이 되어야 하고 열매를 맺되 "풍성하게"(빌1:11) 맺도록 헌신하고 봉사해야 하는 것입니다.
하나님의 은혜로 얻은 생명이기에 더 값지게 선용하고 유용해야 합니다.
생명이 있는 물고기는 강물을 거슬러 올라갑니다.
멸절될 수밖에 없는 세상의 가치관이 아닌 영생을 소유한 천국의 소망가운데 하나님의 뜻을 이루어가며 거룩함에 이르러 좋은열매를 맺는 한해가 되시기를 주님의 이름으로 축복합니다.

동역자를 위한 기도

새해를 허락하신 하나님 아버지께 감사와 찬송과 영광을 올려드립니다
우리에게 허락하신 올 한 해의 삶 가운데
지난 날을 돌이켜 보며 지금까지 지키시고 인도하신 주님의 은혜에 감사하며
말씀에 순종하고 복음을 선포하여 주님의 뜻을 이루게 하옵소서.

주님의 은혜로 주님의 몸 된 교회와 가정, 삶의 현장 가운데
아름다운 공동체를 이루어 살게 하심을 감사를 드립니다.
주님의 권능과 권세로 지켜 주심을 기억하여
주의 사랑으로 섬기며 나누며 은혜가운데 살아가게 하옵소서.

하나님 아버지!
우리의 삶을 부끄럽게 하며 죄에 빠지게 하는 물욕과 탐심을 늘 제거하게 하셔
서 범사에 감사하는 참 신앙으로 바로 서게 하시고 우리에게 향하신 주님의 위
대한 사명을 날마다 깨닫고 준비하며 쓰임 받도록 인도하여 주옵소서.

이 시간 선교후원자와 동역자들을 위해 기도합니다.
김경국 김병섭 김복연 김용무 김점남 김정숙 문경희 박무진 박수용 박지은 배
철호 백수희 서정순 윤현국 이도현 이태규 장용산 전종순 정예지 정찬미 정하
원 주선옥 최경옥 한근수 후원자님과 목자교회 서울예본교회 초심교회 열방
의 빛 교회 행복한교회 고등제일교회 1남선교회 위에 하늘의 신령한 복을 허락
하시고 그들의 기도를 들으시고 복되고 형통한 길로 인도하여 주옵소서.
연합기독교방송 동역자와 파송선교사님의 귀한사역 위에도 주님의 자비와 긍
휼을 베풀어 주셔서 주님의 뜻을 이루기에 부족함이 없게 하옵소서.

혼돈된 세파의 소용돌이 속에서도 이 나라 이 민족을 불쌍히 여기시고 핵의
위협과 전쟁의 공포에서 지켜 주셔서 복음으로 통일 되고 믿음으로 하나되는
역사가 일어나게 하시고 말씀에 순종하며 기도하여 주님의 은혜가운데 거하는
동역자들 되게 인도하여 주옵소서.

주님이 허락하신 한해 주님의 섭리와 경륜 속에서 그리스도의 사랑으로 섬김
과 나눔을 실천하고 복음을 선포하는 아름다운 믿음의 삶으로 주님께 영광 올
려드리기 원하오며 우리 구주 예수그리스도의 이름으로 기도드립니다. 아멘.

보배로운 예수

하나님께서 질그릇과 같은 우리에게 보배로운 예수를 담아 주셨습니다. 우리의 삶의 모습이 하나님께서 원하시는 곳에서 보배로운 그릇으로 사용되고 있습니까?

남에게 인정받기 위해서는
물질이나 시간이나 심지어 자기의 목숨까지 희생해 가면서 애를 쓰고 노력하면서도 만복의 근원이 되시는 하나님께 인정받기 위해서는 애쓰지도 않고 관심조차 없는 성도들이 많습니다.

하나님께 인정받고 하나님의 마음에 합한 자가 되면
세상 권력에 인정받는 것에 어떻게 비교가 되겠습니까?

하나님께 칭찬받고 하나님께 인정받는 것보다 더 큰 축복이 없고
이보다 더 큰 행복이 없습니다.

그런데 사람들은 풀의 이슬같이 마르기 쉽고 변하기 쉬운 인간들에게
잘 보이고 인정받으려고 하면서도, 만복의 근원이 되시고 생사화복을 주관하시는 하나님께 인정받으려는 일에는 그다지 관심이 없는 것 같습니다.

물론 사람들한테도 칭찬 듣고 인정받는 사람이 되어야 합니다.
그러나 하나님께 인정받는 것이 더 중요하다는 것을 잊어서는 안 됩니다.

하나님께 인정받으려면 중심을 보시는 하나님 앞에 진실해야 합니다.
외식이나 형식, 가식과 위선은 하나님께 통하지 않습니다.

하나님은 아무리 훌륭한 사람이라도 교만하면 가증히 보십니다.
인정하시기는커녕 얼굴을 돌이키십니다. 심지어 교만한 자를 대적하신다고 했습니다. 그러므로 우리 모두 보배로운 예수를 담은 겸손한 모습으로
맡겨진 일에 충성하는 믿음의 백성들이 되시기를 소망합니다.

하나님 아버지 감사합니다!

대한민국 땅에서 사는 우리가 감사해야 할 것이 많습니다.
국가표준 식물목록 자료에 따르면, 우리나라 자생식물 수는 5,000여 종이라고 합니다. 그냥 5천 종이라면 그 종류가 많은지, 적은지, 느낌이 안 올 겁니다.
그런데 이 숫자는 유럽 전체를 합친 것보다 많다고 합니다. 조금 과장하면, '전 세계 식물백화점'이 바로 우리나라인 셈입니다.

더 놀라운 것은, 그중 2,600종은 식용이고, 또 그 중 1,200종은 약초라는 사실입니다. '쑥'만 해도, 우리 땅에서 나는 것은 종류가 다양하고, 모두 식용이거나 약초인 반면, 외국 것은 독성이 있어서 먹지 못한답니다. 당연히 약으로도 쓸 수 없답니다.
또, 한국의 약초를 외국에 옮겨 심으면 쓸모없는 들풀로 변하고,
한국의 인삼이나, 은행 역시 외국으로 가져가 키우면, 한국산에서 나타났던 약효가 확 낮아진답니다. 도대체, 왜 이런 일이 생기는 것일까요?

30여 년을 기자로 활동하면서 전국을 누볐던 오창규 작가의 책 '코리아는 다시 뜬다.'에는 이런 이야기가 나옵니다. 우리나라는 대륙성 기후와 해양성 기후를 동시에 지닌 독특한 기후이고, '역동적인 사계절이 존재한다.'는 것입니다. 양자 강 고기압과 함께 봄이 오고, 북태평양 고기압으로 인하여 여름이 오며, 오호 츠크해 고기압이 가을을 부르고, 시베리아 고기압이 겨울을 만들어 준다고 합니다. 이러한 역동적인 환경에서 자라가야 했기에, 식물들도 외국산과는 비교가 되지 않는 약성을 가지게 된 것이 아닐까요?

마시는 물은 또 어떠합니까?
우리가 해외에 나가면 물의 석회성분때문에 조심해야 할 것이 많습니다.
하지만 우리나라는, 수돗물은 물론이고, 웬만한 계곡물도 수질이 좋고 깨끗합니다. 이러한 것들이 너무나도 익숙한 나머지,
'그 고마움과 소중함을 모른 채 마구 즐기는 것이 아닌가?'하는 생각이 듭니다.
아무튼, 우리가 물려받은 천혜의 자연환경이야말로 이 땅에서 나고 자란 우리가 가장 감사하게 여기면서 살아야 할 일이라고 생각합니다.
우리나라에는 다른 나라에 없는 것들이 참 많다는 생각이 듭니다.
위의 글에서 글쓴이가 열거 했듯이, 비록 땅덩어리는 작지만,
하나님께서 주신 우리나라 자연동산은 그야말로 아름답기 그지없습니다. 또한, 우리나라 국민도, 부정적인 측면이 없지 않으나, 좋은 점이 훨씬 더 많지 않나 싶습니다.
뛰어난 재주와 지능지수도, 세계인이 다 알아주고 있음은 주지의 사실입니다.
그리고 우리가 '한글'이라고 하는 너무나 뛰어난 문화유산인 문자를 갖고 있음도 진정 자랑거리가 아닐 수 없습니다. 우리나라가 다른 나라에 비해서 부족할 게 없는 아름다운 나라임을 기억하고, 긍지와 자부심을 갖고 살았으면 좋겠습니다.

성탄절 기도

평화의 왕으로 이 세상에 오신 주님!
감사와 찬송과 영광을 올려 드립니다.
죄악된 세상과 우리의 죄를 속하시려 하늘의 영광을 버리시고,
낮고 천한 인간의 몸으로 오신 그 크신 사랑과 은혜에 감사드립니다

이 시간 우리 심령가운데 오셔서 우리들의 찬양을 받아주소서.
우리들이 부르는 성탄의 찬양을 통하여
잠자는 영혼들에게 기쁜 복음의 소식이 전해지게 하시고,
깨어 일어나 주님을 영접하는 은혜를 베풀어 주옵소서 .

주님은 이 세상에 빛을 주려고 오셨습니다.
우리가 주님을 경배하며 빛된 생활을 하도록 결단하는 시간이 되게 하여 주옵
소서 세상은 온통 크리스마스 축제로 주님의 탄생을 망각하고 있습니다
우리의 죄를 속죄하시려 오신 그리스도의 성탄의 의미를 바로 깨닫게 도와주
시고, 경건한 마음과 기쁨으로 그리스도를 영접할 수 있도록 도와 주옵소서 .

성탄절의 주인공은 아기 예수님이십니다.
우리가 이것을 기억하게 하여 주시옵소서.

그리하여 고요하고 거룩한 성탄을 맞이하게 도와 주시옵소서,
들에서 양치던 목자처럼 찬미하기 원합니다.
동방박사처럼 겸손히 예물 드리기 원합니다.
우리의 가진 것으로 최선을 다해 주님께 드리는 시간이 되게 하여 주옵소서 .

이 시간 억압을 당하며 고통하는 심령들에게 해방을 주시며 ,
굶주리는 심령들에게 위로와 하늘의 만나를 풍족하게 내려 주옵소서.
또한 우리의 가난한 이웃을 기억하게 하셔서 그들과 따뜻한 나눔을 가질 수 있
도록 은혜를 허락하여 주옵소서. 그리하여 진정 하늘에는 영광이요, 땅 위에서
는 기뻐하는 자들에게 평화가 넘치는 귀한 시간이 되게 하여 주옵소서 .

우리 구주 예수그리스도의 이름으로 기도 드리옵나이다. 아멘.

이웃 사랑

사람은 어떤 집단에 속해 있든지 자신에게 부여된 책임을 다하게 될 때 사람들로부터 인정받게 됩니다. 비록 탁월한 재능을 가졌다 해도 책임에 불성실한 사람은 아무에게도 인정받지 못합니다.

우리는 이웃 사랑을 자발적으로 베푸는 자선이라도 되는 것처럼 착각해서는 안 됩니다. 그것은 우리에게 부여된 거룩한 책임입니다.

하나님께서는 택하신 믿음의 백성에게 이웃을 사랑하도록 책임을 부여하셨기 때문입니다. (엡4:25) 말씀에 그런즉 거짓을 버리고 각각 그 이웃과 더불어 참된 것을 말하라 이는 우리가 서로 지체가 됨이라 하셨습니다.

'너는 너, 나는 나'라는 그릇된 사고가 우리 사회를 병들게 하는데, 성도들은 이런 것들에 휩쓸리지 않도록 주의해야 합니다.

그리고 성도는 이웃에 대해 선행을 베풀어야 할 책임이 있는데, 이는 우리가 거듭났음을 증거 하는 것입니다.

또한 선을 행해야 할 또 다른 이유는 하나님께서 선행을 요구하시기 때문입니다. 그분이 그리스도 안에서 우리를 새로 지으신 목적은 선을 행하게 하려는 것입니다. 그러므로 성도들은 어디에 있든지 이웃에게 선을 행하고 덕을 세우도록 힘써야 합니다.

(빌4:5) 말씀에 너희 관용을 모든 사람에게 알게 하라 주께서 가까우시니라 하셨습니다. 이웃을 사랑하는 성도는 모든 사람에게 관용을 보임으로써 덕을 세워야 합니다. 다른 사람들이 어떻게 행하느냐 하는 것보다, 내가 먼저 포용하시기 바랍니다. 성도가 이웃에게 덕을 세우려면 허물을 용서할 줄 알아야 합니다.

자신은 용서받기를 원하면서도 다른 사람을 용서하는 데는 인색한 사람들이 있는데, 성도는 이 와 같이 되어서는 안 되겠습니다. 우리는 하나님께 엄청난 빚을 은혜로 탕감받았습니다. 도저히 갚을 수 없는 부채를 그분이 우리를 불쌍히 여기셔서 탕감해 주신 것입니다.

성경은 "일흔 번씩 일곱 번"이라도 용서하라고 하셨습니다.

우리는 이웃에 대한 사랑의 책임에 있어서 참된 것을 말하여 덕을 세우고 선행에 힘쓰며, 관용을 보이고 허물을 용서함으로써 구체적이고 실천적으로 행하는 이웃 사랑의 주인공들이 되시기를 주님의 이름으로 축복합니다.

하나님은 중심을 보십니다

하나님이 기뻐하시는 사람이 되고 하나님 마음에 드는 사람이 되려면 하나님이 무엇을 귀중히 보시고 어떤 점을 중요하게 보시는지를 잘 파악해야 합니다. 롬 12:2에 "너희는 이 세대를 본받지 말고 오직 마음을 새롭게 함으로 변화를 받아 하나님의 선하시고 기뻐하시고 온전하신 뜻이 무엇인지 분별하도록 하라"고 말씀했습니다.

사람은 겉을 보지만, 하나님은 중심을 보십니다. 작고 어린 목동 다윗은 인간적으로 보기에는 도저히 왕이 될 만한 모습이 아닌 소년이었지만 하나님께서는 그 중심의 신앙을 보고 그를 왕으로 택하여 주셨고, 그 뜻을 받은 사무엘 선지자가 기름 뿔을 취하여 다윗의 머리에 기름을 부었습니다.
인간의 눈으로 볼 때 외모가 잘 생기고 첫인상이 좋으면 취직하는 데나 출세하는 데 도움이 됩니다. 그러나 하나님은 흙으로 돌아가는 육신의 겉모습을 보지 않고 마음속 중심을 보십니다. 그렇다면 중심을 본다는 것은 무엇을 말하는 것입니까? 그것은 그 진실성을 보신다는 것입니다.

겉으로는 착해 보이지만 속은 거짓된 사람이 있고 겉으로 별로 착해 보이지도 않는데 볼수록 진실한 사람이 있습니다. 다윗은 바로 그런 사람이었습니다.
부모가 지켜보나 안보나 진실하게 양 떼를 지키고 형들이 게으름을 피우거나 말거나 어려서부터 양 한 마리라도 곰이나 사자에게 물려 갈 새라 진실하게 돌보는 목동이었습니다.

실로 그 마음이 순수하고 진실한 사람은 하나님의 말씀이 진리의 말씀으로 믿어지고 거짓된 사람, 위선자는 진리의 말씀인 하나님의 말씀에 의심이 갑니다. 참으로 마음이 진실 된 사람만이 참되고 굳건한 신앙의 사람이 될 수 있는 것입니다.

그리고 무슨 일에나 눈가림만 하지 않고 마음을 바쳐서 충성하는 것을 의미합니다. 예수를 믿어도 껍데기로만 믿고 건성으로만 믿는 사람은 시험과 핍박이 올 때, 또는 목사나 누가 알아주지 않을 때는 타락하거나 넘어지고 맙니다.
그러나 그 중심이 충성스러운 자는 그런것들에 관계없이 신실한 믿음을 보입니다.

진실한 사람은 하나님과 사람 앞에 약속을 어찌하든지 잘 지키도록 노력하는 사람이고 충성된 사람은 변덕을 잘 부리지 않고 눈가림하지 않는 것으로 나타납니다. 중심을 보시는 하나님 앞에 이러한 진실과 충성된 믿음의 동역자 되시길 소망합니다.

아름다운 결실

곡식의 열매를 추수하는 아름다운 결실의 계절입니다.
엡 5:16에 "세월을 아끼라. 때가 악하니라", 고 말씀합니다.
이어지는 삶의 모습에서 시간이 무한정 주어진 것으로 생각할 수 있지만 성경
은 말합니다. "너희가 무엇이냐? 잠깐 보이다 없어지는 안개니라."
그러하기에 우리는 세월을 아껴야 하는 것입니다.

우리에게 결코 많은 시간이 주어진 것이 아니기 때문에
주어진 그 귀한 시간을 보람 있고 유익하게 보내며
주님께서 맡겨주신 사명에 합당한 열매를 맺으시기를 바랍니다.

사람들은 늘, 지나고 나면 후회합니다. 그때 잘할 걸 하며 껄껄거립니다.
인생은 되돌아갈 수 없기에 하나님을 바라보고 그 은혜 가운데 살아가야 합니
다.

사40:31 "오직 여호와를 앙망하는 자는 새 힘을 얻으리니", 말씀이 있습니다.
우리가 아무리 의지가 강하고 결심을 굳게 한다. 하더라도
연약한 인생이기에 사단의 시험이나 유혹에 쉽게 이길 수가 없습니다.
그러한 어려움을 극복하고 견딜 수 있는 능력이 필요한 것입니다.
이러한 능력은 하나님을 바라보고 그 은혜 가운데 거할 때 얻어지는 것입니다.

우리가 하나님의 뜻을 이루고 귀하고 값진 인생을 살기 원한다면
주님을 더욱 바라보고 새 힘을 얻어야 합니다.
주님이 우리의 길이요 진리요 생명이시기 때문입니다.

우리 모두 세월을 아끼면서 언제나 하나님을 바라보고
하나님의 길을 떠나지 않는 후회하지 않는 보람 있는 인생으로,
맡은 사명에 아름다운 결실을 이루는 믿음의 승리자들이 되시기를 소망합니
다,

선한 청지기

우리는 하나님께서 우리에게 맡기신 것들을 이 세상에서 잠시 관리하는 청지기입니다.
오직 주인의 사업을 위해 맡겨진 것들을 잘 관리하는 자가
'선한 청지기'의 칭호를 받습니다.

주의 은혜를 받았고 신령한 은사가 있다는 것은 하나님의 청지기가 되었음을 의미합니다. 성도가 자기 직분에 최선을 다하려면 청지기 직에 대한 인식이 확고해야 합니다.

(고전11:1) 말씀에
내가 그리스도를 본받는 자가 된 것 같이 너희는 나를 본받는 자가 되라, 했습니다.
하나님의 청지기로서 성도가 모범을 보이려면 그리스도를 본받도록 힘써야 합니다. 성품이나 인격을 비롯하여 생활에 이르기까지 그리스도의 모범을 따르는 자들이 되어야 합니다. 가장 위대한 발자국을 남긴 바울은 자신이 그리스도를 본받은 자 되었다고 외쳤습니다. 그의 위대성은 예수의 발자국을 부지런히 따라갔다는 데서 발견됩니다.

시류에 적당히 편승하면서 사는 것은 청지기다운 태도가 아닙니다.
살아 있는 물고기가 물줄기를 거슬러 올라가듯이 진실한 청지기는 세상의 논리나 관점에 지배되지 않고 예수님만 따라가야 합니다.
우리는 언제 어디서든지 자신이 하나님의 청지기라는 사실을 유념하고
모든 행실에 신중을 기해야 합니다. 청지기가 잘못하면 주님의 영광이 가려지기에 본분에 충실하도록 힘써야 하겠습니다.

주를 기쁘시게 하는 자가 신실한 청지기입니다.
비록 여러 가지 일로 힘들고 어렵더라도 하나님께서 주신 사명에 충성을 다하는 선한 청지기로 주님의 뜻을 이루어가는
동역자 여러분이 되시기를 축원합니다.

장애

기억상실증에 걸리면 자기가 누구인지 무엇을 하던 사람인지 모릅니다.
길을 가다 부모님을 만나고 친구들이 자기의 이름을 불러도 알아보지 못하고
처음 보는 사람을 쳐다보듯 멀뚱멀뚱 서 있다고 생각해 보십시오. 본인은 물론
그를 지켜보는 가족들은 얼마나 안타깝고 슬프겠습니까?

그러나 기억상실증에 걸린 사람은 이 사람뿐만은 아닙니다.
당신은 방금 화를 내지 않겠다고 마음먹고도 화를 냅니다.
이번 주에 꼭 해야 할 일을 잊고 있지는 않았는지요.
하나님 앞에서 "다시는...하지 않겠다,"고 또는 "하겠다,"고
굳게 약속해놓고는 얼마 안 가서 잊어버린 적이 한두 번이 아닐 것입니다.

주변을 살펴보십시오. 해야 할 일을 잊고 있지는 않은지요.
누구와의 약속을 지키지 않은 적은 없습니까?
지금이라도 점검해 보시고 실천하는 믿음의 삶을 삽시다.
인지장애 활동 장애 성격장애 언어장애 시각장애 등
정부에서 법적으로 구분해서 장애등급을 명시하여
장애인이라 하고 비장애인이라 합니다.

하지만 장애는 모든 이에게 크고 작음의 차이지 다 있습니다.
하나님께서 인간을 창조하실 때 하나님의 형상대로 장애가 없이
창조하셨지만 우리는 죄악 된 세상에서
오염되고 상하여 모두 장애를 입었습니다.

우리는 그 장애를 회복해야 합니다.
주님의 은혜 가운데 죄의 문제를 해결 받고 믿음의 길을 가며
맡은 사명에 충성 봉사하는 하나님의 자녀들이 되시기를 축복합니다.

감사

우리는 살아가면서 "감사"라는 말을 많이 사용합니다.
그렇습니다. 감사란 단어는 참으로 좋은 말입니다. 왜냐하면 감사란 우리의 삶을 풍요롭게 만들고 행복하게 만들어주는 언어이기 때문입니다.

스펄전 목사는 말하기를 "별빛을 보고 감사하는 사람에게는 달빛을 주시고, 달빛을 보고 감사하는 사람에게는 햇빛을 주시고, 햇빛을 보고 감사하는 사람에게는 해와 달이 필요 없는 영원한 빛을 주신다,"고 했습니다.
다시 말해서 감사하는 사람에게는 하나님께서는 그보다 더 좋은 감사의 조건을 점점 더 부여하신다는 뜻입니다.

사람은 초라했든지 화려했든지 누구나 다 과거를 가지고 있습니다.
그리고 그 과거를 생각합니다.
그런데 문제는 그 과거에 대하여 어떤 생각을 하느냐가 중요한 것입니다.
사람들은 대부분 지난날의 삶 가운데 뼈아팠던 일, 억울했던 일, 서운했던 일, 그리고 배은망덕했던 사람을 생각합니다.
그래서 어느 심리학자는 "사람은 지난날 행복했던 일, 기뻤던 일들이 더 많이 있었음에도 불구하고 사람들은 각자 자신의 뼈아픈 일들만 생각하고 원망과 불행했던 일들만 기억하는 습성이 있다,"고 말했습니다.

그렇습니다. 그런 습성 때문에 과거를 잊지 못하고 매여 사는 사람들이 많습니다. 그러나 감사는 지난날 하나님의 넘치는 은혜를 생각하며 느낄수 있는 축복의 마음입니다. 그러기에 우리의 삶이 어렵고 힘든 세파의 소용돌이 속에서도 지키시고 인도하신 하나님의 은혜를 기억하고 감사하는 것입니다

현재 우리가 누리는 가장 큰 축복의 삶은 "그리스도 안에서 구원받은 삶"입니다. 이보다 더 큰 축복이 어디 있습니까? 그렇습니다.
오늘 "내가 지금 주안에서 살고 있다,"는 이것이 가장 큰 축복입니다.

우리의 지난날을 여기까지 인도하셨듯이,
장차 우리의 미래도 하나님은 그렇게 인도하실 것이라는 믿음입니다.
그 믿음으로 감사하며 저 높은 곳을 향하여 나아가시기를 축복합니다.

치유의 기도

<예레미야> 17:14 여호와여 주는 나의 찬송이시오니 나를 고치소서 그리하시면 내가 낫겠나이다 나를 구원하소서 그리하시면 내가 구원을 얻으리이다.

<말라기> 4:2 내 이름을 경외하는 너희에게는 공의로운 해가 떠올라서 치료하는 광선을 비추리니 너희가 나가서 외양간에서 나온 송아지 같이 뛰리라

하나님 아버지! 저는 죄인입니다.
그러나 예수님께서 저의 죄를 위하여 십자가에서 죽으신 것을 믿습니다

지금 나는 예수 그리스도를 나의 구주로 영접하오니
저의 마음에 들어오셔서 지난날의 모든 죄를 사하여 주옵소서.
죄 때문에 잃어버린 하나님과 관계를 회복하게 하옵소서.
이제부터는 하나님만 경배하고 믿음으로 살겠습니다.
저의 남은 삶을 하나님 아버지 앞에 맡기고 살겠습니다.
모든 죄에서 저를 구원하여 주시고 천국 시민이 되게 하여 주시옵소서.

이 시간 질병으로 고통 가운데서 하나님 앞에 간절히 기도합니다.
외로움과 두려움 속에 고통받고 있는 연약한 영혼에게 치료의 은혜를 내려주시옵소서.

주님이 만나주시고, 치료하시고, 회복시키시는 놀라운 기적의 역사가 일어날 줄 믿습니다. 주님, 고쳐주시옵소서. 모든 질병이 떠나가게 하시옵소서.

야이로의 딸을 고쳐주시고, 중풍 병자를 고쳐주신 주님,
이 시간 사랑하는 당신의 딸을 고쳐주시옵소서. 주님 치료해주시옵소서.
예수 그리스도의 이름으로 선포할 때 우리를 묶고 있는 모든 두려움이 떠나가고
낙심하게 하는 어둠의 영이 떠나가게 하시옵소서.

나사렛 예수의 이름으로 명하노니 암세포와 모든 질병은 깨끗이 치료될지어다.
예수 보혈의 능력으로 치료되고 회복될지어다

이 시간 머리끝부터 발끝까지 여호와 라파!, 치유의 빛을 비춰주시옵소서.
기적의 역사가 일어나. 치유와 회복으로 주님께 영광 돌리게 하옵소서.
주님이 다스려주옵소서. 주님이 만져주옵소서.

모든 질병이 깨끗하게 치유되고 회복되어 믿음의 가정되게 하옵소서!.
감사드리오며 예수님의 이름으로 기도드립니다. 아멘

도전하라!

폐결핵의 악화로 시한부 인생을 선고받은 젊은이가 있었습니다.
20대 초반의 이 젊은이는 극도의 절망감에 몸부림치며 기도하다가 '그래, 죽는 시간을 기다리는 것보다 남은 시간을 하나님께 바치자.'하고 생각을 바꾼 후 즉시 빈민굴에 들어가 가난한 사람들과 소외된 사람들을 위해 헌신했습니다.

그런데 놀랍게도 이 청년은 그 이후 50여 년을 더 살았다고 합니다.
그가 바로 "사선을 넘어서"를 써 많은 사람에게 삶의 고귀함과 희망을 깨우쳐 준 일본의 성자, 가가와 도요히코의 이야기입니다.

모든 사람의 삶도 그렇겠지만 특히 우리 기독교인의 삶에 도전 정신이 필히 요구됩니다. 불의한 이 세상에서 하나님의 자녀로서 살려면 도피하고 은둔하는 자세로는 승리하는 삶의 결과를 얻을 수 없습니다.

'강하고 담대하라 여호와를 바라는 너희들아' (시31:24)라고 한 것처럼 주님의 진리로 무장하고 삶의 온 영역에 도전하는 자세로 나아가야 주님께서 맡겨주신 사명을 이루어 갈 수 있습니다.

그러므로 우리 믿음의 용사들은 무엇보다도 이와 같은 도전 정신을 지녀야 할 것입니다
대상 28장 20절 말씀에 또 그의 아들 솔로몬에게 이르되 너는 강하고 담대하게 이 일을 행하라 두려워하지 말며 놀라지 말라 네가 여호와의 성전공사의 모든 일을 마치기까지 여호와 하나님 나의 하나님이 너와 함께 계시사 네게서 떠나지 아니하시고 너를 버리지 아니하시리라

당신은 자신의 인생을 신념과 용기로 적극적으로 이루어 나가고 계십니까?
아니면 소극적으로 걱정과 공포 속에 움추리고 있으십니까?
거룩한 뜻의 실현은 오직 도전하는 자에게 열매로 주어집니다.

이제 우리가 가야 할 십자가의 길에는 수많은 역경과 장애가 기다리고 있을 것입니다. 그러나 믿음으로 전진하십시오! 도전하십시오!

준비된 그릇

사람은 누구나 승리하기를 원합니다. 실패하기를 원하는 사람은 없습니다.
하나님께서도 당신의 백성이 승리하고 번영하기를 원하시지 실패하거나 쇠퇴하기를 원치 않으십니다.
벤저민 디즈레일리는 "사람이 인생에서 성공하는 비결은 기회가 다가올 때 그것을 받아들일 준비가 되어 있는가, 그렇지 않은가에 달려 있다,"고 말했습니다.

우리가 살아가면서 쌓은 모든 것들은 인간 됨됨이의 바탕이 됩니다.
그러므로 사람은 자신의 인격과 능력을 개발하기 위해 많은 시간이 필요합니다. 자신이 원하는 것을 얻었다고 해서 인생이 성공한 것이 아닙니다.
그것은 준비되지 않은 사람에게는 오히려 화가 되기도 하기 때문입니다.

복권에 당첨된 많은 사람들이 몇 년 만에 재산을 다 탕진하고
인생을 파산으로 몰고 가는 이유는 그만한 그릇이 준비되지 못했기 때문입니다.

나이팅게일은 "사람이 5년 동안 같은 주제에 대해 매일 1시간만 투자한다면 반드시 그 주제에 관한 전문가가 될 것이다"라고 말했습니다.
그러므로 매일 매일 노력하고 힘쓰는 자만이 성공을 누릴 수 있을 것입니다.
그런데 성경적 승리와 번영은 여호수아 1장 8절에서 말씀하고 있습니다.

"이 율법 책을 네 입에서 떠나지 말게 하며 주야로 그것을 묵상하여 그 가운데
기록한 대로 다 지켜 행하라 그리하면 네 길이 평탄하게 될 것이라 네가 형통하리라"
이 말씀을 묵상하면서 복된 승리의 삶을 살아가시기를 소망합니다.

기도 수칙

죠지 뮬러 평생 기도 수칙.

1. 예수님을 의지하라.
예수님의 중보 사역을 전적으로 의지하는 것입니다.
요한복음 14:13-14의 말씀에 "너희가 내 이름으로 무엇을 구하든지 내가 시행하리니, 이는 아버지로 하여금 아들을 인하여 영광을 얻으시게 하려 함이라.
내 이름으로 무엇이든지 내게 구하면 내가 시행하리라."

2. 죄를 버려라.
시편66:18말씀입니다.
"내가 죄를 내 마음에 품으면 주께서 듣지 아니하시리라."

3. 믿어라.
하나님께서 맹세하신 약속의 말씀을 믿어야 한다는 것입니다.

4. 인내로 기도하라.
기도하는 이들은 계속 하나님을 섬기며 기다려야 합니다.

5. 하나님의 뜻대로 구하라.
경건한 동기를 가지고 기도해야 합니다.
요한일서5:14말씀입니다. "그를 향하여 우리가 가진바 담대한 것이 이것이니 그의 뜻대로 무엇을 구하면 들으심이라."

자신의 뜻을 포기하라. 느낌을 신뢰하지 말라. 성령과 말씀을 바라보라.
환경을 고려하라. 하나님의 뜻을 보여 달라고 기도하라.
결정했을 때 마음이 평온한지 점검하라. 할 수 있는 한 새벽에 기도하라.

시편65:2말씀에 기도의 사람 다윗은 이렇게 기록하고 있습니다.
"기도를 들으시는 주여, 모든 육체가 주께 나아오리이다."

하나님은 중심을 보십니다

하나님이 기뻐하시는 사람이 되고 하나님 마음에 드는 사람이 되려면 하나님이 무엇을 귀중히 보시고 어떤 점을 중요하게 보시는지를 잘 파악해야 합니다.
롬 12:2에 "너희는 이 세대를 본받지 말고 오직 마음을 새롭게 함으로 변화를 받아 하나님의 선하시고 기뻐하시고 온전하신 뜻이 무엇인지 분별하도록 하라"고 말씀합니다.

사람은 겉을 보지만, 하나님은 중심을 보십니다. 작고 어린 목동 다윗은 인간적으로 보기에는 도저히 왕이 될 만한 모습이 아닌 소년이었지만 하나님께서는 그 중심의 신앙을 보고 그를 다음 왕으로 택하여 주셨고, 그 뜻을 받은 사무엘 선지자가 기름 뿔을 취하여 다윗의 머리에 기름을 부었습니다.
인간의 눈으로 볼 때 외모가 잘 생기고 첫인상이 좋으면 취직하는 데도 출세하는 데도 큰 도움이 됩니다. 그러나 하나님은 흙으로 돌아가는 육신의 겉모습을 보지 않고 마음속 중심을 보십니다.

그렇다면 중심을 본다는 것은 무엇을 말하는 것입니까?
그것은 그 진실성을 보신다는 것입니다.
겉으로는 착해 보이지만 속은 거짓된 사람이 있고 겉으로 별로 착해 보이지도 않는데 볼수록 진실한 사람이 있습니다. 다윗은 바로 그런 사람이었습니다.
부모가 지켜보나 안보나 진실하게 양 떼를 지키고 형들이 게으름을 피우거나 말거나 어려서부터 양 한마리라도 곰이나 사자에게 물려 갈새라 진실하게 돌보는 목동이었습니다.
실로 그 마음이 순수하고 진실한 사람은 하나님의 말씀이 진리의 말씀으로 믿어지고 거짓된 사람, 위선자는 진리의 말씀인 하나님의 말씀에 의심이 갑니다.
참으로 마음이 진실된 사람만이 참되고 굳건한 신앙의 사람이 될 수 있는 것입니다.
그리고 무슨 일에나 눈가림만 하지 않고 마음을 바쳐서 충성하는 것을 의미합니다. 예수를 믿어도 껍데기로만 믿고 건성으로만 믿는 사람은 시험과 핍박이 올 때,
또는 목사나 누가 알아주지 않을 때는 타락하거나 넘어지고 맙니다.
그러나 그 중심이 충성스러운 자는 그런 것들에 관계 없이 신실한 믿음을 보입니다.
진실한 사람은 하나님과 사람 앞에 약속을 어찌하든지 잘 지키도록 노력하는 사람이고 충성된 사람은 변덕을 잘 부리지 않고 눈가림하지 않는 것으로 나타납니다

중심을 보시는 하나님 앞에 이러한 진실과 충성된 믿음의 동역자 되시길 소망합니다.

찬양하라 내 영혼아!

'막스 베버'는 말하기를 '음악은 인간의 참된 언어다'라고 했고
성경은 찬송을 '입술의 열매'(히 13:15)라고 했습니다.
세상의 종교에도 그 의식에 따라 형태는 다르지만 노래나 음악이 수반되는 예가 많습니다. 그러나 우리 기독교처럼 찬송을 중시하는 예는 없을 것입니다.
이미 구약시대 때부터 성가대를 조직하고 각종 악기에 맞춰 예배 때마다 찬양을 해왔으므로 찬양은 인류의 예술에도 큰 영향을 끼쳤던 것입니다.
찬송을 일반적인 의미로 본다면 음악이라는 예술 매체를 통해 하나님을 찬양, 고백하는 행위라고 할 수 있습니다.
그러나 우리는 찬송의 진정한 신앙적 의미를 올바로 인식해야 하겠습니다.

시 30:4에는 "주의 성도들아 여호와를 찬송하며 그 거룩한 이름에 감사할지어다"라고 하며 구약에만 약 350회, 신약에는 48회에 걸쳐 성도들이 하나님을 찬양할 것을 말씀합니다.
성도의 삶은 '예배 적 삶'입니다. 하나님 말씀 위에서 삼위일체 하나님께 늘 경배하고 감사드리며 그 은혜에 응답하는 삶이 곧 성도들의 삶의 실상이요 내용입니다.
찬송의 내용은 삼위일체 하나님을 높이고 그 사역과 은혜를 신앙고백이며 그 거룩하신 뜻대로 믿음 안에서 살 것을 다짐하는 내용으로 되어 있습니다.
그러므로 찬송은 성도들만의 특권입니다. 계 14:3에는 "땅에서 구속함을 얻은...인 밖에는 능히 이 노래를 배울 자가 없더라. "고 증거 되어 있습니다.
초대교회 성도들은 모진 학대와 핍박 속에서도 원망, 악담, 불평 대신 찬송을 부르는 생활을 했습니다. 그 결과 대적자들이 감동을 받아 주님께 돌아오는 일이 많았다고 합니다.
성도의 찬송은 죄악의 불의로 물든 이 세상에 대한 경고음이요, 희망의 나팔소리요, 신호등이며, 예언자의 소리로서 역할을 하게 될 것입니다.

찬송은 패배자는 결코 부를 수 없는 환희와 확신의 노래입니다.
찬송을 부른다는 그 자체가 이미 승리의 표식입니다.
또한 찬송은 성도의 삶의 표식이요 특권이며 무기임으로 더욱 진실한 마음과 자세로 하나님을 찬양하는 복된 삶이 되시기를 축복합니다.

하나님께 인정받는 사람

하나님께서는 질그릇과 같은 우리에게 보배로운 예수를 담아 주셨습니다.
우리의 삶의 모습이 하나님께서 원하시는 보배로운 그릇으로 사용되고 있습니까?
고린도후서 4장 7절에
우리가 이 보배를 질그릇에 가졌으니 이는 능력의 심히 큰 것이 하나님께 있고 우리에게 있지 아니함을 알게 하려 함이라. 고 말씀하고 있습니다.

남에게 인정받기 위해서는 물질이나 시간이나 심지어 자기의 목숨까지 희생해 가면서 애를 쓰고 노력하면서도 만복의 근원이 되시는 하나님께 인정받기 위해서는 애쓰지도 않고 관심조차 없는 성도들이 많습니다.

하나님께 인정받고 하나님의 마음에만 들면 세상 권력에 인정받는 것에 비교하겠습니까? 하나님께 칭찬받고 하나님께 인정받는 것보다 더 큰 축복이 없고 이보다 더 큰 행복이 없습니다.

그런데 사람들은 풀과 같이 시들기 쉽고 변하기 쉬운 인간들에게 잘 보이고 인정받으려고 하면서도, 만복의 근원이 되시고 생사화복을 주관하시는 하나님께 인정받으려고 하는 일에는 그다지 관심이 없는 것 같습니다.

물론 사람들한테도 칭찬받고 인정받는 사람이 되어야 합니다.
그러나 우리는 하나님께 인정받는 것이 더 중요하다는 것을 잊어서는 안 됩니다.

그러므로 하나님께 인정받으려면 중심을 보시는 하나님 앞에 진실해야 합니다.
외식이나 형식, 가식과 위선은 하나님께 통하지 않습니다.
우리 모두 중심을 보시는 하나님께 인정받는 믿음의 동역자들이 되시기를 소망합니다.

성숙한 신앙인

우리 모두 믿음의 경주를 하여 성숙한 신앙인으로 하나님 아버지께 영광 올려 드리는 아름다운 믿음의 동역자들이 되시기를 축원합니다.

성숙한 신앙인이라는 것은 중생했을 뿐 아니라 영적으로 성장하여 육신의 소욕대로 살지 아니하고 영을 따라 사는 사람입니다.

우리는 자연인 그대로인 육에 속한 사람이 되어서도 안 되고, 중생은 했으나 성령을 따라 살지 아니하고 육신의 소욕을 따라 육신의 지배를 받으면서 사는 육신의 사람에 머물러 있어서도 안 되겠습니다.

영의 지배를 받지 못하는 상태에 있으면 늘 마귀한테 속고 하나님의 마음을 슬프게 하는 생활을 할 수밖에 없습니다.
그러므로 우리는 영적으로 성숙한 신앙인이 되어야만 하겠습니다.

신 18:13에 보면 "너는 네 하나님 여호와 앞에 완전하라," 고 했습니다.
마 5:48에서는 "그러므로 하늘에 계신 너희 아버지의 온전하심과 같이 너희도 온전하라."고 말씀하신 것을 볼 수 있습니다.
그러므로 우리는 완전하고 온전해지도록 믿음으로 나가야겠습니다.
허물과 상처가 많고 부족해도 삶의 모습에서 성화 되어가야 합니다.

어떤 사람들은 5년, 10년 예수를 믿으며 설교 말씀도 수없이 많이 들으나 믿음이 자라지 않는 것을 볼 때 참으로 안타까운 적이 많이 있습니다.

우리는 성숙한 신앙인이 되어야 하겠습니다.
그래야 하나님을 기쁘시게 할 수 있고 온전한 성도가 될 수 있습니다.
우리 모두 매일의 삶의 모습에서 우리의 신앙이 성화 되어 성숙한 신앙인으로 주님께 영광이 되고 기쁨이 되시기를 소망합니다.

예수님의 마음을

일의 성격에 따라 어떤 일은 온종일 하여도 그다지 피곤하지 않건만
어떤 일은 한 시간을 견디기가 어렵습니다.
이러한 차이는 바로 우리의 마음가짐에서 오는 것입니다.
본인이 자진해서 하는 일은 상쾌한 기분이 따르고 덜 피곤 하지만 수동적으로
마지못해 하는 일은 빨리 피로감이 찾아오기 때문입니다.

무대 위에 서 있는 배우가 어떤 색깔의 조명을 받는가에 따라서 분위기가 달라
지듯이 우리의 마음이 어떻게 작용하느냐에 따라 천사도 될 수 있고 악마도 될
수 있는 것입니다

그러므로 새해에는 깨끗한 마음을 가집시다.
마음에 편견이 없고 혼탁함이 없으며, 아집이 없고, 사심이 없을 때 깨끗하고
평화로운 마음이 솟아나서 공명정대한 마음이 됩니다.
깨끗한 마음을 지니고 새로운 삶을 개척해 나가는 자들이 되시기를 바랍니다.

그리고 뜨거운 마음이 필요합니다.
예수님의 뜨거운 마음은 어떠한 강한 대적이라도 녹일 수 있으며 아무리 단단
한 심령이라도 변화시킬 수 있습니다. 그러므로 우리는 예수그리스도의 뜨거운
마음으로 모든 것들을 녹일 수 있는 동역자 여러분이 되시기를 소망합니다.

마지막으로 폭넓은 마음을 가집시다.
예수님의 마음을 가진 자는 넓은 마음의 소유자들로서 모든 것을 포용하고 용
납하는 마음입니다. 예수님은 자기를 십자가에 못 박아 죽이는 원수들을 향하
여 아버지여 저들을 용서해 주옵소서. 저들은 자기의 하는 일을 알지 못하나이
다 고 기도하신 것도 원수까지라도 용서하시고 용납하며 불쌍히 여기는 그 넓
은 마음입니다. 우리의 모습이 넓은 마음의 소유자가 되어야 하겠습니다.

우리 모두 예수님처럼 깨끗한 마음, 뜨거운 마음, 폭넓은 마음을 가지고
여유 있는 삶을 살아갈 수 있는 자들이 되기를 주님의 이름으로 축원합니다.

살신성인

에스키모족은 남을 위해서 살신하는 의로운 사람을 남자일 경우 「펭귄 아버지」, 여자일 경우 「연어 어머니」라 부른다고 합니다.

펭귄 어머니는 알을 낳아 아버지 펭귄에게 맡기고 먹이를 찾아 대장정을 떠난다고 합니다.
굶주린 채 알을 품어 새끼를 지키고 있으면 며칠 만에 돌아온 어머니 펭귄은 뱃속에 담아온 먹이를 반추하여 새끼만 먹이고 기진맥진한 아비는 그 곁에서 굶어 죽어간다고 하니 살신성인이 아닐 수 없습니다.

연어는 바다에 가서 살다가 알을 낳고자 하천으로 회귀하는데 섭씨 7도의 청정수를 찾아 하루 14㎞씩 급류를 역류하며 거슬려갑니다.

목적지에 다다랐을 때 기진맥진하여 낳은 알을 보고 서서히 죽어간다고 하니 이 또한 살신성인이 아닐 수 없습니다.

미물들도 이처럼 자신의 자식을 사랑하여 희생한다고 합니다.

천지 만물을 창조하신 하나님께서는 우리를 위해 독생 성자 예수그리스도를 십자가에 죽기까지 우리를 위한 사랑을 보이셨습니다.

이 위대한 사랑을 어찌 감히 측량할 수 있겠습니까?

생명의 고귀함

아무것과도 바꿀 수 없는 하나 뿐인 고귀한 생명입니다.
물건의 가격은 희소 가치가 좌우합니다. 아무리 오래된 것일지라도 어디 서나
볼 수 있는 흔한 것이라면 그것의 값어치는 떨어지게 마련입니다.
백화점이나 시장에서 살 수 있는 물건을 희귀하다고 여기는 사람은 아무도 없
습니다.

그러나 인간의 생명은 이 세상에 오직 하나 뿐인 생명체입니다.
귀한 자의 생명이든 천한 자의 생명이든 구분 없이 귀합니다.
하나밖에 없으므로 무엇을 주고도 바꿀 수가 없습니다.
세상에 있는 모든 물건은 재 생산이 가능합니다.
값이 싸든지 비싸든지 하나밖에 없는 것은 아무것도 없습니다.
언제든지 똑같은 것을 얼마든지 만들수 있으나, 생명을 만들어 낸다는 것은 불
가능합니다. 주님께서 천하보다 귀하다고 말씀하신 연유도 여기에 있습니다.
그분은 이처럼 귀한 생명을 죄인 된 우리를 위해서 아낌없이 내어 주셨습니다.

그러므로 소중한 존재입니다.
사람들은 대개 값이 나가는 물건일수록 소중하게 간수 합니다.
진품과 모조품을 똑같이 취급하는 사람은 아무도 없습니다.
우리의 생명은 값을 매길 수 없을 만큼 귀합니다. 소중한 인격 체 입니다.
생명을 위태롭게 하는 일들을 삼가고 건강 관리에도 신경을 써야 합니다.
우리가 값진 보화를 조심스럽게 다루고 잘 보관하듯이 우리의 생명은 더 그리
해야 합니다.

자신의 생명만 아니라 타인의 생명에 대해서도 마찬 가집니다.
아무리 귀하고 값진 것을 가졌다 해도 이를 제대로 관리하지 못하면
엄청난 손실을 감수해야 합니다.
그런데 이상하게도 사람들은 돈보다 생명을 더욱 허비하는 경향이 있습니다.
돈 몇 푼에는 인색하면서도 생명의 관리는 형편 없이 소홀한 게 보편적인 현상
입니다.
생명의 신비와 가치를 알면서도 이를 소홀히 한다면 문제가 심각합니다.

그래서 방자히 행하며 이를 경시하는 그릇된 경향을 보입니다.
그들은 생명이 주님께 속한 사실을 알지 못합니다.
복음의 소식을 가진 우리가 부지런히 일깨워 주고 바른 길로 인도하는 믿음의
동역자들이 되시기를 소망 합니다.

행함이 있는 믿음

인생을 살아가려면 여러 가지 승차권이 필요합니다.
그런데 그것은 아시다시피 값을 지불 해야만 얻을 수 있습니다.
우리의 인생에 필요한 승차권은 무엇일까요?

학생 시절 필요한 것은 지식의 세계를 여행할 승차권입니다.
이는 공부라는 값을 지불 해야만 얻을 수 있는 것입니다.

싼값을 지불 한다면 지식의 세계를 멀리까지 여행할 수는 없을 것입니다.
진실한 친구를 얻기 위해서 당신은 희생이라는 값을 지불 해야만 합니다.

당신에게 이익이 되는 친구만을 원한다면 일생 참된 우정은 소유할 수는 없을 것입니다.
마찬가지로 인생의 깊은 곳까지 여행하고자 한다면 좀더 발전하기 위해, 좀더 가치 있는 것을 창조해 내기 위해 분발하고 노력해야 합니다.

그런데 믿음의 사람들이 천국으로 향하는 승차권을 마련하려면 우리의 모든 삶을 통해 그리스도인이 되었음을 증거 하는 행함이 있는 믿음이 있어야 합니다.

인생을 여행하는 데에 필요한 승차권은 그 값이 비싼 만큼 당신의 삶을 풍요롭게 할 것입니다.

히브리서 12장 2절 말씀에
"믿음의 주요 또 온전케 하시는 이인 예수를 바라보자 저는 그 앞에 있는 즐거움을 위하여 십자가를 참으사 부끄러움을 개의치 아니하시더니 하나님 보좌 우편에 앉으셨느니라"

여러분의 삶을 가치 있게 하는 데에 얼마만큼의 고심과 노력을 하고 있습니까?
가치 있는 것을 얻기 위해 제값의 대가를 지불하고
영원한 천국에 이르시기를 축복합니다.

좋은 열매

한 해를 보내면서 좋은 열매 맺었습니까?
농부가 풍성한 열매를 많이 거둔다면 그것은 무언가 그에게 비결이 있기 때문입니다.
신앙생활도 마찬가지입니다. 신앙의 열매 역시 그 비밀이 있습니다.
성경이 말씀한 대로 하는 것입니다.

먼저 마음을 깨끗하게 해야 합니다. 그것은 죄의 문제입니다.
하나님의 말씀처럼 우리를 깨끗하게 하는 것은 없습니다.
속죄의 복음으로 양심을 씻고, 또 성경을 읽으면서 잘못된 마음을 교정하시기 바랍니다. 주님을 슬프게 한 것이 있으면 회개하시기 바랍니다.

그리고 말씀의 뿌리를 깊이 내려야 합니다.
예수님께 뿌리를 깊이 내리세요. 뿌리가 좋아야 좋은 열매를 많이 맺습니다.
주님을 굳게 붙잡고 열심히 신앙생활 하시기 바랍니다.
벧전2:2에 "갓 난 아이들같이 순전하고 신령한 젖을 사모하라이는 이로 말미암아 너희로 구원에 이르도록 자라게 하려 함이라" 했습니다.

말씀의 일용할 양식 잘 드시기 바랍니다.
경건에 이르도록 훈련하시기 바랍니다.
이른 비 맞고 예수 믿었다면 이제 신앙의 알곡이 되기 위해 늦은 비를 사모하시기 바랍니다.

고난이 있든 없든. 경건에 이르도록 훈련하세요.
참 신앙인의 모습으로 회복하시기 바랍니다.
그러기 위해 죄의 가지를 치고, 신앙의 뿌리를 깊이 내리고, 말씀의 영양분과 그 말씀대로 살기 위해 열심히 경건에 이르도록 훈련하는 가장 복되고 아름다운 믿음의 성도들이 되시기를 축원합니다.

희생적 삶

프랑스의 문학가이며 사상가인 R. 롤랑은
희생 없이는 풍족한 것을 창조할 수 없다. 고 했습니다.

우리의 역사와 문화와 삶이 오늘까지 유지되고 발전하는 이면에는 무수한 희생이 있는 것입니다. 성도들의 삶의 원리도 마찬가지입니다.
예수 그리스도의 십자가 대속의 희생 위에 성도들의 생명과 꿈이 구축되어있는 것처럼 성도들의 삶도 자기희생이 있어야 하나님의 언약과 축복을 그 삶의 열매로 얻을 수가 있습니다.

그 희생은 어떤 조건과 대가로 지불 되어야 하는 것이 아니라
하나님과 이웃에 대한 순수한 신앙과 사랑의 구체적인 표현일 뿐입니다.
그와 같은 순수한 희생적 삶에 영원한 천국 열매가 상급으로 주어지는 것은 당연합니다.

희생의 원리는 심어야 거둘 수가 있습니다.
무슨 일이든지 결과를 기대한 사람은 그 원인을 제공해야 합니다.
즉 귀한 삶의 열매를 얻고자 하는 사람은 자기 것을 심어야 하는 것입니다.

그리고 스스로 썩어져야 열매를 맺게 됩니다.
씨는 땅에 떨어져 썩어져야 많은 열매로 승화되는 법입니다.
썩어서 땅과 동화된 씨만이 자연의 생명력을 얻게 되는 것입니다.
여기에 자기희생과 결단이 요구됩니다. 누가복음 17장 33절 말씀에 "무릇 자기 목숨을 보존하고자 하는 자는 잃을 것이요 잃는 자는 살리리라." 는 진리가 그것입니다.
그러므로 늘 자기를 십자가에 못 박는 일과 자기를 쳐 복종시키는 일을 반복해야 합니다.

내 안에 나는 죽고 오직 예수 그리스도만이 나타나게 해야 합니다.
그와 같은 삶의 결과로서 나의 영혼과 삶에 성령의 아름다운 열매가 성숙하게 맺어질 수 있는 것입니다.

우리가 어떤 희생을 하든지 그리스도의 희생과 고난과는 결코 비교할 수 없으며, 또 우리에게 주어질 영생의 열매와도 비교할 수 없을 것입니다.
그러므로 우리 모두 되돌아갈 수 없는 인생길에서 영원한 삶의 열매를 바라고 진리의 말씀 앞에 바로 서시길 소망합니다.

기도의 응답

풍요로운 결실의 계절에 아름다운 기도의 소원들이 응답받기를 소망합니다. 신앙 세계에 있어서 큰일을 한 사람들은 모두가 기도의 사람이었고 큰일을 위한 기도일수록 응답을 늦게 받은 것을 우리는 교회사에서나 신앙인들을 통하여 많이 보게 됩니다.

큰 나무가 하루아침에 성장하는 것이 아닙니다. 그와 같이 큰 응답도 하루에 응답 되지 않습니다. 그러나 응답은 반드시 하나님께 받은 것입니다.

하나님께 구하는 기도는 막연한 신앙 고백의 한 형태가 아니라
실제적인 응답으로 이어지는 행위여야 합니다.
하나님은 당신께 도움을 청하는 자에게 응답 주기를 기뻐하십니다.
하지만 응답은 모든 구하는 자에게 일률적으로 주시는 은혜는 아닙니다.

하나님께서는 오직 믿음으로 간구하는 성도에게만 선별적으로 응답해 주십니다. 온전한 믿음은 하나님께 구한 것에 대한 응답을 받을 수 있는 유일한 조건입니다.

성경은 지혜를 구하는 자는 누구에게나 하나님이 주실 것이라고 말하고 있습니다. 하나님은 우리에게 필요한 것들을 주시되 후히 주신다고 말하고 있습니다. 그러므로 오직 믿음으로 구하여야 합니다

하나님을 향한 순전한 믿음은 죄악 된 인간이 감히 하나님 앞에 나갈 수 있는 유일한 길입니다. 즉 믿음은 성도가 하나님과 교통하며 부족함 없는 삶을 살도록 보장해 주는 능력의 원천입니다. 하나님은 당신을 절대적으로 신뢰하고 도움을 간구하는 자에게 기꺼이 은혜를 베풀어 주십니다.

인간의 죄의 종이 되었을 때는 자연히 육신의 법을 따르며 살았습니다.
사단의 노예가 되었기 때문입니다.
사단은 하나님께 불순종하고 언제나 하나님과 원수가 되었습니다.

그러나 예수 그리스도로 말미암아 하나님의 자녀가 된 후 인간은 하나님의 법을 따르게 되었습니다. 죄가 떠나고 성령님이 내주하시기 때문입니다.
그리고 죄를 멸하신 주님의 은혜로 말미암아 영원한 생명이 우리에게 주어졌습니다. 그 은혜 가운데 기도로 아뢰고 응답받는 복된 동역자님들이 되시기를 축복합니다.

역사적 교훈

우리가 환난을 어떻게 극복하였습니까?
오직 하나님의 은혜 가운데 긍휼과 자비하심으로 회복되었습니다.

6.25 남침으로 낙동강 하류만 남았을 때 미군이 상륙하고 유엔군이 온다고는
하지만 퍽 답답한 지경이었다고 합니다.
당시 참모 총장이었던 정일권 의장이 쓴 6.25 회상기에 미 8군 사령관 워커 장
군이 참모총장에게 말하기를 "맥아더 장군으로부터 후퇴하라."는 명령을 받았
으니 참모총장 "당신만 알고 있으라."는 말을 들었는데 이 말을 이승만 대통령
에게 말하지 않을 수 없어서 사실대로 보고를 하였다고 합니다.
이승만 대통령은 퍽 답답한 심정으로 부산에 모여든 성직자들을 모아놓고 기
도로 그 위기를 극복해 줄 것을 요청하였다는 것입니다.

그 때 많은 성직 자들과 성도들은 부산의 중앙교회를 비롯하여 각 곳에 모여
시편 123편을 읽고 "오직 주만 바라보나이다." 하면서 애통하고 회개하며 철야 금
식 기도로 날을 보냈는데 결국은 하나님이 16개국의 유엔군을 동원하셨고, 맥
아더 장군에게 지혜를 주셔서 잃은 영토를 다시 찾도록 해 주셨던 것입니다.

호세아 6:1절에 "오라 우리가 여호와께로 돌아가자 여호와께서 우리를 찢으셨으나
도로 낫게 하실 것이요 우리를 치셨으나 다시 싸매어 주실 것이라', 는 말씀을 그대로 성
취시켜 주신 것입니다.
그러므로 우리 믿음의 자녀들은 변함없이 항상 하나님 앞에서 살아야 할 것입
니다.

혼돈된 세상 코로나의 위기 가운데 있는 오늘의 현실에서 먼저 믿는 믿음의 백
성들이 나라를 구하고 흥왕케 하며 애국하는 길은 죄를 경계하고 회개를 힘쓰
며 의롭게 사는 길만을 선택하여야 한다는 사실을 기억하고 오직 주만 바라보
고 우리의 신앙을 회복하시기를 소망합니다.

위기 회복

위기와 곤경에 처할 때 두렵고 막막하지만 탈출하는 법을 알면 희망이 있습니다. 17세기 영국의 유명한 작가요 설교가인 존 번연이 지은 천로역정을 보면 기독 도가 길을 가다가 절망의 늪에 빠져 위기에 처한 이야기가 나옵니다.
기독 도는 거기서 헤어 나오기 위해 필사적인 노력을 했지만 등에 짊어진 무거운 죄 짐 때문에 빠져나올 수가 없었습니다.
아 이젠 죽었다고 절망하는데 이때 그에게 도움이라는 사람이 나타나 그를 거기서 건져줍니다.

이처럼 코로나의 위기 가운데 지금 대한민국과 한국교회와 세계는 구원이 필요합니다.
누가 돕든 하나님께서 어떻게든 도와주시기를 갈망하고 있습니다.

성경에 보면 욥이 시험을 당했습니다.
사탄의 역사로 그 많은 소유 사라지고, 사랑하는 열 자녀도 집이 무너져 몰사하고, 욥의 몸은 중병에 걸려 전신이 썩어갑니다. 고난이 얼마나 심했으면 친구들이 멀리서 보며 7일 동안 다가오지 못하고 앉아 있었습니다.
아내는 하나님을 저주하고 죽으라고 하고, 위문 온 친구들은 "이 모든 재앙은 너의 죄 값이다." 하며 욥을 공격합니다.

욥이 그토록 하나님을 경외하며 의롭게 살기를 갈망했지만
이율배반적으로 재난을 당하고 병들고 친구들이 정죄하니 참으로 슬펐습니다.
우리가 하나님의 뜻대로 살려고 몸부림치고 하나님의 영광을 나타내고자 하지만 결과는 반대로만 전개될 때가 있습니다.

성경을 아무리 봐도 욥의 회복 방법에 대한 언급이 없습니다. 그러나 자세히 보면 욥이 병에서 낫고 이 모든 것을 다 회복하여 갑절의 복을 받은 이유가 우리 눈에 보입니다.

그것은 잘못된 믿음을 깨달아야 합니다. 예수의 복음으로 돌아와야 합니다.
그리고 회복의 시작은 용서에 있습니다. 그 진리의 토대에서 본분을 다하시기 바랍니다.

우리의 무지와 게으름 때문에 얼마나 사탄을 허용하고 하나님의 마음을 아프게 했습니까? 더 이상 자기 생각에 머물지 말고 하나님과 그 복음 안으로 돌아오시기 바랍니다. 그 승리의 복음에 서서 성전의 문지방이 요동할 만큼 하나님을 열심히 경외하시기 바랍니다.
천국 백성답게 살면 천국이 임합니다. 우리 모두 천국 백성으로서 부족함이 없이 하나님을 섬겨 위기와 모든 곤경에서 탈출하고 회복의 역사가 일어나시기를 축복합니다.

어머니의 사랑

영국의 빅토리아 여왕의 둘째 딸 앨리스 공주가 있었다고 합니다.
그런데 그 공주에게는 네 살 된 어린 아들이 있었습니다.
불행하게도 그 어린 아들이 당시에는 불치의 병이요 위험한 전염병으로 알려진
블랙 디프테리아라는 병에 걸려 사경을 헤매게 되었습니다.
공주의 주치의는 공주에게 절대로 아들 곁에 가지 말라고 경고하였습니다.

거기다 앨리스 공주의 체질은 유난히도 약했다고 합니다.
앨리스 공주는 할 수 없이 아들이 병으로 고생하고 있는 넓은 방 한구석에 서
서 멀찌감치 아들을 바라보고 있었습니다.
그 아들을 간호하던 간호사가 침대 곁에 갔을 때 멀리 서 있는 엄마를 보며 간
호사에게 어린 아들은 말했습니다.

"왜 우리 엄마는 더 이상 나에게 가까이 와서 입 맞춰 주지 않으요?"
이 나지막한 목소리를 구석에 서서 듣던 엄마는 더는 참을 수가 없다는 듯이
단숨에 달려가 미안해, 엄마는 '너를 진정으로 사랑한단다'라고 말하면서 어린
아들을 꼭 껴안았습니다.
의사의 경고도 아랑곳없이 그녀는 깊은 모성애를 보여주었던 것입니다.

결국에 엄마 앨리스는 그 위험한 전염병에 걸려 수주가 지난 어느 날 아들과
함께 나란히 땅에 묻히게 되었다는 이야기입니다.

이 어머니는 죽음의 키스를 통하여 어머니만이 보여줄 수 있는 사랑을 보이고
죽은 것입니다.
사랑은 꼭 귀한 값을 치러야만 합니다.

앨리스의 죽음은 예수님께서 십자가상에서 죽으시면서 값을 치른 그 엄청나고
고귀한 사랑의 표상이라고 볼 수 있을 것입니다.

오늘날 자식을 버리고 죽이는 험악한 세상 속에서 가정의 달 5월 어린이 주일
에 귀한 어머니의 사랑이 주는 교훈이라 생각됩니다

아름다운 결실

곡식의 열매를 추수하는 아름다운 결실의 계절입니다.
엡 5:16에 "세월을 아끼라. 때가 악하니라", 고 말씀합니다.
이어지는 삶의 모습에서 시간이 무한정 주어진 것으로 생각할 수 있지만
성경은 말합니다. "너희가 무엇이냐? 잠깐 보이다 없어지는 안개니라."
그러하기에 우리는 세월을 아껴야 하는 것입니다.

우리에게 결코 많은 시간이 주어진 것이 아니기 때문에 주어진 그 귀한 시간을
보람 있고 유익하게 보내며 주님께서 맡겨주신 사명에 합당한 열매를 맺으시기
를 바랍니다.

사람들은 늘, 지나고 나면 후회합니다. 그때 잘할 걸 하며 껄껄거립니다.
인생은 되돌아갈 수 없기에 하나님을 바라보고 그 은혜 가운데 살아가야 합니
다.

사40:31 "오직 여호와를 앙망하는 자는 새 힘을 얻으리니", 말씀이 있습니다. 우리가
아무리 의지가 강하고 결심을 굳게 한다. 하더라도 연약한 인생이기에 사단의
시험이나 유혹에 쉽게 이길 수가 없습니다.
그러한 어려움을 극복하고 견딜 수 있는 능력이 필요한 것입니다.
이러한 능력은 하나님을 바라보고 그 은혜 가운데 거할 때 얻어지는 것입니다.

우리가 하나님의 뜻을 이루고 귀하고 값진 인생을 살기 원한다면 주님을 더욱
바라보고 새 힘을 얻어야 합니다.
주님이 우리의 길이요 진리요 생명이시기 때문입니다.

우리 모두 세월을 아끼면서 언제나 하나님을 바라보고 하나님의 길을 떠나지
않는 후회하지 않는 보람 있는 인생으로, 맡은 사명에 아름다운 결실을 이루는
믿음의 승리자들이 되시기를 소망합니다.

선한 청지기

우리는 하나님께서 우리에게 맡기신 것들을 이 세상에서 잠시 관리하는 청지기입니다.
오직 주인의 사업을 위해 맡겨진 것들을 잘 관리하는 자가 '선한 청지기'의 칭호를 받습니다.

주의 은혜를 받았고 신령한 은사가 있다는 것은 하나님의 청지기가 되었음을 의미합니다. 성도가 자기 직분에 최선을 다하려면 청지기 직에 대한 인식이 확고해야 합니다.

(고전11:1) 말씀에
내가 그리스도를 본받는 자가 된 것 같이 너희는 나를 본받는 자가 되라, 했습니다.
하나님의 청지기로서 성도가 모범을 보이려면 그리스도를 본받도록 힘써야 합니다. 성품이나 인격을 비롯하여 생활에 이르기까지 그리스도의 모범을 따르는 자들이 되어야 합니다.

가장 위대한 발자국을 남긴 바울은 자신이 그리스도를 본받은 자 되었다고 외쳤습니다. 그의 위대성은 예수의 발자국을 부지런히 따라갔다는 데서 발견됩니다. 시류에 적당히 편승하면서 사는 것은 청지기다운 태도가 아닙니다.
살아 있는 물고기가 물줄기를 거슬러 올라가듯이 진실한 청지기는 세상의 논리나 관점에 지배되지 않고 예수님만 따라가야 합니다.

우리는 언제 어디서든지 자신이 하나님의 청지기라는 사실을 유념하고 모든 행실에 신중을 기해야 합니다. 청지기가 잘못하면 주님의 영광이 가려지기에 본분에 충실하도록 힘써야 하겠습니다.

주를 기쁘시게 하는 자가 신실한 청지기입니다.
비록 여러 가지 일로 힘들고 어렵더라도 하나님께서 주신 사명에 충성을 다하는 선한 청지기로 주님의 뜻을 이루어가는 동역자 여러분이 되시기를 축원합니다.

지혜로운 삶

인생의 여정에서 보다 값진 것을 위해 희생하는 지혜로운 삶을 살아가시기 바랍니다.
마태복음 13장 44절 말씀에 "천국은 마치 밭에 감추인 보화와 같으니 사람이 이를 발견한 후 숨겨 두고 기뻐하여 돌아가서 자기의 소유를 다 팔아 그 밭을 샀느니라"

영적인 축복을 위해서 육신의 쾌락이나 안일을 포기하는 것과 영원한 천국의 복락을 위해서 잠깐 있다가 없어지는 세상 것을 희생하는 것, 그리고 금보다 귀한 신앙을 위해서 세상의 물질적인 것을 버리는 것 등, 이 모든 것이 지혜로운 삶의 모습입니다.

밭에 감추인 보화를 발견한 사람이 그 밭을 사기 위해 자기의 모든 소유를 팔아 버린 것과 같이, 영적인 사람은 지극히 값진 것을 위하여 세상의 일시적인 것을 희생할 줄 아는 사람입니다.

영원한 천국을 발견한 성도는 풀의 이슬같이 세상의 것을 뒤로한 채 먼저 그의 나라와 그의 의를 구하는 사람이 되어야 합니다.

마리아가 예수님께 비싼 나드 향유 한 옥합을 깨뜨려 부어드릴 때, 예수님은 마리아를 모든 사람 앞에서 극구 칭찬하고 축복하셨습니다.
그 후 복음이 전파되는 곳마다 마리아의 행적이 전파되었습니다.

베드로는 예수님의 말씀을 듣고 배와 그물을 던져 버리고 예수님의 제자가 되었더니 많은 영혼을 구원하는 사람낚는 어부가 되었습니다.
이들은 세상의 귀한 것을 희생하고 하늘의 영원한 것을 받은 사람입니다.

욥 22:24, 25에 "네 보배를 진토에 버리고 오빌의 금을 강가의 돌에 버리라 그리하면 전능자가 네 보배가 되시며 네게 귀한 은이 되시리니" 라고 하셨습니다.
이처럼 주님을 위해서 나의 소중한 보화를 희생한다면 주님께서 친히 더 좋은 보배가 되어 주시겠다는 말씀입니다.

예수께서 십자가에서 고귀한 피를 흘려 우리 죄를 위한 대가를 지불하시어 잃어버린 많은 영혼을 구원해 내셨습니다. 참으로 귀한 값을 치르시고 누구든지 예수님을 믿고 영접하는 자마다 구원의 길로 인도하심을 기억하고 우리 모두 지혜로운 믿음의 삶으로 이 험하고 악한 세상을 이기고 승리하는 믿음의 동역자님들이 되시기를 축복합니다.

주님과 함께!

히10:38에 "나의 의인은 믿음으로 말미암아 살리라 또한 뒤로 물러가면 내 마음이 그를 기뻐하지 아니하리라" 하셨습니다.

예수 안에서 주신 신분을 기억하시기를 바랍니다.
성도는 예수 안에서 타고난 권세가 있습니다. 그것은 먼저, 하나님의 자녀입니다. 요1:12에 영접하는 자 곧 그 이름을 믿는 자들에게는 하나님의 자녀가 되는 권세를 주셨다 고 하셨습니다. 우리는 하나님의 자녀라는 믿음만 가지고 살아도 그 결과는 어마어마합니다.
바람과 바다도 그 앞에 순종할 수밖에 없습니다. 하나님 자녀의 권세는 하늘과 땅의 모든 특권을 다 누릴 수 있는 막강한 것입니다.

문제는 그런 자부심이 있느냐입니다.
어느 열등의식에 빠진 호랑이가 개울가를 지나가다 물에 비친 자기의 모습을 보고는 깜짝 놀랐습니다. 너무나 위엄 있고 힘이 있으니 지나가니 많은 짐승들이 자기를 두려워하는 것입니다. 호랑이의 자기발견입니다.

이처럼 성도는 대단한 존재입니다. 성도는 하나님의 자녀요 예수 안에서 하늘의 승리자요, 영화로운 하나님의 백성입니다.
요일5:18에 "하나님께로부터 나신 자가 그를 지키시매 악한 자가 그를 만지지도 못하느니라" 했습니다. 아무도 손댈 수 없는 사람입니다.

그래서 마7:11에 "너희가 악한 자라도 좋은 것으로 자식에게 줄 줄 알거든 하물며 하늘에 계신 너희 아버지께서 구하는 자에게 좋은 것으로 주시지 않겠느냐" 하셨듯 우리는 대단한 특권을 가진 자들입니다.
하나님의 자녀라는 자부심을 가지고 세상을 이기고 승리하시기 바랍니다.

고전15:10에 바울도 "그러나 내가 나 된 것은 하나님의 은혜로 된 것이니 내게 주신 그의 은혜가 헛되지 아니하여 내가 모든 사도보다 더 많이 수고하였으나 내가 한 것이 아니요 오직 나와 함께 하신 하나님의 은혜로라" 했습니다.
주님이 함께하심이 최고의 은혜입니다.

나 홀로 있는 느낌처럼 비참한 것은 없습니다.
나의 마음에서 주님이 떠나신 것 같다면 진실로 회개하시고 늘 주님을 가까이하시기를 바랍니다.
가까이하면 나도 너희를 가까이하시겠다고 말씀셨습니다.
우리 모두 주님과 함께 동행하는 믿음의 승리자들이 되시기를 소망합니다.

회개의 기도

우리의 창조주이시며 주관자가 되시는 전능하신 하나님 아버지!
허물 많고 부족하고 상처뿐인 영혼들이 이 자리에 나왔습니다.
이 시간 우리의 죄를 회개하오니 긍휼과 자비로 용서하시고 회복시켜 주옵소서.

하나님 아버지! 저희들은 항상 나 자신만을 위한 삶을 살아왔습니다.
많은 것을 주셨지만 감사하기 보다 더 많은 것을 바라는 이기적인 모습이었습니다. 불쌍히 여기시고 새로운 믿음의 모습으로 변화시켜 주시옵소서.

하나님께서 저희들에게 때에 따라 많은 것들로 채워 주심을 기억하고, 하나님의 도우시는 은총에 감사하는 자 되기 원하오니 은혜에 감사하며 구원받은 믿음의 자녀로 살아가도록 인도하여 주옵소서.

우리가 믿음을 가지고 주님 앞에 예배드리는 것을 가장 기뻐하게 하시고, 믿음으로 주님의 몸 된 교회를 섬기는 일에 열정을 가지게 하시어 섬김과 나눔을 실천하고 복음을 선포하는 아름다운 믿음의 사람 되게 하옵소서.

하나님 아버지! 연약한 저희들의 힘과 능력을 의지하면 아무것도 할 수 없사오니 주님의 은혜가운데 복지선교회가 죽어가는 수많은 영혼들을 주 앞으로 인도하는 구원의 방주로서의 사명 잘 감당하게 하시고 부흥의 불길을 붙여 주옵소서.

이 은혜로운 자리에 있지 못한 성도들 어느 곳에 있든지 하나님의 은혜가운데 승리의 삶을 살아가도록 붙잡아 주시고 선교후원자와 봉사자의 아름다운 손길을 축복하시고 형통한 길로 인도하여 주옵소서.

새 힘과 능력주시는 예수그리스도의 이름으로 기도드립니다. 아멘

새해기도

우리에게 구원의 영광과 기쁨을 허락하신 하나님 아버지!
금년 새해에도 하나님의 도우심과 인도하심 속에서 출발하게 하심을 감사를 드립니다.

여러가지 기도 제목으로 머리를 숙인 주의 백성들의 기도에 응답하여 주시옵소서. 저희들의 마음과 사정을 모두 아시는 하나님께서 좋은 것들로 채워 주시옵소서.

이 나라를 기억하여 주시고 정치를 하는 자들에게 두려움과 떨리는 마음 자세로 정치를 하도록 인도하여 주시옵소서.

이 나라의 주인은 자신들이 아니라 하나님이시며 자신들을 지켜보고 계심을 깨닫게 하옵소서.

남북으로 나누어진 이 땅을 하루 속히 복음으로 통일시켜 주시어서 저 북한의 곳곳에서 찬송 소리가 넘쳐 나게 하옵소서.

한국의 많은 교회를 기억하여 주시옵소서.
많은 교회들이 자기 교회만 생각하는 것이 아니라 서로 서로를 이해하고 하나님의 나라 확장을 위하여 하나가 되도록 역사 하여 주시옵소서.

개 교회만을 생각하기보다는
하나의 교회라는 사실을 기억하는 저희들이 되게 하여 주옵소서.

하나님의 나라를 위하여 수고하고 애쓰는 주의 종들에게 피곤하지 않도록 건강과 지혜를 주시옵소서. 이 귀한 시간에 저희들에게 말씀으로 위로 받게 하시니 감사를 드립니다.

선포되어지는 말씀이 살아있는 주님의 말씀이 되게 하시고, 성령의 도우심이 함께하여 주옵소서.

살아 역사하시는 능력의 말씀이 저희들의 마음에 새겨지도록 하시며 그 말씀을 가지고 한 해를 힘 있게 살아가도록 역사하여 주시옵소서.

그리하여 저희들이 일하는 곳곳에서 주님의 빛과 소금의 역할을 감당하기에 부족함이 없는 복음의 용사들로 사용하여 주시옵소서.
우리 구주 예수그리스도의 이름으로 기도드립니다. 아멘.

고난주간 기도

온 인류를 위해 갈보리에서 고통의 십자가를 지신 주님!
오늘 우리는 고난의 십자가를 바라보며
겟세마네 동산에서 땀 방울이 핏 방울 되기까지 기도하시던
결단의 밤을 기억하게 하옵소서
"아버지여 이 잔을 내게서 옮기옵소서
그러나 제 뜻데로 하지 마시고 아버지의 뜻데로 하옵소서"

그 어둠속에서 전개된 죽음을 향한 고통의 시간들
흠 없으신 하나님의 독생자 예수그리스도께서는 죄인들로 부터
채찍에 맞으시고 고초를 당하셨습니다.
야유와 침 뱉음속에서 무거운 형틀의 십자가를지고
골고다까지 걸어가신 주님
이시간 우리는 주께서 당한 고난의 큰 잔이 어떤것인지
상상조차할 수 없는 나약한 존재임을 고백 합니다.

사랑의 주님!!
주님이 가신 십자가의 길 그 고난의 길을 걸어가며 깨닫게 하옵시고
주님의 자녀로서 세상에서 빛 이되고 소금이 되는길을 가게 하옵소서
참 고난의 의미와 고통없이 결코 영광된 부활의 소망을 품을 수없음을 알게 하
시고 이 죄악된 세상에서 믿음으로 승리하는 삶을 살아가게 하옵소서

우리를 위하여 보혈의 피를 흘리시고 부활 승리하신
우리 구주 예수그리스도의 이름으로 기도드립니다 - 아멘 -

부활절 기도문

할렐루야!
사망 권세를 이기시고 부활하심으로 영원한 승리를 주신 주님!
능력의 주님을 찬양합니다. 영광 받으시옵소서.

이 기쁘고 영광스러운 날에 우리의 죄를 고백하오니
지난 날의 잘못을 용서하여 주시고 긍휼을 베풀어 주옵소서.

주님께서 부활하심으로 말미암아 참된 소망을 주시고,
부활 신앙으로 옛 행실을 벗고 믿음으로 승리하는 삶을 살아가게하옵소서

"나는 부활이요 생명이니 나를 믿는 자는 죽어도 살겠고
무릇 살아서 믿는 자는 영원히 죽지 아니하리라"고 말씀하셨사오니,

죽어도 다시 살게 되는 영생의 주님을 영원히 의지하며 살아가는
저희들 되게 하여 주시옵소서

오늘도 부활의 메시지를 선포하는 모든 제단위에 성령으로 붙드시고,
권세있는 말씀으로 저희 온 심령이 변화할 수 있게 하시옵소서.

주님의 몸 된 교회를 위하여 충성하는 이에게 하늘의 보화가 넘쳐나게 하시옵
고,
부활의 주님이 전파되는 곳에 저들의 이름도 기억되게 축복하여 주옵소서.

오늘도 살아 역사하시는 부활의 주님을 찬양합니다
사망 권세를 이기시고 부활하신 예수 그리스도의 이름으로 기도드립니다.
아멘

어버이주일 기도

사랑과 은혜가 풍성하신 하나님아버지!

이 시간 허물 많고 부족하고 상처뿐인 영혼들이 예배의 자리에 나왔습니다.
우리가 지은 모든 죄를 회개하오니 십자가의 보혈로 용서하여 주시고
상하고 지친 영혼이 회복되어 주님의 은혜가운데 거할 수 있게 하옵소서.

아버지께서 주신 제5계명에서 부모를 공경하라 하셨습니다.
부모를 공경하여 세상에서 받는 축복을 말씀하셨습니다.
부모를 경홀히 여기는 자는 저주를 받을 것이라고도 하셨습니다.
세파의 소용돌이 속에서도 부모를 공경하고 주의계명을 지키게 하옵소서.

말씀을 통하여 부모 공경의 참의미를 깨닫게 하시고, 하나님께서 우리들에게
주시는 말씀을 받아 기억하며 지키는 삶을 살아 생명을 주는 가정. 소망을 주
는 가정. 긍휼히 여기는 가정이 되어. 하나님의 사랑 안에서 온 가족이 화목하
고 사랑으로 하나 되게 하옵소서.

선교후원자와 봉사자들을 축복하여 주시어 부모에게 효도하며 맡겨진 사명 잘
감당하여 주님의 뜻을 이루어가는 복되고 아름다운 믿음의 동역자들이 되게
하시고 주님께 영광이 되는 은혜로운 삶을 살아가게 하옵소서.

이 은혜로운 자리에 있지 못한 성도들 어느 곳에 있든지
하나님의 은혜가운데 승리의 삶을 살아가도록 인도하여 주옵소서.

우리의 길이요 진리요 생명 되시는 예수님의 이름으로 기도드리옵나이다.
아멘

추수감사 기도

우리의 창조자이시며 만물의 주관자 되신 하나님 아버지!
이 땅의 농민들이 한 해의 가을 추수를 마무리하는 좋은 계절에, 온 성도들이 한 마음으로 추수감사주일로 지키게 하심을 감사드립니다.

정성으로 드리는 저희들의 감사예배와 감사의 헌물을 기쁘게 받아주옵소서.
금년 한 해, 지구촌 곳곳에는 홍수, 지진 토네이도 등 자연재해가 많았지만 큰 피해 없이 우리의 생명과 삶을 지켜주시고 이 나라와 이 민족을, 하나님의 은혜와 섭리 속에서 붙잡아 주시고 인도하여 주심을 감사를 드립니다.

이 시간 저희들은 지난 한해를 돌아보며 회개하오니 용서하여 주옵소서.
하나님의 은혜에 감사드리지 못하고 불평하고 원망하며 살았습니다.

기도에 힘쓰지 못하고 믿음 없이 살았습니다.
이웃을 사랑하라고 말씀대로 살지 못하고 전도에도 힘쓰지 못했음을 진심으로 회개하오니 십자가의 보혈로 우리의 죄를 용서하여 주시고 회복시켜 주옵소서!

농부들은 가을을 추수하며 풍성한 결실을 맺었지만, 우리는 하나님 앞에 얼마나 성실하게 살아왔는지, 그래서 충성의 열매, 신앙의 열매, 봉사의 열매를 얼마나 추수할 수 있는지, 겸손하게 반성해보는 시간이 되게 하시고 인간관계를 되돌아보는 시간되게 하옵소서.

변함없는 사랑으로 우리를 지켜주신 하나님아버지!
복지선교회가 그리스도의 사랑으로 섬김과 나눔을 실천하고 복음을 선포하며 지역사회를 변화시키는 아름다운공동체로 맡은 사명 잘 감당하게 하옵소서.

성도들의 가정과 일터에도 복을 주시고 하시는 모든 일이 형통하게 하셔서 어려움이 없도록 풍성하게 채워 주시옵소서.
감사드리오며 우리 구주 예수그리스도의 이름으로 기도드리옵나이다.

아멘

위로의 기도

거룩하고 자비로우신 하나님 아버지!
그 크신 사랑과 은혜에 감사와 찬송과 영광을 올려 드립니다.
이 시간 허물 많고 부족한 우리들을 불쌍히 여기시고 예수그리스도 보혈의 피로 우리의 죄를 깨끗하게 씻어주시고 회복시켜 주시옵소서.

주님의 그 크신 사랑과 구원의 은총 앞에 우리가 서 있음에도 우리는 아직도 미련하고 우둔하여 그 은혜를 다 깨닫지 못하고 하나님께서 주신 달란트를 땅에 묻어 두고, 주인을 원망하며 불신하는 어리석은 종과 같습니다. 주여! 용서하여 주옵소서.

오늘도 주님의 그 놀라운 생명의 말씀 앞에 우리의 심령들이 사로잡혀 어둠의 나라에서 빛의 나라로 옮겨지는 놀라운 체험이 있게 하옵소서.
우리의 모습이 소외되고 힘들고 어려운 자를 외면치 말게 하시고 진정한 믿음과 사랑과 소망을 주는 참된 위로 자가 되게 하옵소서.

갈등과 분열이 온 사회를 뒤덮고 있사오니 믿음과 지혜와 능력을 주시어. 용서와 평화의 종으로 쓰임 받는 그리스도인들이 되게 인도하여 주옵소서.
부패한 정치 경제 사회 문화를 개혁할 믿음과 지혜와 능력을 허락해 주시고 분단된 조국의 통일과 화해를 위해 기도하며 헌신하게 힘과 능을 주옵소서.

이 시간 하늘과 땅의 모든 권세를 가지신 예수그리스도의 이름으로 명하노니 더럽고 추악한 악한 영은 떠나갈지어다. 모든 병마는 치유될지어다.

우리 손에 있는 모든 문제를 주님께 맡깁니다. 전능하신 하나님의 은혜가운데 회복시켜 주시고 감사하며 간증하며 전도의 도구로 사용할 기쁨을 주옵소서.

이 은혜로운 자리에 있지 못한 성도들 어느 곳에 있든지 지켜주셔서 하나님의 은혜가운데 늘 승리의 삶을 살아가도록 인도하여 주시고 선교후원자와 봉사자의 아름다운손길을 축복하여 주시고 형통케 하옵소서.

새 힘과 능력주시는 예수그리스도의 이름으로 기도 드리옵나이다. -아멘-

한해를 마무리 하며

역사의 주관자이신 하나님 아버지,
지나온 시간들을 되돌아보며 주님 안에서 마무리할 수 있도록 은혜 베풀어 주시니 감사를 드립니다.

생각해 보면 매순간 하나님께서 선하신 손길로 인도하셨기에 이렇게 주님 앞에 설수 있게 되었음을 믿습니다.

지난 한해 이 땅에
참으로 많은 사건들과 사고들과 어려움들이 있었습니다.
우리의 신앙을 흔들며 우리의 삶을 낙심케 하며 근심과 염려 속에 빠지게 만들었던 아픈 순간들도 있었습니다.

그러나 그러한 상황들을 다스리시고 선하게 사용하시는 하나님께서 그모든 어려움과 환난속에서 저희를 건져 주셨고, 믿음으로 이기게 하시며, 소망 중에 인내할 수 있도록 힘주심으로 위기의 순간들을 잘 지낼 수 있었습니다.

나의 나 된 것은 하나남의 은혜라고 말했던 바울처럼 우리의 삶은 모두 주님의 은혜로 주어졌음을 믿음으로 고백합니다.

하나님 아버지, 하나님께서 주신 날들을 주님의 뜻을 위해 사용하지 못하고 세상 헛된 것에 너무도 많이 써 버렸음을 고백하오니 용서하여 주옵소서.

지난 시간들의 허물을 교훈 삼아 다시 한 번 겸손한 마음으로 주님 앞에 무릎 꿇게 하시고, 새로 시작되는 새해에는 보다 가치 있고 복된 일을 위하여 우리의 시간과 정열을 사용할 수 있도록 저희들의 마음과 생각과 삶을 인도하여 주옵소서.

주여 이땅과 교회와 성도들이 겪었던 아픔과 시련의 상처를 치료하셔서 회복시켜 주시고, 새해를 주님 주시는 희망과 새 힘으로 다시 시작할 수 있도록 붙들어 주옵소서. 우리를 구원하신 우리 구주 예수그리스도의 이름으로 기도드리옵나이다.   아멘

말과 말씀!

여러분은 하나님의 말씀을 오직 믿음으로만 받아들이고 있습니까?

말은 사람에게 대단히 중요합니다. 말은 의사 전달하는 것 그 이상의 의미를 갖고 있습니다. 우리 속담에 '말 한마디 잘하여 천 냥 빚도 갚는다.' 는 이야기는 말이 얼마나 소중한가를 단적으로 나타내고 있습니다.

사실, 말 한마디 잘못하여 살인까지 부르는가 하면, 유순한 말 한마디로 원수가 친구 사이로 변하기도 합니다. 그래서 (잠15:1)에서 "유순한 대답은 분노를 쉬게 하여도 과격한 말은 노를 격동하느니라." 고 말씀합니다.

또한, 말은 자기 자신을 얽어 메기도 하고, 풀어놓기도 합니다.

그리고 말은 그 사람 자체를 대변하기 때문에 말속에 그 사람의 성품과 인격이 나타납니다. 하나님의 형상을 닮은 인간의 말이 이처럼 힘이 있고 중요하다면 인간을 지으신 하나님의 말씀 속에는 더 큰 생명력과 창조력이 있을 것은 자명한 사실입니다.

우주 만물이 말씀으로 창조되었습니다.
하나님께서 하시는 말씀은 절대로 공허하지 않습니다.
하나님의 말씀은 곧 하나님의 능력이요, 행동이십니다.
우주 만물 속에는 하나님의 숨결과 계시가 깊숙이 베어 있습니다.

구원의 역사도 말씀으로 이루어집니다. 태초에 하나님이 천지를 창조 하셨을 때 사람을 맨 마지막에 창조하였습니다. 이것은 창조의 중심이 사람이었다는 것을 의미 합니다.

모든 창조를 끝내신 후 하나님의 평가는 보시기에 심히 좋았더라 였습니다.
그리고 앞으로 이루어질 새 하늘과 새 땅도 말씀으로 창조될 것입니다.

모든 창조와 변화와 축복의 역사가 살아 계신 말씀으로 이루어지는 것입니다.
그러므로 우리 모두는 항상 나 자신이 이 능력의 말씀에 의지하여 날마다 새롭게 그리스도의 장성한 분량에 이르시기를 주님의 이름으로 축복합니다.

좋은 기억의 사람

사람은 어떤 사람이라도 다들 좋은 점이 있고 또 나쁜 점이 있습니다.
아주 좋은 사람 같아도 그 사람에게는 흠 잡으려면 나쁜 점도 있습니다.

우리는 사람과 사람의 갈등 속에서 나를 보고 다른 사람도 보면서
그 관계 안에서 살아가는 방법을 배워야 합니다.
그러므로 상대방을 볼 때 내가 기준이 되어서 나쁜 점을 자꾸 보게 되면
그 사람과의 관계가 좋아지지 않습니다.
상대의 입장에서 볼 수 있는 포용력이 필요합니다.
그 사람이 혹시 실수를 했을지라도 그 사람의 장점을 보고
그 사람하고의 관계를 가지면
어느 땐가 그 관계가 정말 좋아 질 수가 있습니다.

그런데 많은 사람들은 나의 판단 속에서 내가 기준이 되어서 내 생각과 내 기
준대로 안 하면 관계를 같이 하지 않으려고 합니다.
그러면 그 사람하고 점점 멀어지게 되는 그런 사람들이 많이 있습니다.

내 생각이 먼저 앞서면 다른 사람을 먼저 판단하고 다른 사람의 장점을 보지
못하고 단점만 보고 평가를 해서 다른 사람과의 관계에서 내 스스로 문을 닫
아 관계가 좋지 않을 때가 많이 있습니다.

그러나 내가 다 내려놓고 상대방에게 다가가면 상대방이 좋아합니다.
우리는 다른 사람과의 관계에서 다른 사람이 나를 좋게 기억해야 됩니다.
그러기 위해서 우리는 배려해 주고 위로해 주고
따뜻한 말 한마디라도 해 주고 손을 잡아 주어
그 사람의 가슴에 아름답게 기억되는 사람이 됩니다.

이러한 사람이 신앙의 성공자요 인새의 성공자가 될 것입니다.

섬김과 나눔 복지선교회
20주년 신앙칼럼

지은이 박찬영
발행인 한희성
발행처 도서출판 현대
등록일 2020. 11. 29
주 소 서울시 종로구 대학로 3길 12, 2층
전 화 010-7919-1200 / 02-722-8989
이메일 hd7186@naver.com

ISBN 979-11-985358-9-4

정 가 20,000 원
편집 디자인 도서출판 현대